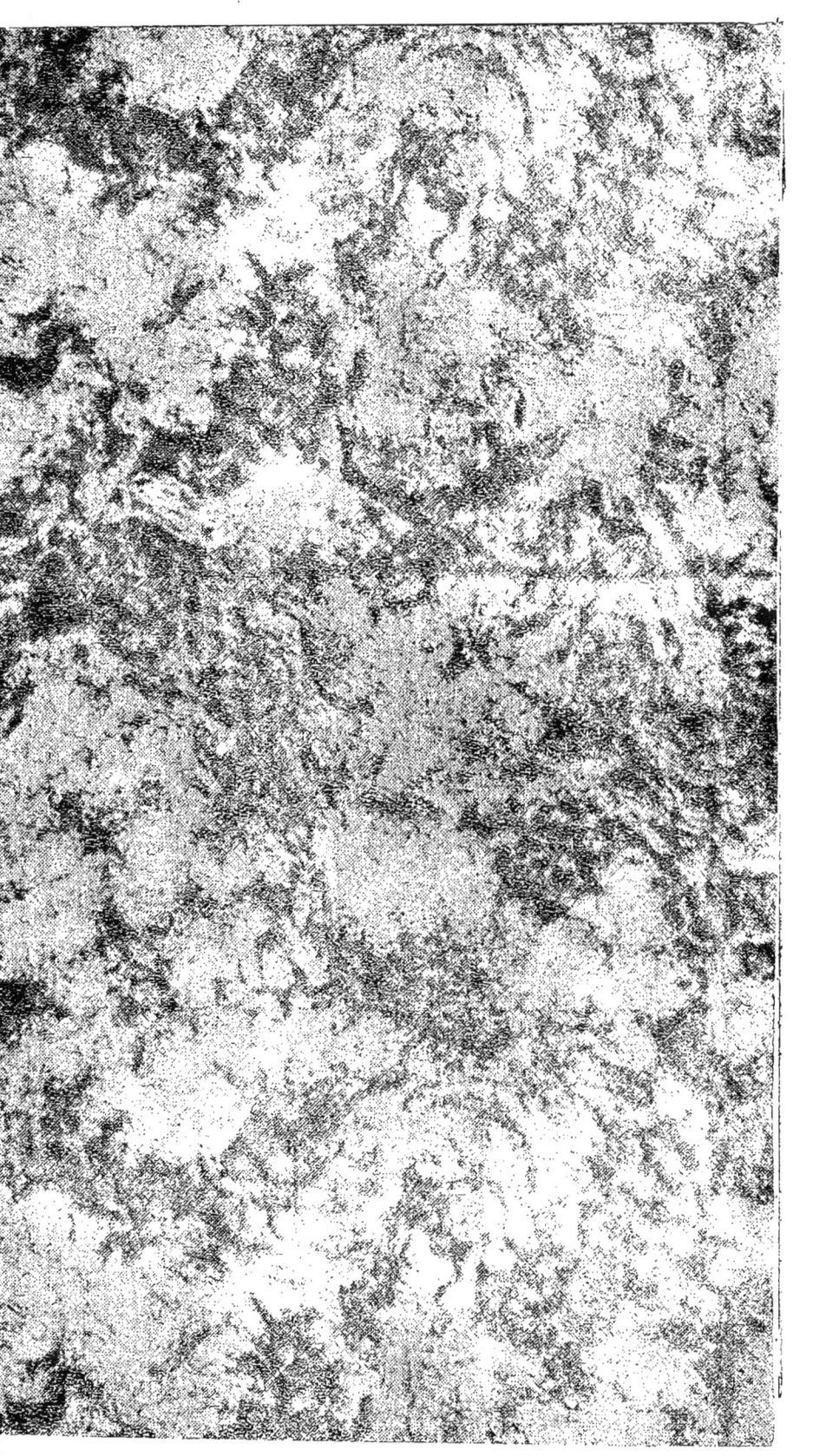

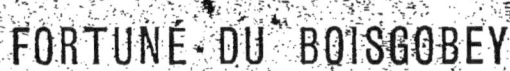

FORTUNÉ DU BOISGOBEY

LE
COUP D'ŒIL

DE

Mʳ PIÉDOUCHE

PARIS

JULES ROUFF ET Cⁱᵉ, ÉDITEURS

14, CLOITRE SAINT-HONORÉ, 14

—

1883

LE COUP D'ŒIL

DE M. PIÉDOUCHE

SCEAUX. — IMPRIMERIE CHARAIRE ET FILS.

LE COUP D'ŒIL

DE

M. PIÉDOUCHE

PAR

FORTUNÉ DU BOISGOBEY

PARIS

JULES ROUFF, ÉDITEUR

14, CLOÎTRE SAINT-HONORÉ, 14

——

1883

LE COUP D'ŒIL

DE

M. PIÉDOUCHE

I

Le bal tire à sa fin; un bal par souscription au profit d'une œuvre de bienfaisance.

L'affaire a été bien lancée; tous les journaux ont donné avec ensemble et on s'étouffe dans les salons de l'*Hôtel-Continental*.

Il y a là des gens de tous les mondes : des grandes dames de la vieille roche, des étrangères opulentes, des bourgeoises curieuses, et aussi quelques déclassées qui n'ont pas encore trop fait parler d'elles, — de celles que, dans l'argot des viveurs, on appelle des *demi-castors*.

Mais la haute finance y domine. On y marche sur les millionnaires et les épaules des femmes constellées de diamants scintillent comme des étalages de joaillier.

C'est le moment où triomphent les beautés de bon aloi, celles qui résistent aux feux du gaz et à quelques heures de valses cahotées. Les autres se fanent comme les fleurs au soleil, et le cercle bleu que la fatigue creuse sous leurs paupières accuse leur âge avec l'indiscrétion d'un acte de naissance.

Les connaisseurs ont une excellente occasion de passer une revue amusante, et il y en a là deux qui se donnent ce divertissement avant de quitter la fête ; deux jeunes — le plus vieux n'a pas trente ans — mais le métier qu'ils font mûrit très vite. Ces messieurs travaillent à la Bourse. Ils sont remisiers chez un agent de change. Ils connaissent tout Paris et la vie du boulevard n'a plus de secrets pour eux.

Ils se sont cantonnés dans un coin, entre les deux grands salons, et les couples qui vont et viennent défilent forcément sous leurs yeux.

— Alors, mon petit Julien, dit l'un, tu veux que nous soupions avec Lucie Travers et la baronne de Lugos ?

— Oui, vertueux Edmond, répliqua l'autre. J'ai arrangé cette partie sans te consulter. Mais si elle ne te va pas, je me charge de tenir tête à ces dames. Moi seul, et c'est assez. J'ai prévenu Lucie que tu étais très capable de refuser et comme la baronne ne te connaît pas encore, elle n'aura pas de peine à se consoler de ton absence.

— Je le crois, mais ce soir, j'ai envie de faire la fête. J'irai avec toi.

— A la bonne heure ! Je te croyais amoureux pour le bon motif ?

— Moi !

— Veux-tu que je te dise de qui ?... Non, je ne la nommerai pas. Je me contente de t'affirmer que la baronne n'a pas le projet de te séduire. C'est une Hongroise bien posée qui vient d'arriver dans nos murs et qui s'accommoderait d'un protecteur sérieux, mais qui n'a besoin de personne. Seulement, elle aime à s'amuser, et cette bonne Lucie a imaginé de l'amener dans un restaurant que tu connais bien... un restaurant des Champs-Elysées qui restera ouvert cette nuit, en l'honneur du bal de charité que nous favorisons de notre présence. J'ai retenu un grand cabinet et commandé le souper pour trois heures précises. Ces dames ont dîné ensemble chez Lucie et prendront patience en jouant au bézigue chinois. Elles arriveront en fiacre et nous irons à pied. C'est tout près d'ici. Il ne faut pas les faire attendre. Nous partirons dans vingt minutes.

Et, en fait d'hommes, il n'y aura que nous deux. J'aurais bien invité Éric, s'il était venu au bal, mais je ne l'ai pas aperçu et je le soupçonne d'avoir employé son temps d'une façon plus agréable.

— Je l'ai quitté à trois heures et il m'a dit qu'il devait conduire sa sœur au spectacle.

— Hum! le patron l'a envoyé après la Bourse chez la princesse Yalta... Je ne serais pas surpris que cette moscovite toquée l'eût gardé... Éric est un veinard, car elle est adorable avec ses cheveux d'or, ses yeux verts de mer et sa figure sans couleur qui change d'expression dix fois en dix minutes.

— Tu crois donc qu'il est son amant?

— J'en suis convaincu et je trouve qu'elle aurait pu choisir plus mal. Il est presque aussi bien que sa sœur, et ce n'est pas toi qui me contrediras si j'affirme que Mlle Laure Duroc est charmante, répliqua Julien Fresnay en regardant du coin de l'œil son camarade Edmond de Chemazé.

— Non, certes, répondit Edmond qui ne put s'empêcher de rougir ; et son frère est inexcusable de la laisser seule comme il le fait trop souvent. Elle n'a que lui au monde, puisqu'ils sont orphelins.

— Il devrait la marier. Je connais quelqu'un qui

serait pour elle un parti très convenable et qui, je le
parierais, ne demande qu'à l'épouser...

— Mon cher, interrompit Edmond, avec l'intention
évidente de changer de sujet de conversation, j'aperçois
là-bas M. Piédouche qui manœuvre pour nous aborder.
Nous n'avons que le temps de filer si tu tiens à l'éviter.

— Je n'y tiens pas. Il m'amuse beaucoup ce bon-
homme-là quoiqu'il ne soit plus tout à fait dans le
mouvement. Il est vieux, mais il a vu un tas de choses
et il sait des histoires curieuses sur tout le monde. En
voilà un qui nous en dirait long, s'il voulait, sur la
princesse Yalta !

— Qu'est-ce que c'est au juste que ce M. Piédouche?
Je le connais comme client de la maison, mais pas
autrement.

— Il passe pour avoir été autrefois dans la diplomatie... moi, je crois qu'il a fait tout bonnement de la
police... et je ne serais pas très surpris qu'il en fît encore.
C'est précisément pour cela qu'il m'intéresse et que
j'aime à causer avec lui.

— Il ne tient qu'à toi, car il a réussi à se faufiler à
travers les groupes, et le voici.

Le personnage en question n'était plus en effet qu'à
quelques pas des deux amis. C'était un homme d'un
certain âge, où plutôt d'un âge certain — entre cinquante et soixante — de bonne tournure et de bonne
mine. Il pouvait même *prétendre en belle tête*, comme
on disait au xviii° siècle. et ses traits réguliers ne man-
quaient pas d'expression. Le regard était vif, la bouche
était fine. et le menton carré indiquait une volonté
poussée jusqu'à l'entêtement. Dans toute sa personne, il
n'y avait rien de suranné, ni même de bourgeois. Ses
favoris grisonnants rejoignaient ses moustaches et lui
donnaient un air étranger qui lui allait fort bien.

Sa tenue était d'ailleurs d'une correction parfaite et ses façons aisées.

— Bonsoir, messieurs, leur dit-il en leur tendant les mains. Je parie que vous vous ennuyez ici autant que moi.

— Vous avez deviné, s'écria Fresnay.

— Je devine toujours, reprit gaiement M. Piédouche. Cette fois, ce n'était pas difficile, mais mon premier coup d'œil me trompe rarement... Je me flatte d'avoir fait mes preuves en ce genre... par quel hasard, messieurs, n'êtes-vous que deux à cette fête donnée sous prétexte d'inondés?... Qu'est devenu votre inséparable... M. Éric Duroc?

— Absent pour cause de service. Il est allé porter à une cliente de la charge le produit de la dernière liquidation... trois cents beaux billets de mille... et je suppose qu'elle l'aura invité à dîner.

— Je comprends ça... à tous les points de vue. M. Duroc est assez joli garçon pour qu'une femme le retienne... et puis, trois cent mille francs!... diable! voilà ce qui s'appelle un bénéfice sérieux! Est-il indiscret de vous demander le nom de la personne qui spécule avec tant de hardiesse et de bonheur?

— Pas du tout, car elle ne s'en cache pas. C'est la princesse Yalta.

— Ah! bon! la princesse Morphine.

— Comment, Morphine?... Je vous dis : la princesse Yalta, qui demeure rue de Tilsitt.

— Parfaitement. A Moscou, on l'avait surnommée la princesse Morphine, à cause du goût qu'elle affichait pour ce poison... elle passait sa vie à s'inoculer de la morphine, à seule fin de se procurer des sensations agréables, et je suppose qu'à Paris, elle n'a pas perdu cette douce habitude.

— Alors, vous la connaissez?

— Je l'ai connue, autrefois... lorsque j'habitais la Russie... mais je l'ai perdue de vue depuis quelques années.

— Et que disait-on d'elle là-bas?

— Les moins malveillants affirmaient qu'elle était folle. D'autres prétendaient qu'elle était capable de tout... on racontait même qu'elle avait des crimes sur la conscience. Quoi qu'il en soit, c'est une femme dangereuse... sur ce point, tout le monde était d'accord, et je plaindrais l'homme qu'elle aimerait.

— Mais elle a un mari. Il y a un prince Yalta.

— Oui, une manière de sauvage qui descend des anciens Khans de Crimée, et qu'on ne voit jamais, parce qu'il mène une existence bizarre. Il joue aux échecs six heures par jour, avec des gens qu'il paie très cher pour faire sa partie, et le reste du temps, il boit de l'eau-de-vie russe.

— Je m'explique maintenant pourquoi sa femme va partout sans lui et s'amuse comme elle l'entend. Elle fait à la Bourse des différences qui se chiffrent par des centaines de mille.

— Le prince est colossalement riche.

— Et pas jaloux. C'est complet.

— Pas jaloux?... Non, en apparence. Mais la princesse ne s'y fie pas trop. Elle sait qu'il est sujet à des caprices féroces. Il a été obligé de quitter la Russie pour avoir tué un paysan à la chasse.

— Par maladresse?

— Non. Pour rien, pour le plaisir.

— Diable! je conseillerai à Éric de se garer de ce boyard.

— Est-ce que votre ami serait trop bien avec la princesse Morphine?

— Oh! je ne dis pas cela. Elle le charge de ses opérations et il y gagne de superbes courtages, mais je
pense que c'est tout, dit avec empressement Julien,
qui ne tenait pas à mettre M. Piédouche dans la confidence des secrets de son camarade Duroc. Je plaisantais
tout à l'heure en imaginant qu'il dînait chez sa cliente.
La vérité est que je ne sais pas où il est allé ce soir, et
la preuve c'est qu'Edmond et moi nous allons souper
sans lui.

— Vous soupez encore, vous autres. Heureux âge!

— Bah! vous êtes aussi jeune que nous. Voulez-vous
en être? Je vous présenterai à une Hongroise de distinc-
tion... la baronne de Lugos...

— Qui a loué tout meublé le petit hôtel qu'habitait
Francine Verdier, rue Jouffroy.

— Ah! ça, vous savez donc tout?

— Mon Dieu, non. Mais j'ai entendu parler de la
baronne à mon cercle où on est très au courant des
arrivages. On dit qu'elle est remarquablement jolie et
je serais charmé de la connaître.

— Alors, venez avec nous, mon cher. Lucie Travers
en est, et ces dames nous attendent dans un cabinet des
Champs-Élysées, au bord de l'eau. Il fait un temps
superbe et si une promenade d'un quart d'heure ne
vous effraie pas...

— En aucune façon. J'éprouve même le besoin de
prendre l'air et de fumer un cigare... j'en ai d'excellents
à vous offrir.

— En route donc! dit Fresnay. C'est l'heure. Je me
suis assez dévoué pour les inondés.

Edmond ne fit pas d'objection. Il se serait bien passé
de la société de M. Piédouche dont il goûtait peu les mé-
rites, mais, d'un autre côté, il n'était pas fâché que la
présence de cet homme mûr modifiât une partie carrée

qui ne le tentait guère, car depuis un certain temps les
demoiselles à la mode lui étaient devenues fort indiffé-
rentes.

Son cœur était pris et s'il n'avait pas encore renoncé
complètement à la vie joyeuse, c'est qu'il ne voulait pas
laisser voir à ses camarades qu'il aimait sérieusement
une jeune fille dont il n'était pas certain d'être aimé.

Edmond avait encore un autre motif pour ne pas
fausser compagnie à l'homme si bien informé qui amusait tant Julien Fresnay.

Il savait à quoi s'en tenir sur la liaison du frère de
Laure Duroc avec l'étrangère de la rue de Tilsitt et les
renseignements que M. Piédouche venait de donner sur
cette princesse Morphine l'inquiétaient. Il espérait amener l'ancien diplomate à les compléter, et il comptait
adjurer dès le lendemain l'imprudent Éric de rompre
une intrigue qui menaçait de mal finir.

Il suivit Julien qui avait pris le bras de son invité et
qui louvoyait pour gagner la sortie.

Cinq minutes après, ils débouchaient tous les trois
sous les arcades de la rue de Castiglione et ils se diri-
geaient vers les Champs-Élysées.

Le trajet qu'ils avaient à faire n'était pas long, mais,
à Paris, entre un bal de charité et un souper dans un
restaurant de nuit, il y a place pour une aventure.

Aucun d'eux — pas même le sagace Piédouche — ne
prévoyait celle qu'ils rencontrèrent en chemin.

La nuit était claire et le ciel étoilé : un temps fait à
souhait pour battre le pavé avant de s'enfermer dans
un de ces cabinets où on ne respire que le parfum
capiteux des truffes et où la chaleur moite du gaz vous
congestionne en vous coupant l'appétit.

Le printemps finissait à peine, et en cette saison
mixte, à trois heures du matin, Paris est couché, Paris

n'est pas levé, Paris dort, surtout dans les quartiers élégants.

Les voitures circulent encore, ramenant chez eux des noctambules attardés ou des pontes décavés, mais les piétons sont rares aux abords des Champs-Élysées, et devant les trois soupeurs qui venaient de quitter le bal, les arcades de la rue de Rivoli s'alignaient à perte de vue, silencieuses comme le promenoir d'un cloître. Leurs pas résonnaient sous la voûte solitaire et le bruit de l'orchestre roulant ses derniers accords ne leur arrivait plus qu'à l'état d'harmonie vague.

Cet écho lointain de la fête de charité semblait avoir mis M. Piédouche en belle humeur. Entre deux bouffées qu'il tirait de son cigare, il sifflottait l'air qu'on jouait dans la salle de danse et il lui arrivait même de marquer la mesure en esquissant un pas de mazurke.

— Et dire qu'il y a des gens qui verront lever l'aurore à travers les vitres de l'*Hôtel-Continental*, s'écriat-il. Ils veulent bien donner un louis pour les inondés dont ils se moquent parfaitement, mais ils tiennent à en avoir pour leur argent. C'est bête la philanthropie qui valse.

— Moins bête que la philanthropie qui fait des conférences, dit Julien. En valsant, les femmes montrent leurs épaules, et j'apprécie fort la bienfaisance décolletée. Vous ne la dédaignez pas non plus, puisque vous êtes venu, cher monsieur Piédouche.

— Oh ! moi, je vais partout... même à la Bourse.

— Et vous n'y faites pas de spéculations malheureuses, car, si je ne me trompe, vous avez chez le patron un joli compte créditeur. Mais je suppose que vous allez de préférence dans les endroits où on ne s'ennuie pas.

— C'est le moyen de ne pas vieillir. Je suis sur le ver-

1.

sant occidental de la vie et je tiens à ne pas y glisser trop vite. Je me raccroche aux jeunes tant que je peux, et je vous sais un gré infini de m'avoir accepté comme convive. Je tâcherai de ne pas attrister ces dames.

— Je suis sûr que vous plairez à la baronne. Elle aime les hommes bien posés dans le monde et elle sera très flattée de souper avec un ancien diplomate... car vous l'avez été, n'est-ce pas?

—Je le suis toujours un peu, quoique j'aie depuis long-temps quitté la carrière. On me confie encore quelque-fois des missions délicates et je m'en charge volontiers... quand elles me conviennent, car, Dieu merci, je n'ai pas besoin de courir après les récompenses. J'ai une fortune indépendante. Mais j'aime à débrouiller les affaires difficiles. Je suis né observateur et il m'est agréable de ne pas laisser se rouiller les aptitudes que la nature m'a départies. Lorsque je n'en ai pas l'emploi officiel, je les utilise pour mon plaisir.

J'observe les gens que je rencontre, même ceux que je ne connais pas, et je m'amuse à diagnostiquer leur caractère dans le seul but de me tenir en haleine. Je ne peux pas voir un homme passer dans la rue sans cher-cher à deviner ce qu'il est et je ne peux pas m'empêcher d'étudier un peu ceux que je fréquente.

— Alors, dit en riant Fresnay, vous m'avez étudié, moi qui ai souvent l'avantage de recevoir et d'exécuter au mieux vos ordres de vente et d'achat.

— Mon Dieu, oui.

— Vous seriez bien aimable de m'apprendre ce que je suis et ce que je deviendrai, car je n'en sais rien moi-même.

— Vous êtes un philosophe gai et avec votre esprit pratique, vous ferez certainement fortune.

— C'est la grâce que je me souhaite et j'accepte cet

horoscope. Tirez maintenant celui de mon camarade Edmond.

— Je n'y tiens pas, dit vivement Edmond, et je trouve que tu abuses étrangement de la complaisance de M. Piédouche.

— Mais non, mais non, répliqua l'observateur par vocation. Je n'ai pas eu, monsieur, l'honneur de vous voir souvent, mais je puis affirmer que vous n'avez pas du tout le même caractère que votre ami; vous êtes sentimental et mélancolique, avec une tendance à l'exaltation. Je puis aussi vous prédire que vous renoncerez un jour aux affaires et que vous vous marierez par amour.

— Bien touché, parbleu ! s'écria Julien. Edmond de Chemazé, ici présent, est un gentilhomme fourvoyé dans les bureaux d'un agent de change. Il souffre d'en être réduit à empocher des courtages et il n'aspire qu'à s'en aller vivre en province avec une femme aussi légitime qu'adorée. Il finira bon père, bon époux, maire de sa commune et marguillier de sa paroisse.

Passons à Éric Duroc, cher sorcier. Comment finira-t-il celui-là?

— Mal, s'il était pris dans les filets de la princesse Morphine, répondit sans hésiter M. Piédouche. Mais j'espère pour lui qu'il évitera les pièges enguirlandés de cette sirène, et quoique je le connaisse peu, il me semble être de force à se défendre.

— Qu'aurait-il donc à craindre s'il se laissait séduire? demanda timidement Edmond qui se préoccupait beaucoup plus que son ami Fresnay des suites de cette intrigue russe.

— Tout. Elle prendrait plaisir à le rendre fou et quand elle lui aurait vidé la cervelle et brisé le cœur, elle le rejetterait comme on jette un citron dont on a

exprimé le jus. Elle n'a jamais aimé personne ; elle n'a
que des caprices et elle fait le mal pour le mal.

— Mais c'est donc un monstre que cette femme ?

— Non, c'est une blasée qui cherche des sensations
nouvelles et qui ferait sauter Paris pour satisfaire une
fantaisie. Elle s'éprendra peut-être un jour d'un cabotin
qui la battra. Ce sera justice. Mais, en attendant, il faut
la fuir, et si j'avais l'âge et la figure de M. Duroc, je ne
donnerais pas dans les princesses. Je me contenterais
d'une baronne d'occasion, comme cette brave Hongroise
qui ne demande qu'à faire fortune en s'amusant, où
même de Lucie Travers qui n'a de prétentions ni à la
noblesse, ni à la vertu. Vivent les bonnes filles ! avec
elles du moins on n'expose que son argent.

Il me tarde d'être présenté à vos invitées, et il me
semble qu'elles doivent s'impatienter.

— Bah ! elles ne perdront rien pour attendre, et
d'ailleurs elles n'attendront pas longtemps. Je vois d'ici
les fenêtres éclairées du restaurant.

Tout en causant, ces messieurs étaient arrivés à la
place de la Concorde, et en la traversant, ils venaient
de dépasser l'entrée de la grande avenue des Champs-
Élysées.

Ces vastes espaces étaient déserts et on n'entendait
que ce murmure confus qu'on prendrait pour le souffle
de Paris endormi.

Les lanternes de quelques voitures brillaient devant
les portes des deux cercles, entre la rue Royale et
l'avenue Gabriel, mais du côté du pont, la solitude était
complète.

Le Cours-la-Reine et le quai qui borde la Seine sont
des voies peu fréquentées à cette heure de nuit, et les
quinconces qui entourent le Palais de l'Industrie le sont
encore moins, surtout quand il fait un froid sec.

Les voleurs pourraient y opérer aussi tranquillement que dans la forêt de Bondy, et s'ils n'y travaillent pas, c'est moins par crainte des sergents de ville que faute de passants à dévaliser.

Cette nuit-là, par exception, les honnêtes gens pouvaient s'y risquer sans péril, car l'établissement où Julien avait commandé le souper était illuminé du haut en bas et devait attirer des couples désireux de se restaurer ailleurs qu'au buffet du bal de bienfaisance.

Jusqu'alors cependant, ils n'étaient pas très nombreux, car il n'y avait pas autour du pavillon isolé que les dîneurs encombrent pendant l'été ce mouvement qui annonce un rassemblement de cochers et de commissionnaires.

Les deux amis et le compagnon qu'ils avaient recruté à l'*Hôtel-Continental* prirent pied sur la contre-allée en face du bureau des tramways, et ils hâtaient le pas pour arriver plus vite, quand M. Piédouche s'arrêta tout à coup en posant sa main sur le bras de Julien, qui lui dit, tout étonné de ce temps d'arrêt :

— Qu'avez-vous donc?

— Vous ne voyez pas un homme là-bas qui se glisse entre les arbres? répondit à demi-voix l'ex-diplomate.

— Je le vois parfaitement. Eh bien?

— Que porte-t-il sur son dos?

— Un sac, à ce qu'il me semble.

— C'est un sac en effet.

— Et comme cet homme est coiffé d'un chapeau à larges bords, à la mode d'Auvergne, j'en conclus que c'est un charbonnier qui va servir une pratique et que le sac contient du charbon.

— Servir une pratique à trois heures du matin! Vous n'y pensez pas, mon cher.

— Le fait est que ce n'est pas l'heure où les cuisinières s'approvisionnent de combustible. Mais qu'est-ce que ça nous fait?

— A vous, rien. Moi, je vais profiter de cette occasion pour vous montrer que j'ai du coup d'œil.

— Montrez, cher monsieur Piédouche. Je ne comprends pas du tout, mais je ne demande qu'à m'instruire.

— Je vous parie cinq louis que cet homme est un voleur et que le sac qu'il porte est plein d'objets volés...

— Que le voleur se propose de jeter dans la rivière, alors, car il y va tout droit.

— C'est ce que nous verrons. Tenez-vous le pari?

— Ma foi, je veux bien, pour la singularité du fait. Mais comment saurons-nous qui a gagné?

— Venez avec moi.

— Vous voulez aborder cet individu?

— Parfaitement, et lui demander ce qu'il porte.

— Et s'il refuse de vous répondre?

— Nous l'empoignerons et nous le forcerons à ouvrir son sac.

— Ah! ça, vous voulez donc nous faire mettre au poste? Ce pauvre diable criera : au secours! il surgira deux gardiens de la paix qui nous arrêteront pour attaque nocturne. Merci! je préfère souper avec la baronne.

— Tant mieux si les gardiens de la paix viennent nous prêter main-forte. Je suis certain que ce faux charbonnier est un voleur... et peut-être pis. Mais vous êtes libre de me laisser agir seul. Moi, j'entre en chasse. Qui m'aime me suive, conclut M. Piédouche en sautant dans l'allée.

— Décidément, c'est de la haute folie, murmura Julien. Mais il ne sera pas dit que nous vous aurons lâchés au moment de l'action. Et puis, je tiens à mes cinq louis. Viens-tu, Edmond?

Edmond marcha en haussant les épaules. Il était tout
à fait de l'avis de Julien; mais il n'était pas fâché de
voir comment finirait cette aventure où M. Piédouche se
révélait sous un aspect inattendu.

L'homme au sac avait de l'avance et se dirigeait vers
le quai. Il allait assez lentement, courbé qu'il était sous
le poids de son fardeau, et il ne paraissait pas s'être
aperçu qu'on l'observait, car il ne se retournait pas pour
regarder derrière lui. Il s'arrêta un instant au bord de la
chaussée, peut-être pour s'assurer qu'il n'y avait personne ; puis, il la traversa et il se mit à longer le parapet en descendant vers le pont des Invalides.

— Suivons-le à distance, sans quitter la contre-allée,
dit tout bas M. Piédouche.

— Vous renoncez à l'accoster? demanda ironiquement Julien.

— Non, mais le moment n'est pas venu. Vous ne
devinez donc pas qu'il cherche un escalier pour descendre sur la berge.

— Parbleu! Il va porter son chargement à un bateau
amarré dans ces parages. Le charbonnier est un débar-
deur.

— Ni l'un, ni l'autre, croyez-moi. Les débardeurs ne
travaillent pas la nuit. Votre pari est perdu. mon cher.

— Pas encore... Mais je voudrais bien savoir ce que
vous comptez faire.

— Attendre qu'il descende, et dès qu'il aura disparu
derrière le parapet, courir à l'escalier. La berge est très
large et il ne peut pas aller vite à cause de son sac.
Nous le rattraperons avant qu'il ait atteint le bord de la
Seine. Je dis : nous, parce que vous paraissez décidés à
m'aider, mais si vous avez peur de ce gaillard-là, vous
pouvez rester sur le quai. Je l'arrêterai bien sans vous.

— Peur! allons donc! Nous irons jusqu'au bout... Et

cela d'autant plus volontiers que cette poursuite commence à m'intéresser.

Edmond se tut, mais il pensait comme son ami.

L'homme, un instant après, arriva à une coupure qui
donnait sur un escalier de bois, placé là pour la com-
modité des passagers des bateaux-mouches, et s'y engagea sans hésiter.

— En avant! dit Piédouche.

Et il se lança sur la chaussée de toute la vitesse de
ses jambes.

Aiguillonnés par l'exemple et aussi par la curiosité,
les deux amis en firent autant.

Naturellement, Piédouche, qui était parti avant les
deux jeunes, arriva bon premier à la coupure du parapet, mais ils le rejoignirent en trois enjambées et ils
purent voir comme lui l'homme au sac descendant
lourdement l'escalier.

Ils le virent même beaucoup mieux qu'ils n'avaient
encore pu le faire, car il y avait tout près de là un bec
de gaz, et si pur que fût le ciel, l'obscure clarté qui
tombe des étoiles ne vaut pas pour distinguer nettement
les objets les feux d'un simple candélabre municipal.

Ce singulier noctambule était bien un charbonnier
ou un portefaix, s'il fallait s'en rapporter à son costume
— veste de velours brun, large pantalon vert-bouteille,
chapeau noir à grands bords rabattus sur la nuque, et
gros souliers ferrés qui sonnaient sur les marches de
bois. Mais son encolure n'était pas celle d'un fort de la
halle, ni même celle d'un Auvergnat. Il paraissait assez
grand, mais il n'avait pas les épaules larges, et il pliait
visiblement sous la charge qu'il portait.

Où allait-il? on n'apercevait pas le moindre tas de
charbon sur la berge et pas un chaland n'était amarré
à quai.

Julien qui avait constaté du premier coup d'œil l'absence de tout bateau de transport et de tout dépôt de
marchandises, fit ce raisonnement en moins d'une
seconde, et se prit à penser que M. Piédouche pourrait
bien gagner son pari.

On allait savoir à quoi s'en tenir. Il suffisait pour cela
d'exécuter le plan conçu par l'ancien diplomate et rien
n'était plus facile. L'homme ne se doutait pas encore
que trois passants l'avaient suivi et le serraient de près.
Ils n'avaient qu'à lui laisser faire quelques pas sur le
talus pavé qui descend vers la Seine et à tomber sur
lui, tous les trois en même temps.

Malheureusement, la patience n'était pas au nombre des qualités que possédait Julien Fresnay, gai
compagnon, bon camarade et remisier sans reproche.

L'individu suspect était à peine arrivé au bas de l'escalier que ce maladroit auxiliaire de M. Piédouche se
mit à crier :

— Hé ! l'ami ! arrêtez un peu !... je voudrais vous
acheter un boisseau de charbon.

Cette facétie déplacée fit tout manquer.

L'homme se retourna, se redressa, montrant un
visage barbouillé de noir comme la face d'un ramoneur,
vit Piédouche qui se précipitait pour le saisir et
prit son parti sans hésiter.

Il n'avait plus le temps de gagner le bord de l'eau, il
ne pouvait plus remonter l'escalier, puisque trois personnes lui auraient barré le passage, et il lui eût été
difficile de courir, chargé comme il l'était.

Il laissa tomber son sac et il s'enfuit dans la direction
du pont des Invalides.

— Bon voyage ! dit en riant Justin. Le sac nous reste,

et nous allons voir ce qu'il y a dedans. C'est tout ce
que je demande.

— Que le diable vous emporte! répliqua Piédouche.
Vous êtes cause que le coquin va s'échapper. Aidez-moi
au moins à le poursuivre... Vos jambes sont meilleures
que les miennes.

— Tiens! c'est une idée... l'exercice me fera du
bien... et puis, l'aventure devient amusante. Allons,
Edmond, allons, mon gars, en chasse!... Quand nous
aurons forcé la bête, nous reviendrons faire l'inventaire
du sac.

Edmond ne se fit pas prier. Lui aussi, il commençait
à prendre l'affaire à cœur et à croire que M. Piédouche
ne s'était pas trompé. Il lui répugnait bien un peu d'em-
piéter sur les attributions des agents chargés d'empoigner
les malfaiteurs, mais il aurait eu mauvaise grâce à se
montrer plus difficile qu'un grave personnage qui avait
occupé jadis des emplois diplomatiques, et M. Piédouche
courait déjà comme un simple policier qui poursuit un
filou.

Les deux jeunes gens l'eurent bientôt rejoint, et
même dépassé, car il avait moins de vitesse que de
fond, mais il ne se laissa pas distancer.

L'homme au sac avait de l'avance, mais il ne paraissait pas être de force à la conserver bien longtemps.
car Edmond et Julien avaient des jarrets d'acier, du
souffle, une ardeur sans pareille et la ferme résolution
de ne s'arrêter qu'après lui avoir mis la main au collet.

Ils ne tardèrent guère en effet à gagner sur lui, et
Piédouche, tout en perdant du terrain, ne se décou-
rageait point. Il tenait bon afin d'arriver à la rescousse,
lorsque la lutte s'engagerait, en admettant que le
fuyard essayât de résister, après avoir essayé de se
dérober.

On pouvait compter maintenant qu'on finirait par le prendre, car, en dépit de l'heure indue, on devait croiser, faisant leur ronde sur le quai, des sergents de ville qui s'inquiéteraient de cette course effrénée et descendraient sur la berge pour barrer le passage à l'homme, en vertu de ce principe qu'un individu qui se sauve est toujours suspect.

Les chasseurs du reste ne songeaient point à appeler du renfort. Ils mettaient de l'amour-propre à réussir tout seuls. Du moins, c'était ce sentiment-là qui empêchait les deux jeunes gens de crier : au voleur. Et M. Piédouche avait sans doute aussi ses raisons pour se taire. Peut-être ne se souciait-il pas de compromettre sa dignité en se laissant voir pendant qu'il jouait un rôle assez ridicule à son âge.

Un gentleman peut, sans déchoir, remettre entre les mains de l'autorité un chenapan qui lui est tombé sous la main, mais ce n'est pas son métier de courir après lui, et il ne saurait le faire sans paraître grotesque.

La poursuite continua sans incident jusqu'au pont des Invalides qui forme une voûte au-dessus de la berge.

Il y a là un chemin en pente par lequel on peut regagner le quai, mais le fuyard n'avait garde de le prendre, sachant bien que sur ce quai il serait exposé à rencontrer des gens qui l'arrêteraient. Il se lança sous la voûte et comme il y faisait très sombre, il disparut un instant aux yeux des chasseurs. Mais il eut aussi la mauvaise fortune de heurter du pied un gros caillou. Il trébucha et il tomba tout de son long.

— Nous le tenons, cette fois, dit Julien.

Et il redoubla d'ardeur pour l'atteindre avant qu'il eût le temps de se relever.

Edmond suivait de très près et Piédouche était en arrière d'une dizaine de pas.

Ils allaient donc être trois contre un et l'issue de la lutte n'était pas douteuse, car ils étaient trop près les uns des autres pour que le charbonnier pût imiter la manœuvre du jeune Horace attaquant successivement les trois Curiaces.

Il fut prompt à se remettre sur pied et il s'avisa d'un procédé tout différent.

Il ne tenait pas à les vaincre, il ne tenait qu'à leur échapper, et il n'était plus temps de courir, car ils étaient sur lui ; ils le touchaient presque. Julien, qui arrivait le premier, lui criait déjà :

— Rends-toi, gredin !

Au moment où il étendait le bras pour le saisir l'homme qu'il croyait déjà tenir fit un saut de côté, prit son élan vers la rivière et s'y précipita, en piquant une tête qui aurait fait honneur à un maître de natation.

Julien, stupéfait, lâcha un juron énergique et si son ami ne l'eût pas retenu, il se serait jeté dans la Seine pour y continuer la poursuite. Mais il s'arrêta à temps et il comprit que tout espoir n'était pas perdu. Ce plongeon ne sauvait pas le fuyard, qui ne pouvait guère tarder à revenir sur l'eau. Si fort nageur qu'il fût, il serait bien obligé d'aborder tôt ou tard, et où qu'il abordât, il devait infailliblement être pris, car on va plus vite en marchant sur la terre ferme qu'en tirant sa coupe, même quand on a le courant pour soi. Il s'agissait seulement de ne pas le perdre de vue et de le suivre jusqu'à ce que la fatigue et la peur de se noyer l'obligeassent à gagner la rive.

C'était bien l'avis de M. Piédouche qui avait entendu le bruit de la chute et qui s'était aussitôt rendu compte de la situation.

Il ne perdit pas un instant pour prendre le commandement.

— Ouvrez l'œil, messieurs, dit-il en arrivant tout essoufflé; vous, Monsieur de Chemazé, vous aller rester ci, pour le cas où le coquin s'aviserait de remonter la rivière afin de nous dépister; vous, mon cher Fresnay, courez vous poster au-delà du pont, pour le cas plus probable où il la descendra... et s'il fait mine de la traverser, je me charge, moi, d'aller le recevoir sur la rive gauche.

Il n'a pas encore reparu, j'espère?

— Non, répondit Julien, j'ai de bons yeux et j'aurais vu sa tête.

— Il a pu nager entre deux eaux, fit observer Edmond.

— Oui... et sortir à vingt mètres plus loin... à votre poste, Fresnay! vivement... et signalez-nous le bonhomme dès que vous l'apercevrez.

Julien s'empressa d'exécuter un ordre dont il sentait parfaitement l'importance.

Il alla se placer au débouché du pont, et il attendit, assez surpris que le plongeur ne se fût pas encore montré.

Il eut beau regarder, il ne vit rien. Edmond qui surveillait la rivière en amont ne vit rien non plus.

Piédouche, resté sous la voûte, s'approcha du bord et se pencha pour s'assurer que l'homme ne s'était pas accroché à un de ces anneaux qui servent à amarrer les barques aux murailles des quais. La rivière, grossie par les pluies printanières affleurait presque la berge. Il put donc, malgré l'obscurité, s'assurer que l'homme n'avait pas eu recours à cette ruse.

Deux minutes, trois minutes se passèrent ainsi. Quand il y en eut cinq d'écoulées, Julien abandonna son poste et revint dire aux autres:

— Il s'est noyé, parbleu! La femme-poisson qui

opère au Cirque ne resterait pas si longtemps sous l'eau sans être asphyxiée.

— Je commence à croire qu'il est mort en effet, dit Piédouche.

— Alors, il est inutile que nous restions ici. Le charbonnier nous échappe, mais le sac nous reste. Allons voir s'il est plein de charbon. C'est le seul point qui m'intéresse.

— Est-ce que vous espérez encore gagner votre pari?

— Pourquoi pas?

— Alors, vous vous figurez que ce prétendu charbonnier s'est jeté dans la Seine pour se débarbouiller.

— Ma foi! il en avait besoin. J'ai vu sa figure et ce qu'elle était noire!...

— Ne dites donc pas de niaiseries, mon cher. Si ce misérable s'est noyé volontairement, c'est qu'il aimait mieux finir au fond de la rivière que dans une maison centrale... ou sur la place de la Roquette.

— Voleur ou assassin, alors; c'est décidé, ricana Julien. Si vous me prouvez ça, cher monsieur, je proclamerai partout l'infaillibilité de ce fameux coup d'œil dont vous parliez avant cette rencontre bizarre.

— Je ne me vante pas d'être infaillible, dit froidement le ci-devant diplomate, mais je vais vous montrer que cette fois, je ne me suis pas trompé. Le sac n'est pas loin, et nous n'avons plus rien à faire ici. Venez, messieurs.

Julien ne demandait pas mieux et Edmond avait hâte d'en finir avec cette expédition où il s'était embarqué sans aucun enthousiasme.

Ils revinrent sur leurs pas et le retour fut silencieux. Julien lui-même se taisait. Il avait réfléchi et l'aventure lui semblait maintenant plus sérieuse qu'il ne l'avait cru d'abord.

Le sac était à la place où l'homme l'avait jeté, tout près de l'escalier de bois.

On le voyait de loin se détacher comme un point noir sur les pavés blancs, car la lune qui était à son dernier quartier, venait de se lever et son croissant, très aminci, éclairait un peu la berge de la Seine.

Personne ne se montrait sur le quai; une voiture filait rapidement sur le pont de la Concorde, et la lanterne verte du ponton des bateaux-mouches brillait au bord de l'eau.

— Heureusement, on ne l'a pas emporté ce sac mystérieux, dit Fresnay. Je craignais que les sergents de ville n'eussent mis la main dessus pendant que nous courions après le porteur. Et je suis charmé de constater que nous n'en avons pas aperçu un seul. Ah ! la police est bien faite dans ce quartier-ci !

— Je sais où il y a un poste, murmura M. Piédouche.

— Mais je ne me charge pas d'y aller requérir ces messieurs, s'il y a un crime à constater. Diable ! J'en ai assez de cette chasse au coquin et aussitôt que nous aurons vérifié si j'ai gagné ou perdu...

— Vous serez parfaitement libre de vous en aller, mon cher... et M. de Chemazé aussi. Vous pouvez même partir dès à présent.

— Bon ! et vous?

— Moi, je suis entêté. J'irai souper après avoir ouvert le sac, si vous voulez encore de moi.

— Bah ! nous irons tous ensemble. Je reste jusqu'à ce que vous l'ayez vidé... et j'espère que ce ne sera pas long. Je vous aiderai, si vous ne tenez pas à opérer seul.

— Ce sera comme vous voudrez, dit M. Piédouche. Dans des cas comme celui-ci, je ne crains pas de mettre moi-même la main à la besogne, et si mes prévisions se réalisaient, je sais ce qu'il me resterait à faire, tandis que vous pourriez vous trouver fort embarrassés.

— Je conviens que l'habitude nous manque, répliqua Julien, et la vocation aussi. J'ai lu beaucoup de récits de crimes, mais je n'ai jamais découvert le moindre cadavre... Edmond non plus et je pense qu'il ne tient pas plus que moi à figurer comme témoin dans une cause célèbre.

— Alors, allez-vous-en, car c'en est une qui se prépare. Je tâcherai que vous n'y soyez pas mêlés. Cependant, je ne réponds de rien. On vous a vus peut-être et si on me demande avec qui j'étais quand nous courions ensemble sur la berge, il faudra bien que je le dise. Les juges d'instruction ne plaisantent pas.

— Et ils veulent absolument tout savoir; c'est connu. Donc, nous ne gagnerions rien à vous planter là au moment le plus intéressant. Si nous devons subir dans tous les cas le désagrément que vous nous annoncez, j'aime mieux rester. Nous aurons du moins le plaisir de satisfaire notre curiosité, et je grille d'envie de savoir ce qu'il y a là-dedans, conclut Fresnay en poussant du pied le sac.

— Pensez-vous encore que c'est du charbon? lui demanda Piédouche en le regardant fixement.

— Non, murmura le remisier, qui commençait à s'émouvoir, si c'était du charbon, ça aurait résisté... et c'est mou...

— Et puis le charbon ferait des bosses de place en place sous l'enveloppe de grosse toile.

— C'est peut-être un paquet de linge... Vous verrez que cette terrible affaire va se réduire aux humbles proportions d'un vol de draps de lit.

— On ne se noie pas pour un vol et on ne va pas jeter le produit d'un vol à la rivière.

— Nous pataugeons dans les hypothèses. Finissons-en. Vous ne voyez donc pas que ce pauvre Edmond est déjà tout pâle. Défaites la ligature du sac.

— Vous ne tenez plus à m'aider, à ce qu'il paraît, dit ironiquement Piédouche, en s'agenouillant pour procéder à l'opération.

— Non... j'avoue que s'il y a un mort, je ne tiens pas à y toucher.

L'ancien diplomate n'éprouvait sans doute pas cette répugnance, bien naturelle pourtant, car il se mit à l'œuvre avec un sang-froid étonnant. On eût dit qu'il n'avait fait que cela toute sa vie.

Le sac était noué par un bout avec une courroie très souple et très solide, qu'on avait passée dans des anneaux de cuivre cousus après la toile et qui se fermait par une boucle d'acier très fin.

— Joli travail, disait entre ses dents M. Piédouche. C'est ficelé comme un sac de dépêches de l'administration des postes. Et je vous réponds que l'homme se proposait d'emporter cette poche et ses accessoires après en avoir versé le contenu dans la Seine.

Il ne prévoyait pas qu'il serait arrêté en route et que ses précautions tourneraient contre lui. On saura où tout cela a été fabriqué, tandis que s'il s'était servi d'une simple corde de chanvre... toutes les cordes se ressemblent. Un assassin de profession n'aurait pas commis cette faute-là.

— Allez donc ! dit Julien, d'une voix étranglée ; vous parlez d'assassin et rien ne prouve encore qu'il y a eu un assassinat.

— M'y voici, grommela Piédouche qui venait de déboucler la courroie et qui achevait de la desserrer, il ne s'agit plus maintenant que de lever le rideau...

Là, qu'est-ce que je vous disais ! s'écria-t-il après avoir
élargi l'ouverture et retroussé l'enveloppe.

Julien qui s'était penché pour mieux voir, se redressa
tout à coup, et son ami Chemazé recula d'horreur.

A la clarté de la lune qui montait dans le ciel, ils
avaient aperçu deux pieds nus, deux pieds dont la blancheur ressortait vivement sur la toile bise.

— C'est une femme, dit tranquillement M. Piédouche.
Je m'en doutais. Le coquin que nous avons poursuivi
n'était pas de force à porter un homme... il en avait
assez de ce petit corps-là... il est vrai qu'il lui avait mis
des bottes un peu lourdes... voyez ! les jambes sont
entourées de feuilles de plomb... mauvais système,
messieurs... rappelez-vous le crime du Pecq... si notre
homme avait étudié l'affaire avec attention, il aurait su
qu'il faut un poids énorme pour maintenir un cadavre
au fond de l'eau...

— Assez ! cria Julien. Vous n'allez pas nous faire un
cours de crimes comparés, quand l'émotion nous étouffe.
On a tué une femme, ce n'est que trop certain, et ce
n'est pas le moment de disserter. Il faut agir... appeler
des sergents de ville... courir à un poste de police...
que sais-je, moi ?... nous ne pouvons pas rester là à
écouter vos raisonnements.

— Non, certes... et puisque maintenant vous voulez
bien m'aider, je vous dirai tout à l'heure ce que vous
aurez à faire. Laissez-moi seulement découvrir entiè-
rement le corps... vous êtes des hommes, que diable !
et vous pouvez bien supporter un vilain spectacle, sans
que le cœur vous manque... ce ne sera pas long...
tenez, je vais tout simplement prendre le sac par l'autre
bout et le tirer à moi... Quand nous aurons vu la figure
de cette malheureuse, je ne vous retiendrai plus... mais
il n'est pas inutile que vous la voyiez...

— A quoi bon !... vous n'espérez pas que nous allons la reconnaître.

— Qui sait ?... ce n'est pas une femme du peuple... les pieds sont soignés comme ceux d'une duchesse ou d'une fille à la mode... et vous êtes si répandus dans tous les mondes...

Tout en parlant, M. Piédouche s'était mis en devoir de procéder comme il le disait. Il avait changé de place et saisissant le fond du sac, il l'attirait à lui avec autant de calme que s'il se fût agi d'enlever le fourreau d'un parapluie.

Cloués sur place par une sorte de stupeur qui paralysait toutes leurs facultés, Edmond et Julien ne pouvaient pas s'empêcher de suivre des yeux les progrès de l'opération.

Et c'était un étrange tableau que formaient ces trois hommes en cravate blanche penchés sur un cadavre.

— Ah ! reprit l'ancien diplomate qui pour le moment travaillait comme un simple garçon de la Morgue, on a cousu le corps, à partir du genou, dans une chemise de toile cirée... il faudra la découdre pour voir le visage, mais j'ai des ciseaux sur moi... les bras doivent être aussi entourés de plomb, car je sens maintenant plus de résistance... le poids empêche l'enveloppe de glisser... mais ça vient tout de même... enfin, nous y sommes... et la tête va apparaître... voici les épaules... tiens ! c'est singulier... on les a laissées à découvert... le suaire ciré ne monte pas jusque-là... alors, nous allons voir la figure.

M. Piédouche n'acheva pas et laissa tomber le sac, en disant.

— Ah ! diable, nous ne verrons rien du tout. On l'a décapitée. Ceux qui ont fait ce coup là sont plus forts que je ne pensais. Personne ne la reconnaîtra.

— Quelle horreur ! murmura Julien.

Edmond faillit s'évanouir. Il fallut que son ami le soutînt pour l'empêcher de tomber, et son ami était lui-même fort troublé.

Piédouche avait bien vu. La tête manquait à ce pauvre corps. A la place du cou, une plaque rougeâtre tranchait sur la blancheur neigeuse des épaules nues.

Le sang ne coulait plus. Il s'était épanché jusqu'à la dernière goutte par cette horrible plaie.

— La section ne serait pas plus nette si elle eût été faite par le couperet de la guillotine, dit Piédouche, après avoir examiné de près la blessure.

Et, se relevant promptement :

— Messieurs, reprit-il d'un ton bref, nous sommes en présence d'un crime comme on en voit peu et qui fera beaucoup de bruit. Vous ne tenez pas à ce que vos noms soient prononcés à propos de cette affaire... Eh ! bien, je vais vous indiquer le moyen de n'y pas figurer. Laissez moi ici. Remontez vivement sur la place de la Concorde, et envoyez-moi les deux premiers gardiens de la paix que vous rencontrerez. Dites-leur que vous avez entendu des cris qui partaient de la berge. Ils ne refuseront pas de venir. Je me charge de m'expliquer avec eux, et je ne parlerai pas de vous.

— C'est tout ce que je demande, dit Julien, et nous allons...

— Je ne parlerai pas de vous, à moins que je n'y sois forcé par la suite des événements, et à une condition...

— Laquelle ?

— A condition que vous vous tairez aussi. Si vous vous amusiez à raconter cette histoire à vos amis et à vos amies, je le saurais et je me verrais dans la nécessité de vous faire appeler en témoignage... tandis qu'il dépend de moi de vous éviter cet ennui.

— Nous serons discrets, je vous en réponds... quoique je ne comprenne pas trop comment vous pourrez vous tirer de là sans nous.

— C'est mon affaire. Mais partez, je vous prie, et faites exactement ce que je vous ai dit... faites-le, sans perdre une minute... je ne tiens pas à rester longtemps seul auprès de ce cadavre.

— Je comprends ça... à bientôt, car je pense que vous nous tiendrez au courant des suites de l'aventure.

— Je vous dirai ce que je saurai... je vous le dirai quand vous m'aurez prouvé que vous êtes discrets. Allez ! le temps se passe et...

Les deux amis n'attendirent pas la fin de la phrase. Julien entraîna Edmond qui se soutenait à peine, et, pour se conformer aux instructions de M. Piédouche, ils prirent la rampe inclinée qui débouche sur la place tout près de l'entrée du pont.

Le hasard voulut qu'en y arrivant ils vissent poindre sur le quai qui longe le jardin des Tuileries les képis de deux sergents de ville qui s'avançaient d'un pas tranquille et lent.

— Laisse-moi faire, dit Julien à son camarade qui ne demandait pas mieux, car il n'était pas en état de s'expliquer avec des représentants de l'autorité.

Fresnay, plus maître de lui, les aborda sans se presser, et leur dit, sans avoir l'air d'attacher trop d'importance à ce renseignement, qu'il lui avait semblé entendre appeler au secours du côté de la rivière, qu'il n'avait pas osé y descendre, mais qu'il croyait devoir leur signaler le fait.

Les deux sergents de ville ne demandèrent pas d'autre explication et se dirigèrent vers l'endroit qu'on leur indiquait.

— Maintenant, que Piédouche s'arrange comme il

2.

pourra, je m'en lave les mains, dit Julien. Allons souper.

— Souper ! tu penses à souper après ce que nous venons de voir, s'écria Edmond.

— J'avoue que ce spectacle m'a un peu coupé l'appétit, mais nous ne pouvons pas décemment planter là nos invitées. Nous les avons déjà assez fait poser.

— Pas moi, puisqu'elles ne m'attendent pas. Vas les rejoindre, si le cœur t'en dit. Je préfère aller me coucher.

— Tu as tort, mon cher. Mais conduis-moi au moins jusqu'à la porte du restaurant. J'ai à te parler de M. Piédouche et de ses recommandations qui me semblent bizarres. D'abord, je commence à croire que décidément ce soi-disant diplomate a des attaches étroites avec la police.

— C'est mon avis, et nous ferons bien de nous défier de lui. Pour ma part, je ne tiens pas à le revoir.

— Moi, je le reverrai forcément... il vient presque tous les jours à la Bourse et il me charge de ses ordres... mais je me tiendrai sur mes gardes... Je me tairai du reste très volontiers et je me contenterai de lire les journaux qui raconteront demain l'histoire de la femme sans tête. On ne parlera pas d'autre chose pendant huit jours et ce sera amusant d'écouter les récits plus ou moins faux qui circuleront... nous avons vu, nous... seulement, je veux que le diable m'emporte si je sais que penser de ce que nous avons vu... ce faux charbonnier, ce sac, ce cadavre décapité... il me semble que j'ai rêvé tout cela.

— C'est comme un affreux cauchemar, et il me poursuivra longtemps.

— Bah ! tu le chasseras. Ce n'est pas notre faute si des scélérats ont coupé le cou à une femme. Nous ne la connaissions pas et ni nous ni nos amis, nous ne serons accusés de ce crime abominable. Laissons faire l'illustre Piédouche, qui a vraiment du coup d'œil, je me plais à le reconnaître... ça me rappelle même que je lui dois cinq louis... et vivons comme si de rien n'était... ça ne m'empêchera pas de la mener joyeuse et ça ne t'empêchera pas d'épouser la sœur d'Éric... oh ! ne te fâche pas !... secoue-toi plutôt et viens souper pour dissiper tes idées noires. Nous voici à la porte du cabaret où ces dames nous attendent. Entre avec moi, ne fût-ce que pour m'aider à m'excuser du retard.

Edmond allait probablement répondre par un refus, mais avant qu'il l'eût formulé, Julien s'écria :

— Ah ! elle est forte, celle-là ! voilà justement Éric qui nous arrive. Il tombe bien.

Ce colloque entre Edmond et Julien se tenait dans une allée, à quelques pas de l'entrée du restaurant, et grâce aux nombreux becs de gaz qui éclairaient la façade de cet établissement, on y voyait presque comme en plein jour.

Des garçons allaient et venaient par le corridor du rez-de-chaussée, et un majestueux maître d'hôtel se tenait sur le seuil, une serviette a la main. Mais il ne paraissait pas qu'il y eût encore beaucoup de monde dans les salons ni dans les cabinets.

C'est tout au plus si quatre ou cinq voitures étaient rangées non loin de là sur le chemin madacamisé qui va directement de la place de la Concorde au palais de l'Industrie, et les cochers descendus de leurs sièges battaient la semelle en maugréant contre le froid.

Éric Duroc, que Julien signalait, arrivait du côté opposé, et n'avait point aperçu ses amis, quoiqu'il vînt droit à eux. Il marchait rapidement, sans regarder devant lui : l'allure d'un homme pressé et préoccupé.

Il n'entendit point l'exclamation lancée par Fresnay

et comme il allait tête baissée, il se jeta presque dans ses bras.

— Tiens ! c'est toi, s'écria-t-il, en s'arrêtant brusquement. Et voilà aussi Edmond... Je ne m'attendais pas à vous voir ici...

— Et nous donc !... si tu crois que nous pensions te rencontrer, à trois heures du matin, aux Champs-Élysées !

— Vous y êtes bien.

— Nous, c'est différent. Nous venons du bal au profit des inondés... tu le sais bien puisque tu devais y venir... et nous avons choisi pour souper un cabaret pas trop éloigné de l'*Hôtel-Continental.*

— Moi aussi, je viens souper... j'ai une faim atroce.

— Je m'en doute, mais d'où sors-tu ? Tu as une figure à l'envers.

— Tu rêves. J'ai ma figure ordinaire.

— Allons donc ! tu as les yeux cernés, les traits tirés, le teint pâle, comme si tu venais de faire six lieues à pied dans des terres labourées... tu es éreinté, te dis-je... ne me soutiens pas le contraire... je te connais trop bien pour m'y tromper.

— Je t'affirme pourtant que...

— Remarque, cher ami, que tu n'es pas obligé de nous dire à quoi tu t'es fatigué. Je ne te demande pas tes secrets ; je te demande seulement de souper avec nous. Le hasard nous réunit. Profitons-en.

— Volontiers... mais je te préviens que je filerai après avoir avalé une douzaine d'huîtres et une tranche de pâté.

— Tu seras libre. Ces dames ne te retiendront pas de force.

— Comment, ces dames ! vous ne soupez donc pas

seuls, demanda Éric en regardant fixement Edmond qui s'empressa de répondre :

— Julien a invité des femmes sans me le dire... et je me suis laissé entraîner, mais puisque vous voilà. mon cher Éric, j'aime bien mieux souper avec vous... dans la salle commune,

— Ah! c'est comme ça que tu me lâches, s'écria Julien. Et ça parce que tu as peur qu'Éric ne bavarde! Faut-il que tu sois naïf! Éric n'a pas l'habitude de raconter à sa sœur ce qu'il fait sans elle. Demande lui un peu s'il lui parlera de notre rencontre à la porte d'un restaurant de nuit. Il s'en gardera bien, car il faudrait lui dire d'où il venait quand nous nous sommes trouvés bec à bec, et comme il n'aime pas à mentir, ça le gênerait. Tenez ! mes excellents bons, vous êtes deux enfants. Toi, Edmond, tu t'alarmes à propos de rien comme un naïf amoureux que tu es, et toi, mon vieux Duroc, tu n'as pas une seule bonne raison à nous donner pour faire bande à part. Lucie Travers et la baronne de Lugos qui sont là haut n'iront pas te dénoncer à ton adorée... D'abord, parce qu'elles ne la connaissent pas et ensuite parce que ce sont de bonnes créatures qui...

— Au fait, ça m'est bien égal, interrompit Éric.

— A la bonne heure ! dit Julien en poussant le coude d'Edmond. J'aime ta philosophie, je l'approuve et je l'engage fort à la mettre en pratique. Montons, messeigneurs. J'éprouve le besoin de boire des liquides réconfortants.

Edmond de Chamazé était assurément dans le même cas, car la lugubre aventure qui venait de prendre fin l'avait bouleversé, et pour remettre d'aplomb un homme dont les nerfs sont ébranlés, il n'y a rien de tel qu'un vin généreux, mais il ne prenait pas gaiement la situation où une série de hasards l'avait jeté et la présence à ce souper du frère de Mlle Duroc ne faisait que le troubler davantage.

Éric, lui, en dépit du ton dégagé qu'il affectait, était visiblement préoccupé et sa mauvaise humeur perçait dans ses propos. On lisait sur son visage qu'il avait mal employé sa nuit et qu'il n'était pas disposé à se consoler en joyeuse compagnie. Mauvaise chance pour les invitées de Julien, car Éric était bâti de façon à leur plaire : grand, bien tourné, brun comme un Arabe avec des cheveux noirs et bouclés, de grands yeux pleins de passion, des lèvres rouges et des dents éblouissantes. Un type de créole, quoiqu'il fût né à Paris ; une proie masculine que devait convoiter ardemment une princesse Morphine ; et un vivant contraste avec ses deux meilleurs camarades.

Edmond était blond, avec des traits fins et une physionomie douce et distinguée.

Julien avait une tête de viveur intelligent, une de ces têtes qu'on ne rencontre guère que sur le boulevard, qu'on ne sait comment caractériser et que, cependant, on n'oublie jamais quand on les a vues une fois.

Celui-là était fait pour réussir avec les femmes et dans les affaires, comme le lui avait prédit M. Piédouche, et il s'y employait activement.

Le cabinet retenu par lui était au premier étage et il en savait le chemin pour en avoir usé souvent.

Il y fit cette nuit-là une entrée bruyante afin de prévenir la scène qu'il prévoyait et qu'il avait bien méritée, car l'heure du rendez-vous était passée depuis longtemps. Mais il eut la satisfaction de trouver Lucie Travers et la baronne en train d'expédier bravement le menu qu'il avait commandé dans la journée.

Elles en étaient aux écrevisses bordelaises et elles riaient comme des folles en les grignotant.

— On s'amuse sans nous, commença Julien ; alors je
ne fais pas d'excuses... je les avais préparées ; je les
supprime... et je présente mes petits camarades.

Baronne, M. Edmond de Chemazé, gentilhomme
angevin, qui ne dissimule pas sa sympathie pour la
Hongrie... et pour les Hongroises.

M. Éric Duroc, boulevardier de naissance et financier
de profession, membre de diverses sociétés d'intempé-
rance et remisier ordinaire de plusieurs princesses.

Cette dernière qualification fit froncer le sourcil au
présenté que Mme de Lugos dévorait des yeux.

— Lucie, ma chère, reprit Julien ; je ne te présente
personne, attendu que tu connais tout le monde.

Et maintenant, mes gars, prenez place comme vous
l'entendrez, mangez et buvez à votre fantaisie, mais
passez-moi le clicquot. Je suis en retard sur la gaieté
de ces dames et il faut que je sèche une bouteille de
champagne pour me mettre au niveau.

— Il va boire pour s'étourdir, pensait Edmond, qui
n'en revenait pas de le voir si joyeux après le spectacle
auquel ils avaient assisté tous les deux sur le bord de la
Seine. Que ne puis-je en faire autant !

Il était malheureusement hors d'état de recourir à ce
moyen, car l'émotion qui le tenait à la gorge ne lui aurait
pas permis d'avaler un verre de vin.

Il s'assit tristement au bout de la table et, après avoir
déclaré qu'il n'avait ni faim ni soif, il alluma une cigarette pour se donner une contenance et il se mit à
observer Éric Duroc dont l'air et l'attitude lui donnaient
fort à penser.

— D'où vient-il et qu'a-t-il fait pendant que sa sœur
l'attendait inutilement, se demandait le brave garçon
que Julien Fresnay avait lancé dans ces aventures noc-
turnes. Je suis sûr qu'il est resté tout ce temps-là avec

sa princcssse et Dieu sait ce qui s'est passé entre eux. Il a la mine d'un homme qui vient de faire un mauvais coup.

Pendant qu'Edmond s'abandonnait à ses réflexions mélancoliques, Éric Duroc s'établissait sur un divan près de la baronne et Julien se campait sur une chaise à côté de Lucie Travers qui se laissa embrasser par lui, mais qui ne perdit pas un coup de dent.

Cette Lucie était une demoiselle très connue, qui avait tous les droits possibles à passer dans la vieille garde, quoiqu'elle se défendît d'en faire partie.. Lucie lançait les nouvelles venues, dans le genre de la Hongroise qui arrivait de Vienne pour chercher fortune à Paris, et Lucie y trouvait son compte, car on l'invitait encore à cause de ses amies.

Julien, en entrant, avait donné ses ordres au garçon et dix minutes après, Éric et lui attaquaient des mets plus solides que les écrevisses de ces dames.

— Je te pardonne puisque tu nous as amené ces messieurs, lui dit Lucie, mais je constate que tu nous as fait poser.

— Ce n'est pas ma faute, répliqua Fresnay entre deux bouchées ; nous avons été retardés par un homme sérieux qui voulait absolument être de la fête.

— S'il est sérieux, tu as eu tort de ne pas l'amener.

— Tout ce qu'il y a de plus sérieux... M. Piédouche, ancien diplomate et riche client de la charge où je travaille. Je ne demandais pas mieux que de vous le présenter, et nous sommes sortis du bal avec lui, mais... nous l'avons perdu en route.

— Blagueur, va ! ce n'est pas que je t'en veuille de l'avoir lâché, car il ne m'inspire qu'une confiance médiocre, ton ancien diplomate. Je me suis laissé dire qu'il est de la police.

— Oh! de la police politique, tout au plus... et ça rentre dans la diplomatie.

— N'était-il pas en Autriche, l'année dernière? demanda la baronne.

— Peut-être bien. Il voyage beaucoup. Qu'est-ce qu'on disait de lui là-bas?

— Qu'il était l'agent d'un gros banquier de Paris qui l'avait envoyé à la recherche de son caissier parti en emportant la caisse.

— Là! s'écria Lucie. Tu vois bien, mon cher, que ton monsieur sérieux n'est qu'un mouchard de haute volée, et que nous n'avons pas à regretter son absence.

Julien était de cet avis, et il aurait pu fournir des preuves à l'appui de son opinion, mais il n'avait garde de raconter l'histoire du sac, et s'il avait prononcé le nom de Piédouche, c'était pour savoir si ces dames connaissaient le personnage et ce qu'elles en pensaient.

Edmond s'étonnait de son audace et se promettait de la lui reprocher en sortant; mais Éric ne prenait aucun intérêt à cette conversation, quoiqu'il eût souvent rencontré à la Bourse l'homme dont il était question.

— Eh bien! moi, commença la baronne, je suis fâchée qu'il ne soit pas venu. J'aurais voulu lui dire ce que nous avons vu en venant de la rue de Marignan ici.

— Comment! vous aussi vous avez vu des choses extraordinaires! s'écria étourdiment Julien.

— Une chose bizarre, c'est vrai, dit Lucie. Tu sais que nous avons passé la soirée chez moi, au coin du feu, à jouer au bézigue en fumant des cigarettes... même que j'ai perdu neuf mille points... cette Katinka a une veine!... J'avais envoyé ma femme de chambre retenir un fiacre parce que je n'aime pas à atteler mes chevaux, la nuit... à trois heures moins un quart, nous montions

3

dans un fiacre qui attendait à ma porte... je suis exacte, moi.

— Bon! une pierre dans mon jardin!... continue, chère amie, ce récit poignant.

— Notre sapin prend naturellement la grande avenue des Champs-Élysées; arrivé devant le palais de l'Industrie, il tourne à droite, puis à droite encore, après avoir longé la façade de ce vilain monument... c'est le chemin pour arriver ici... mais, notre cocher qui avait tourné un peu court l'angle du palais, jette son cheval sur une voiture qui stationnait là... Il ne pouvait pas deviner qu'elle y était,.. il n'a que le temps d'arrêter sa bête et d'obliquer à gauche... nous avons été à deux doigts de verser... j'ai eu une peur!.,. je ne comprenais pas ce qui nous arrivait... mais en mettant la tête à la portière, j'ai compris, et j'ai vu...

— Quoi? est-ce que votre cocher avait accroché un de ces chariots malodorants qui ne circulent qu'après minuit?

— Plus drôle que ça. La voiture était un coupé de maître, très bien tenu, la portière était ouverte, et un homme venait de descendre... un homme vêtu comme un portefaix...

— Pas possible! murmura Julien.

— C'est comme je te le dis, mon cher. Un portefaix sortant d'un équipage qui peut bien avoir coûté, cheval compris, dans les dix mille... et ce qu'il y a de plus fort, c'est que cet homme portait sur son dos un sac énorme.

Julien, qui avait écouté d'une oreille distraite le commencement de ce récit était, devenu très attentif et son camarade Edmond n'essayait point de cacher l'émotion qu'il éprouvait.

Éric ne paraissait pas avoir entendu, mais il était évidemment sous le coup d'une impression pénible, car il fronçait le sourcil et il ne daignait pas remarquer les œillades que sa voisine, la belle Hongroise, ne lui ménageait pas.

— Eh bien! après? demanda Fresnay, en cherchant à prendre un air indifférent.

— Après, répondit Lucie, l'homme que notre fiacre avait failli renverser a poussé avec son épaule la portière du coupé et s'est dirigé du côté du Cours-la-Reine.

— Et le coupé?

— Le coupé était tourné vers la grande avenue des Champs-Élysées. Le cocher a fouetté son cheval... un grand cocher en collet de fourrure et un beau cheval gris-pommelé... en dix secondes, tout avait disparu.

— Excepté l'homme au sac?

— Il s'est enfoncé sous les arbres et nous l'avons perdu de vue. Du reste, nous arrivions devant le restaurant et nous n'étions pas tentées de courir après ce portefaix suspect. Nous avons renvoyé notre fiacre et nous sommes montées au salon dix-neuf où nous comptions vous trouver.

Avoue que l'histoire est curieuse.

— Je conviens que généralement les forts de la halle ne se promènent pas en voiture de maître et que les commissionnaires ne portent pas des paquets à trois heures du matin... Mais il y a peut-être une explication toute naturelle que nous ne connaissons pas... ce qui serait intéressant, ce serait de savoir à qui appartient le coupé.

— Katinka prétend que le cheval et le cocher sont Russes.

Éric qui était resté absorbé dans ses réflexions, leva la tête et prêta l'oreille. Évidemment, la Russie l'intéressait.

— Comment avez-vous pu voir ça, chère baronne?

demanda Julien. Lucie vient de nous raconter que la rencontre n'a duré qu'un instant.

— C'est vrai, dit Mme de Lugos, mais j'ai eu le temps de remarquer la barbe du cocher et les allures du cheval ; le cocher doit être un moujik et le cheval gris un trotteur de la race Orlof.

— Diable ! vous en remontreriez à M. Piédouche qui a la prétention de tout deviner à première vue. Et si vous ne vous êtes pas trompée, on pourrait sans trop de peine découvrir le propriétaire de cet équipage. Les cochers barbus et les trotteurs gris-pommelés n'abondent pas à Paris.

— La princesse Yalta a dans ses écuries une demi-douzaine de ces merveilleuses bêtes et elle se fait mener quelquefois par un cocher en costume moscovite... toque, caftan, bottes et barbe en éventail...

— Vous la connaissez donc, cette princesse des *Mille et une Nuits?*

— Qui ne la connaît pas ? On ne voit qu'elle... au bois, au théâtre, aux courses... elle est partout...

— Mais elle ne se promène pas la nuit pour voiturer des portefaix, je suppose.

— Oh! je ne prétends pas que le coupé est à elle. Le cocher portait une livrée à la française qui n'allait pas du tout avec sa barbe, et la princesse ne souffrirait pas cela dans sa maison; chez elle, tout est d'une correction irréprochable... bêtes et gens... il n'y a que sa conduite qui ne le soit pas.

Éric pâlit et demanda sèchement à Mme de Lugos :

— Qu'en savez-vous?

— Mais... ce que tout le monde sait, répondit la Hongroise, d'un air piqué. Auriez-vous l'intention de vous porter garant de sa vertu?... et de défendre sa réputation envers et contre tous?... Je vous préviens que vous auriez fort à faire, cher monsieur.

Éric eut sur les lèvres une verte réplique, mais il fit un violent effort sur lui-même et il se contint.

Edmond, qui l'observait à la dérobée, comprit ce qu'il souffrait et essaya d'amener la conversation sur un sujet moins brûlant, mais il n'avait pas l'esprit libre et Julien ne le secondait pas du tout. Julien ne songeait qu'à se renseigner sur une rencontre qui se rattachait évidemment au crime abominable que M. Piédouche venait de découvrir. Il ne soupçonnait certes pas la princesse Morphine de l'avoir commis, mais il se demandait si sa conscience ne l'obligerait pas à informer dès le lendemain M. Piédouche de la singulière aventure des deux soupeuses et il n'avait pas fini de les questionner.

Si bien qu'Éric, à bout de patience, se leva de table et dit :

— Mon cher, je n'ai plus faim et je vais me coucher. Tu régleras ma part du souper.

— Et la mienne, ajouta Edmond en se levant aussi.

— Quoi! vous partez! Êtes-vous fous?

Les femmes échangeaient des regards qui n'avaient rien de bienveillant pour les deux déserteurs, mais ils n'en prirent nul souci, pas plus qu'ils ne s'inquiétèrent de la mauvaise humeur que leur camarade Fresnay ne prenait pas la peine de dissimuler.

Ils sortirent sans dire mot et sans saluer ces dames, et un instant après, munis de leurs chapeaux et de leurs pardessus, ils repassaient le seuil de ce restaurant où ils regrettaient d'être entrés.

— Voulez-vous que nous marchions un peu? demanda Éric à l'ami qui suivait sa fortune.

— J'allais vous adresser la même question, répondit

vivement Edmond. On cause mieux à pied que dans
une voiture de place, et nous ne sommes pas très
pressés. Vous demeurez cité d'Antin et moi rue Saint-
Georges. Nous pouvons donc suivre le même chemin.
Vous plaît-il que je vous accompagne jusqu'à votre
porte?

— Je n'osais pas vous en prier, mais vous me ferez
grand plaisir... vous me rendrez même un véritable
service, car j'ai des idées noires et en causant avec un
ami, je réussirai peut-être à les chasser. J'espérais
arriver à ce résultat en soupant avec ces drôlesses.
mais je m'étais trompé. Leurs propos stupides n'ont
fait que m'agacer... et je m'étonne que Fresnay
prenne plaisir à hanter de pareilles créatures... cette
soi-disant baronne est particulièrement insupportable
avec sa prétention de juger les femmes du vrai monde.

— Elles ne me plaisent pas plus qu'elles ne vous
plaisent, et je crois que notre ami Julien ne se fait pas
d'illusions sur leur compte... mais il soutient qu'elles
sont moins dangereuses que certaines grandes dames...
et peut-être n'a-t-il pas tort.

Éric ne répondit pas à cette ouverture et ils chemi-
nèrent silencieusement jusqu'à la place de la Concorde.

— Je suis mauvais juge en ces matières, reprit
Edmond, sans se laisser décourager par le mutisme
volontaire de son compagnon. Vous cherchez tous les
deux des satisfactions différentes; Julien aime les amu-
sements faciles, et vous préférez les distractions pas-
sionnées; moi, je comprends autrement la vie, et si
j'aimais une femme, je voudrais tout simplement
l'épouser. Mon roman finirait par un mariage, comme
les vaudevilles de M. Scribe.

— Vous en parlez bien à votre aise.

— Ce n'est pas facile, j'en conviens. D'abord, il

faut aimer une jeune fille... je mets les veuves hors
de concours... et puis, surtout, il faut que cette jeune
fille vous aime... et on n'est jamais sûr de ces choses-
là... mais je ne désespère pas de réaliser mon rêve.

— Le mien est fini, dit Éric d'un air sombre ; et le
réveil a été cruel. Tout à l'heure, quand je vous ai
rencontrés, je me demandais si je ne ferais pas bien
d'aller me jeter dans la Seine.

— Mourir, vous ! s'écria Edmond, très ému ; vous
pensez à mourir ! vous oubliez donc que vous avez une
sœur.

— Non, et si je me résigne à vivre, c'est à cause
d'elle. En me tuant, je ne la laisserais pas dans la
misère, car j'ai acquis par mon travail un capital très
suffisant pour lui assurer après moi une existence indépendante, mais que deviendrait-elle, seule au monde,
à dix-neuf ans... Ah ! si je pouvais la marier à un
brave garçon comme vous !

Edmond tressaillit en entendant cette conclusion,
qui prouvait que le frère de Laure Duroc n'avait pas su
lire dans le cœur de son camarade. Si Éric s'était
aperçu qu'Edmond de Chemazé était amoureux d'elle,
il n'aurait assurément pas parlé de la sorte, car ce souhait ressemblait à une invite, et Éric était trop fier
pour provoquer une demande en mariage.

— Vous me faites beaucoup d'honneur, dit Edmond
d'une voix émue, et... je voudrais que mademoiselle
votre sœur pensât comme vous.

— Est-ce sérieux ce que vous dites-là ou n'est-ce
qu'une phrase polie ? demanda brusquement Duroc.

— Comment prendriez-vous cet aveu, si je vous disais
que depuis un an, depuis le jour où je l'ai vue pour la
première fois, je ne pense qu'à elle ?

— Et... elle le sait ?

— Je n'ai jamais osé le lui dire, mais peut-être l'a-t-elle deviné... Julien l'a bien deviné, lui, quoique je ne lui aie jamais confié mon secret, je vous le jure.

— Je m'explique maintenant certaines allusions que je ne comprenais pas... et je m'explique aussi pourquoi Laure me parle si souvent de vous... il n'y a que moi qui n'ai rien vu... mais puisque vous m'ouvrez les yeux, mon cher Edmond, je vous déclare que je ne retire rien de ce que j'ai dit. Le vœu que j'exprimais au hasard était sincère de ma part.

— Quoi! vous ne vous opposeriez pas à ce mariage!

— De quel droit m'y opposerais-je, si Laure vous aime? N'est-elle pas libre de disposer de son cœur? Et pourquoi chercherais-je à l'éloigner de vous que j'affectionne et que j'estime entre tous? Je vous connais depuis moins longtemps que bien d'autres de mes camarades, mais je ne vous ai jamais confondu avec eux... et j'ai en vous une confiance absolue... une confiance que ne m'inspire pas au même degré notre ami Julien Fresnay.

— Ai-je besoin de vous dire qu'entre nous la sympathie est réciproque?

— Vous me l'avez prouvé souvent et j'en doute moins que jamais. Aussi, quoi qu'il soit bizarre d'échanger des consentements dans la rue en sortant d'un restaurant de nuit, je vous donne ma parole de transmettre dès demain, si vous m'y autorisez, votre demande à ma sœur, et de vous appuyer chaudement.

Et comme Edmond allait protester de sa reconnaissance, Duroc l'interrompit en disant :

— Vous ne me devez rien. Si vous épousez Laure, comme je le désire de tout mon cœur, c'est moi qui serai votre obligé, car je pourrai exécuter un projet irrévocablement arrêté dans mon esprit. L'existence que je mène me pèse, je vous l'ai dit...

— Ne parlez pas ainsi, je vous en conjure... vous ne pouvez pas songer au suicide quand vous venez de me faire si heureux.

— Je ne me tuerai pas, mais je partirai... je quitterai la France, j'irai en Amérique, en Australie... au bout du monde, pour fuir un supplice que je ne veux plus supporter. Je puis faire cela sans léser les intérêts de ma sœur... j'ai commencé avec rien, car notre père était mort pauvre, et j'ai maintenant six cent mille francs à moi... la moitié de cette somme servira à doter Laure... le reste me suffira largement.

— Et pourquoi voulez-vous donc partir, mon ami, demanda Edmond d'une voix émue. Quel est ce supplice auquel vous voulez échapper ? Que manque-t-il à votre bonheur ?... Vous avez une sœur qui vous adore, des amis dévoués... vous êtes jeune, vous êtes riche, et vous devez votre fortune à votre intelligence... Qui donc trouble votre vie ?

Éric ne se hâta point de répondre à cet appel à sa confiance amicale. Tout en causant, ils avaient remonté côte à côte la rue Royale, et ils venaient de s'engager sur le boulevard de la Madeleine, presque aussi désert à cette heure que les Champs-Élysées. La solitude pousse aux aveux.

— Qui ? répéta Duroc, après avoir hésité assez longtemps. Ne comprenez-vous pas que c'est une femme ?

— Je le savais, murmura Edmond.

— Et vous pourriez la nommer, n'est-il pas vrai ? Vous l'avez vue cette étrangère qui se complait à s'afficher en venant me prendre à la sortie de la Bourse et à m'enlever dans sa voiture extravagante aux yeux de

3.

cinq cents personnes qui me prennent sans doute pour un amant à ses gages.

— Jamais on n'a dit ou pensé cela de vous.

— Elle a fait tout ce qu'elle a pu pour qu'on le crût. Et à partir du jour où j'ai eu le malheur de m'imaginer qu'elle m'aimait parce qu'elle s'était donnée à moi, je suis devenu sa chose, son esclave, son jouet. Elle a juré de me dégrader, de m'avilir, d'arracher de mon cœur tous les bons sentiments pour n'y plus laisser que la passion bestiale qu'elle y a plantée comme un poignard empoisonné. Elle hait ceux qui m'aiment, elle me hait...

— Et elle est votre maîtresse!

— Oui, pour mieux me torturer. Voulez-vous savoir ce que j'ai souffert pendant l'horrible nuit qui s'achève?

— Ne me dites rien, mon ami, murmura Edmond. A quoi bon revenir sur des scènes dont le souvenir vous affecte cruellement?

— Je veux que vous sachiez ce qu'elle a fait de moi, reprit Éric d'une voix sourde, à quel degré d'abaissement elle m'a amené. Et, pour cela, il faut que je vous raconte l'histoire de la nuit que je viens de passer. Vous m'avez quitté à trois heures, n'est-ce pas?... un peu avant la fin de la Bourse.

— Oui, et j'avais remarqué avec joie que la Russe n'était pas venue vous attendre comme d'habitude.

— Nous étions brouillés depuis deux jours. J'avais eu avec elle une querelle violente... je m'étais révolté contre ses exigences, et je lui avais jeté à la face ce que je pensais d'elle... je croyais que tout était fini entre nous et je la regrettais déjà... Suis-je assez lâche, hein?... mais je me raidissais contre ma faiblesse, et je projetais de ne plus vivre que pour Laure, de ne plus la laisser seule, de redevenir ce que j'avais cessé d'être

pour elle, un frère, un ami, un protecteur... pour commencer, je lui avais promis de la mener dîner au restaurant et ensuite au théâtre... il était convenu que je
viendrais la prendre avant sept heures et elle se faisait
une fête de cette partie.

— Malheureusement, le patron vous a envoyé porter
une grosse somme chez la princesse... Julien m'a dit
cela.

— Il ne vous a pas dit qu'elle avait écrit exprès pour
que ces trois cent mille francs lui fussent remis chez
elle, ce soir à six heures, par moi, et non par un autre.
J'ai essayé de refuser, mais le patron a insisté de telle
sorte que j'ai dû céder sous peine de me fâcher avec
lui.

A six heures précises, j'arrivais rue de Tilsitt, bien
décidé à remplir ma mission strictement et à m'en
tenir là.

J'espérais même n'avoir affaire qu'à l'intendant de
Nadèje... elle s'appelle Nadèje et je ne peux pas l'em
pêcher de revenir malgré moi sur mes lèvres, ce nom
de vipère... J'ai vu tout de suite que j'étais attendu.
La grille de la cour d'honneur était ouverte... le duc
qu'elle conduit elle-même était attelé, et elle me regardait à travers les vitres du salon où elle reçoit dans
la journée. Son valet de chambre m'a introduit, et elle
m'a reçu comme si nous n'avions pas cessé d'être les
amis les plus tendres; je lui ai remis sans parler le
paquet de billets de banque... elle l'a pris sans compter
et elle l'a jeté dans un tiroir.

— Mais elle vous a donné un reçu, je suppose?

— Le reçu était tout préparé sur la table. Je l'ai pris
et je m'en allais quand elle m'a dit : tu sais... je dîne avec
toi... Elle me disait : *tu*... comme à ses valets. Je lui ai
répondu froidement que c'était impossible. Elle a voulu

savoir pourquoi... et quand elle a su que ma sœur m'attendait, j'ai lu sur son visage qu'elle me tuerait plutôt que de me laisser partir. L'idée de faire souffrir une pauvre enfant l'excitait.

— Et vous avez cédé, dit tristement Edmond.

— Si vous entendiez sa voix, vous ne résisteriez pas plus que je n'ai résisté... Elle m'a supplié, elle est allée jusqu'à me demander pardon, elle m'a juré à genoux qu'elle n'aimait que moi et qu'elle n'aimerait jamais que moi... elle m'a proposé de partir avec elle, cette nuit, dans sa voiture, de monter en chemin de fer, à la première station qui se trouverait sur notre chemin, et de nous enfuir au fond de l'Ukraine où elle possède un château et des terres immenses... Vous ne me croiriez pas si je vous disais que cette comédie n'avait d'autre but que de me forcer à la mener dîner dans un cabaret de barrière, où on boit du vin bleu... un caprice comme elle en a chaque jour... et je l'y ai conduite.

— Mais du moins vous aviez écrit à M{ll}{e} Laure ?...

— Nadèje n'a pas voulu. Laure a attendu et pleuré pendant que j'obéissais aux fantaisies de cette femme.

— Et vous lui avez obéi jusqu'à l'heure où nous vous avons rencontré à la porte de ce restaurant ?

— Non. Elle ne se serait pas contentée de me faire commettre une mauvaise action. Il lui fallait une vengeance plus raffinée, car j'avais blessé son orgueil en rompant avec elle l'avant-veille. Elle avait décidé de m'exaspérer jusqu'à me rendre fou.

— Qu'a-t-elle donc fait ?

— Pour comprendre ce qu'elle a fait, mon cher Edmond, il faut que vous sachiez d'abord que, dès le début de notre liaison, elle m'a forcé à louer et à meubler une maison pour la recevoir. Elle me menaçait de venir chez moi, dans l'appartement que j'habite avec ma sœur. J'ai trouvé ce qu'elle voulait... un pavillon isolé au fond d'une ruelle ignorée... dans le quartier des Champs-Élysées... et il lui est arrivé d'y passer quarante-huit heures de suite, servie par une fille cosaque qui est son âme damnée...

— Mais... le prince Yalta...

— La craint et lui laisse faire tout ce qu'elle veut... jusqu'au jour où après une orgie, dans un accès de colère, il la tuera. Son rêve à elle, ce serait, je n'en doute pas, qu'il tuât un de ses amants. Peut-être espérait-elle que ce serait moi... cette nuit... J'en ai eu la pensée et j'y étais préparé...

— Comment cela?

— Après notre dîner au cabaret, dans une salle où cinquante personnes l'ont vue avec moi, elle m'a ramené en voiture à ce pavillon et elle m'y a laissé en prétextant qu'elle voulait changer de toilette et en me promettant de revenir dans une heure. A minuit, elle n'avait pas reparu. Alors, ivre de colère et d'amour, j'ai voulu sortir de cet enfer et j'ai appris pourquoi elle m'y avait envoyé... J'ai trouvé une lettre qu'une main inconnue avait glissée sous la porte de la rue... Savez-vous ce qu'elle m'écrivait dans cette lettre?...

— Des reproches?...

— Il y avait ceci... je la sais par cœur...

« Pauvre sot, j'étais bien sûre que je n'avais qu'à faire un signe pour te ramener à mes pieds. Je viens de t'y voir, c'est tout ce que je voulais. Que ferais-je de toi maintenant? L'autre jour, tu m'as donné ta mesure. Je t'ai traité comme un laquais et tu ne m'as pas battue. Si tu m'avais rouée de coups, je crois que je t'aurais aimé, mais tu as un cœur de poulet. Je te méprise et

je te quitte pour toujours. Je pars cette nuit et quand
je reviendrai, je ne te reconnaîtrai plus. Oublie que tu
as été mon amant. Si tu t'avisais de t'en souvenir, j'ai
ma vengeance toute prête et tu maudirais le jour où
j'ai eu pour toi une fantaisie qui n'a duré qu'une
heure. Contente-toi de pleurer, puisque tu ne sais que
pleurer, et souhaite que je ne m'occupe plus jamais
de toi. »

C'est tout. Pas un mot de tendresse ou de regret...
rien que des injures et des menaces.

— Mais cette femme est folle, s'écria Edmond de Chemazé.

— Folle? non... Elle le deviendra, car elle s'empoi-
sonne chaque jour avec de la morphine; mais elle ne
l'est pas encore... elle n'est qu'orgueilleuse et féroce. Son
imagination rêve des infamies. Si je vous disais qu'un
jour elle m'a demandé de voler... oui, de voler... elle
me jurait que si je me déshonorais pour lui plaire, elle
m'aimerait comme elle n'avait jamais aimé de sa vie,
et je crois qu'en disant cela elle était sincère...

— C'est épouvantable... et vous devez vous estimer
heureux d'échapper à cette horrible créature... vous ne
la reverrez plus, puisqu'elle est partie... à moins que ce
départ qu'elle vous annonce ne soit un mensonge.

— Non, cette fois, elle n'a pas menti. Après avoir lu
cette lettre atroce, je n'ai plus pensé qu'à la tuer...
j'avais la tête perdue... j'ai couru à son hôtel, rue de
Tilsitt... j'espérais qu'elle y était encore et que je la
verrais sortir... j'avais sur moi un revolver chargé...
j'avais résolu de la guetter et de lui brûler la cervelle...
L'hôtel était éclairé du haut en bas... excepté du côté
où sont ses appartements... le Prince ne se couche
jamais avant le jour... il passe la nuit à boire avec ses

familiers, et les gens qui le servent n'entrent jamais
chez la princesse... Au premier étage de l'aile droite
qu'elle habite, une lumière isolée brillait encore... la
porte d'un escalier dérobé qui conduit chez elle était
fermée, mais j'espérais qu'elle allait s'ouvrir... je ne
raisonnais plus... Combien de temps ai-je passé devant
cette porte, la rage dans le cœur et le revolver au
poing?... deux heures, trois heures?... je n'en sais rien ;
enfin, j'ai vu arriver une voiture que j'ai reconnue...
c'était celle qui nous avait menés dîner à ce cabaret et
ramenés ensuite au pavillon que j'ai loué pour elle...
le cheval était le même, seulement ce n'était plus elle
qui le conduisait... un groom avait pris sa place... un
groom russe qui ne sait pas un mot de français... je ne
pouvais pas l'interroger, et d'ailleurs à quoi bon?... le
cheval était couvert d'écume ; il venait évidemment de
faire une longue course... j'ai compris qu'elle avait exécuté le projet dont elle m'avait parlé... ce projet insensé
qui consistait à partir au milieu de la nuit, et à gagner
une station de chemin de fer, en dehors de Paris...

— Quoi ! seule ! sans emmener ses gens et sans avertir le prince !... c'est incroyable.

— Vous ne la connaissez pas... elle a fait cela dix
fois... et toujours sans dire où elle allait... elle va en
Russie, à Nice, en Italie, ou à un château qu'elle a acheté
au fond de la Bretagne... elle va où son caprice la
pousse et elle revient quand il lui plaît. Son mari ne
s'inquiète jamais de son absence.

Mais j'achève mon récit... le groom a sifflé, la grille
s'est ouverte... on l'attendait... un instant après, la
lumière que j'avais remarquée s'éteignait... sans doute
cette Cosaque qui la sert devait veiller jusqu'au retour
de la voiture, pour le cas où sa maîtresse se serait avisée de changer d'avis et de rentrer... et elle venait

d'apprendre que sa maîtresse ne rentrerait pas... il était écrit que ma vengeance m'échapperait.

— Heureusement... Et je compte que vous oublierez cette femme.

— J'essayerai de l'oublier ; et j'y parviendrai peut-être ; j'ai bien eu le courage de ne pas me loger ce soir une balle dans le crâne... et j'ai eu aussi le bonheur de vous rencontrer au moment où j'allais entrer dans ce restaurant où, probablement, j'aurais bu pour m'étourdir... si j'avais soupé seul, je ne sais pas ce que j'aurais fait après.

Mais ne parlons plus de moi ; parlons de vous, mon cher Edmond. Demain, j'interrogerai Laure, et si, comme je le souhaite et comme je l'espère, elle est bien disposée pour vous, le mariage se fera très vite ; il me tarde d'assurer son sort.

Edmond répondit comme répondent en pareil cas les amoureux, mais le récit qu'il venait d'entendre le préoccupait beaucoup plus qu'il ne voulait le laisser voir à son ami, car il savait des choses qu'Éric ignorait encore.

Ce cadavre resté sur le bord de la Seine sous la garde de M. Piédouche, l'homme qui portait ce cadavre et qui semblait être celui que les soupeuses avaient vu descendre d'un coupé attelé à la Russe, Edmond n'avait pas cessé d'y penser et se demandait si cette lugubre aventure ne se rattachait pas à l'histoire moins tragique en apparence, des dangereuses amours d'Éric et des trahisons de la princesse Yalta.

Il entrevoyait confusément que le frère de Laure pourrait se trouver mêlé aux suites judiciaires d'un événement qui allait mettre sur pied toute la police de Paris, et il se préparait déjà à le défendre.

Il allait le quitter, car ils étaient arrivés à l'entrée de

la cité d'Antin, qui n'est plus une cité depuis que la rue
La Fayette l'a coupée par un bout. Il n'en reste plus que
deux tronçons de rues que les gens paisibles se plaisent
à habiter parce qu'on n'y passe guère.

Dans une honnête maison bourgeoise de la moins
fréquentée des deux, Éric Duroc occupait avec sa sœur
un joli appartement au premier étage, et pour aller de
la rue Saint-Georges à la Bourse, Edmond de Chemazé
prenait volontiers ce chemin qui n'était pas le plus
court.

L'aube commençait à poindre, mais tout dormait
encore dans cette cité qui est comme un coin de province au cœur de Paris.

— C'est singulier, dit Éric; il y a quelqu'un sur le
balcon... une femme...

— Est-ce que vous ne la reconnaissez pas? demanda
doucement Edmond.

— Laure!... oui, c'est elle... elle a passé la nuit à
m'attendre... mais c'est pour en mourir!... et j'en serais
cause... Ah! j'aurais mérité tous les malheurs qui pourront tomber sur moi.

Un cri de joie lui répondit. Sa sœur l'avait aperçu et
l'appelait du geste et de la voix.

La maison était une des premières du côté de la rue
Lafayette et le balcon n'était guère qu'à dix pieds au-
dessus du pavé. Les deux amis eurent vite fait d'accourir
et comme la jeune fille essuyait ses larmes, en essayant
de leur sourire, Éric, emporté par la situation, eut
une idée bizarre :

— Pardonne-moi, lui cria-t-il, je t'amène un mari.
Edmond de Chemazé t'aime et vient de me demander
ta main.

C'était fou, mais il n'y avait là que des amoureux, le
jour naissait, et les oiseaux commençaient à gazouiller

sur les toits — l'aurore et le balcon, comme dans *Roméo et Juliette*.

Laure rougit, Edmond pâlit et Éric lui serra la main en disant :

— A demain, frère !

Edmond ne pensait plus du tout à M. Piédouche.

II

Trois jours se sont passés.

M. Piédouche vient de déjeuner et fume un excellent cigare dans son cabinet de travail, au quatrième étage d'une belle maison de la rue de Rivoli, en face du jardin des Tuileries.

Son valet de chambre, après avoir servi le café et des liqueurs variées, sur un guéridon en laque, a introduit un monsieur de bonne mine qui doit être un fonctionnaire d'un ordre assez élevé, car il porte à la boutonnière une rosette multicolore, et qui n'est certainement pas venu faire à l'ancien diplomate une visite de simple politesse.

Ils causent posément, comme des gens qui traitent une affaire grave et qui cherchent à s'éclairer en échangeant leurs appréciations.

— Ainsi, disait le visiteur, vous persistez à croire que l'exposition règlementaire ne servirait à rien. Les délais sont passés, mais comme on a embaumé le cadavre, il est encore temps.

— Mon cher directeur, répondit M. Piédouche, la Morgue a son utilité dans certain cas, mais nous ne pouvons pas espérer qu'on reconnaîtra un corps sans tête. Je sais bien que ce corps est celui d'une femme,

que vraisemblablement cette femme a eu des amants
et que... mais ce n'est pas le moment de nous livrer
à des suppositions égrillardes... Ce corps très jeune
et très charmant n'a pas de signes particuliers...
hormis un seul qui n'est visible que pour un médecin et sur lequel je reviendrai tout à l'heure... en
supposant qu'un homme reconnût la morte, il y regar-
derait à deux fois avant de le dire... et cela pour des
motifs que je n'ai pas besoin de vous expliquer. Nous
nous trouvons donc en présence d'un cas particulier...
un cas unique peut-être, car je ne l'ai jamais rencontré.
J'en conclus qu'il faut procéder autrement qu'on ne le
fait lorsqu'il s'agit d'un crime ordinaire.

— D'accord. Il n'en est pas moins vrai que le premier
point, c'est d'établir l'identité de la victime.

— Assurément, et si on retrouve la tête coupée, nous
aurons des facilités qui nous manquent. Mais je ne
compte pas sur cette heureuse chance. Celui, ou plutôt
ceux qui ont fait le coup viennent de mettre en pratique
un système que messieurs les assassins ont grand tort de
ne pas adopter, car il leur assurerait presque toujours
l'impunité. La tête a été brûlée, je n'en doute pas, ou
enterrée quelque part où on n'ira pas la chercher.

— Je le crains, et je ne vois pas comment nous sortirons de cette impasse.

— Eh! bien, moi, je prétends que nous en sortirons...
si vous voulez bien me confier la direction des recherches.

— Vous avez carte blanche, mon cher Piédouche. On
m'a chargé en haut lieu de vous en donner l'assurance,
et même de vous dire que si vous réussissez, on trouvera
le moyen de prélever sur les fonds secrets une gratification convenable...

— En Angleterre, on me donnerait cinquante mille

francs, au bas mot. Mais je sais que ces largesses ne sont pas dans vos habitudes et que votre budget ne s'y prête pas. Je ne tiens pas, d'ailleurs, à être rémunéré de mes peines... il me suffira que mes frais me soient remboursés, car cette fois je marcherai pour ma satisfaction personnelle. Mon amour-propre est en jeu... et si je tire au clair cette affaire exceptionnelle, ce sera le couronnement de ma longue carrière.

— Nous n'attendions pas moins de vous et on ne vous demande que de vouloir bien nous expliquer vos vues et de nous tenir au courant de ce que vous ferez.

Vous savez où nous en sommes. Un juge d'instruction a été saisi, uniquement pour la forme, car en l'état des choses, il ne peut rien. Et on s'est conformé à votre premier avis, en ne donnant pas trop de publicité à la découverte du cadavre. Nous aurons et nous avons déjà eu maille à partir avec les reporters, mais on leur a dit que nous croyions à une lugubre farce imaginée par des carabins et les journaux commencent à répandre le bruit que ce corps a été décapité dans une salle de dissection, et déposé sur la berge de la Seine pour effrayer les passants. Comme il n'y a pas eu d'exposition à la Morgue, le public finira par se dire qu'il n'y a pas eu de crime et on oubliera cette histoire.

Reste à savoir si tout le monde sera aussi prudent que nous. C'est là, permettez-moi de vous le dire, le point faible de votre combinaison. Vous n'étiez pas seul quand vous avez rencontré l'homme qui portait le sac et les deux jeunes gens qui vous accompagnaient ne se priveront peut-être pas de bavarder.

— Ils s'en garderont bien. Leur intérêt me garantit leur discrétion. Ils ont une peur de tous les diables d'être mêlés, même comme témoins, à un procès criminel... et d'ailleurs, si mes suppositions se confirment,

ils auront encore une raison plus sérieuse pour se taire...
jusqu'à ce qu'on les interroge. Je les ai vus tous les deux,
hier ; je les ai sondés et je réponds d'eux.

Ils ont subi du reste une épreuve décisive, car, en me
quittant l'autre nuit, ils sont allés souper avec deux
donzelles, et ils ne leur ont pas soufflé mot de l'aventure. Je me suis arrangé pour rencontrer le lendemain
une de ces créatures, une Hongroise que j'ai connue à
Vienne ; je l'ai questionnée adroitement et j'ai vu qu'elle
ne savait rien... elle m'a même donné, en me racontant
le souper, un renseignement utile... Vous n'avez pas
idée de ce que j'ai recueilli de renseignements depuis
quarante-huit heures.

— Je suis chargé de vous prier de me les communi-
quer, afin que je puisse en informer le grand chef, et de
m'exposer en même temps votre plan. Il est approuvé
d'avance, mais encore faut-il qu'on le connaisse, ne
fût-ce que pour éviter de le déranger involontairement,
car il a bien fallu mettre en campagne des agents de la
sûreté.

M. Piédouche approuva d'un signe de tête et se re-
cueillit un instant comme un homme qui va tenir un
discours important.

— Mon cher directeur, commença-t-il, en se rengor-
geant un peu trop — la vanité était un de ses péchés
mignons — vous me faites l'honneur d'avoir confiance
en moi et je tiens à vous prouver que votre confiance
est bien placée. C'est pourquoi je ne fais pas difficulté de
vous expliquer le système que j'ai toujours suivi, un
système qui est à moi, bien à moi, et dont je ne me
départirai pas à mon âge.

— Je ne doute pas qu'il soit excellent, et je ne demande qu'à en faire mon profit, dit poliment le monsieur décoré.

— Je dois ajouter qu'il n'est pas à la portée de tout
le monde, reprit M. Piédouche avec un sourire. Pour le
mettre en pratique, il faut être doué. Le coup d'œil est
un don naturel qui ne s'acquiert pas, ce coup d'œil qui
vous permet de saisir à première vue dans une affaire
obscure, un point... un indice qui échapperait à un
autre. Ce point, c'est la base sur laquelle j'établis mon
hypothèse initiale... cette hypothèse, je la fortifie par
les informations que je me procure... et lorsque j'ai
relié ensemble des faits qui semblaient ne pas tenir l'un
à l'autre, j'arrive de déductions en déductions à une
conclusion mathématique. Mon siège est fait.

— Voilà une théorie que je comprends, mon cher
maître... mais je la comprendrai mieux encore quand
vous l'aurez appuyée par un exemple tiré du sujet qui
nous occupe.

— J'y arrive, mon cher directeur. Vous vous souvenez, je pense, que le médecin chargé des constatations
judiciaires a signalé sur le cadavre l'existence de certaines piqûres caractéristiques.

— Parfaitement. Il avait même cru un instant que la
femme avait été tuée avec une aiguille trempée dans du
curare ou dans de l'acide prussique, car le corps ne
porte aucune blessure et ne présente même aucune
trace de violence, et qui fait supposer que la malheureuse a été frappée à la tête... mais, après examen, le
docteur a reconnu que ces piqûres avaient été faites
avec un petit instrument très employé en chirurgie...

— Pour injecter de la morphine sous la peau des
malades qui souffrent d'une affection nerveuse. Eh!
bien, voilà le point.

— Comment cela? Je ne vois pas quel rapport...

— Vous ignorez donc que la mode s'est répandue
parmi certaines femmes de se piquer avec de la mor-

phine, à seule fin de se procurer des sensations agréables. C'est une manie analogue à celle des Chinois qui fument de l'opium.

— Je ne crois pas que cette manie soit très répandue à Paris, dit d'un air de doute le monsieur à la rosette bigarrée.

— Elle commence à s'y implanter. Mais elle vient de l'étranger. J'ai connu à Moscou une très grande dame russe qui s'y livrait avec tant de passion et qui s'en cachait si peu qu'on l'avait surnommée la princesse Morphine.

— Bon! mais nous ne sommes pas à Moscou.

— La princesse en question habite Paris depuis un an. C'est la femme très légitime et très peu fidèle du prince Yalta qui a acheté le plus bel hôtel de la rue de Tilsitt.

— Et vous supposeriez que cette princesse s'est fait couper le cou par un de ses amants! Diable! ce serait une conjecture un peu hasardée.

— Je vais vous prouver qu'elle est au contraire très sensée. Rappelez-vous d'abord que la femme décapitée a la peau très blanche, que les extrémités sont d'une finesse remarquable, que les pieds et les mains ont évidemment été l'objet de soins particuliers, à ce point que les ongles taillés en amande sont légèrement teints en rose avec du *henné*... une pâte qu'on emploie dans les harems d'Orient.

— D'où nous avons conclu que cette femme avait été une fille entretenue ou quelque chose d'approchant.

— Les princesses aujourd'hui copient ces demoiselles et on peut s'y tromper. Celle que je viens de vous nommer donne dans tous les raffinements.

— Mais enfin, vous vous basez, je suppose, sur des indices un peu plus sérieux... et puis, elle n'est pas invisible votre princesse... elle sort... elle se montre quelque part.

— Elle se montre partout.

— Eh bien! il faudrait établir d'abord qu'elle a disparu.

— C'est par là que j'ai commencé. Je ne suis pas encore arrivé à une certitude, mais peu s'en faut. Personne ne l'a vue depuis samedi dernier. Vous allez me dire qu'elle est peut-être malade, mais j'ai la preuve du contraire. Ce jour-là, elle est allée dîner avec son amant dans un cabaret, à Asnières. Elle y est allée en voiture découverte et elle est revenue de même.

— Quoi! elle se gêne si peu! Et son mari?

— Son mari la laisse complètement libre. Elle reçoit qui elle veut, et elle va où il lui plaît. Samedi soir, après ce dîner champêtre elle a ramené son amant jusqu'à la porte d'une maison qu'il a louée tout exprès pour abriter leurs amours. On les a vus passer dans une rue qui y mène. Mes renseignements s'arrêtent là. Mais il me semble que je n'ai pas tout à fait perdu mon temps depuis deux jours.

— J'admire comme votre police est faite. Vos agents valent mieux que les nôtres.

— Oh! je n'en ai qu'un qui me sert en même temps de valet de chambre, mais je l'ai dressé et quand je le lâche sur une piste, je suis sûr que la chasse sera bien menée. Je ne lui confie d'ailleurs que le gros de la besogne. Il y a des démarches que je me réserve. Ainsi, je l'ai chargé de causer avec les domestiques de la princesse et d'étudier les abords du pavillon où son amant la recevait, et il s'est acquitté de sa mission avec une rare intelligence. Mais le reste me regarde seul.

— Que comptez-vous donc faire?

— Me présenter chez le prince Yalta. J'ai un moyen

4

d'arriver jusqu'à lui, et de savoir si la princesse a vrai
ment disparu samedi soir.

— Si elle avait disparu, il aurait averti la préfecture.

— Vous ne le connaissez pas. Il ne s'inquiète jamais
d'elle, et ce n'est pas à lui que je m'adresserai. Mais
lorsque j'aurai mes entrées dans l'hôtel, je m'abouche-
rai avec la femme de chambre favorite de la princesse
et je saurai la faire parler. Ensuite, il faut que je visite
moi-même la maison des rendez-vous. J'ai la clef. Mon
valet de chambre a une foule de petits talents utiles. Il
sait prendre l'empreinte d'une serrure et au besoin for-
ger un passe-partout. Et je puis, quand je voudrai,
m'introduire dans ce nid d'amoureux.

— Vous croyez donc que le crime a été commis là ?

— Je n'en doute pas. La princesse y est entrée ; elle
n'en est pas sortie.

— Alors ce serait son amant qui l'aurait tuée ?

— J'en suis convaincu.

— Et cet amant est un homme du monde ?

— Pas de son monde à elle. C'est un commis d'agent
de change.

— Un commis d'agent de change ! répéta le délégué
de la Préfecture, très étonné.

— Un remisier, pour mieux dire, reprit M. Piédouche ; un garçon qui gagne beaucoup d'argent et que je
connais de longue date, car je fais des affaires chez son
patron.

— Et comment diable ! est-il devenu l'amant de cette
princesse ?

— Elle joue à la Bourse comme une enragée ; elle a
vu ce jeune homme dans les bureaux de l'agent ; il lui
a plu et ce n'est pas surprenant, car il est fort bien de
sa personne. Elle s'est amusée à le séduire, et il s'est

laissé faire très volontiers, parce qu'il y trouvait son
compte. D'abord une maîtresse comme celle-là flattait
sa vanité et de plus, elle le chargeait de toutes ses opérations et il a dû toucher depuis six mois de magnifiques courtages.

— Alors, pourquoi donc l'aurait-il tuée? C'était la
poule aux œufs d'or, que cette cliente-là.

— J'ai cru d'abord qu'il l'avait tuée pour s'approprier trois cent mille francs qu'il avait à lui remettre...
précisément samedi soir, après la Bourse, mais j'ai
changé d'idée, depuis que je sais qu'il a rapporté le
reçu de la somme. Ce n'est pas une raison concluante,
car ce reçu peut être faux. Mais, étant donnés ses antécédents qui sont très bons, j'incline maintenant à
penser qu'il l'a tuée par jalousie. Il était amoureux fou
d'elle et elle devait se moquer de lui comme elle se
moque de tous les hommes... elle n'a des amants que
pour se donner le plaisir de les exaspérer. Il aura découvert qu'elle le trompait, et pris d'un accès de rage,
à la suite d'une explication violente, il lui aura coupé
la tête.

— Vous voulez dire qu'il la lui a cassé d'un coup de
revolver?

— Ou qu'il l'a assommée d'un coup de canne. Dans ces
cas-là, tous les moyens sont bons et il est certain qu'elle
a été frappée à la tête.

— C'est au moins très probable, mais comment expliquez-vous ce qui a suivi? Cette précaution de déca
piter une morte, ces ligatures de plomb, ce sac de
toile... tout cela est bien compliqué pour un homme
qui ne fait pas son état d'assassiner.

— C'est justement ce qui prouve que c'est ce que
nous appelons un coup d'amateur... il n'y a que les
honnêtes gens qui inventent des trucs inusités pour se

tirer d'une situation dont ils n'ont pas l'habitude. Un criminel vulgaire aurait laissé là le cadavre, sans se préoccuper si on le reconnaîtrait.

— Soit ! mais il avait donc un complice, votre remisier !... car enfin ce n'était pas lui qui portait le sac et qui s'est noyé pour vous échapper.

— Non ! Il était hier à la Bourse. Mais d'abord il ne m'est pas prouvé que le porteur du sac se soit noyé. Je m'attendais si peu à ce saut dans la rivière, qu'après avoir vu ce faux charbonnier piquer une tête, j'ai opéré, je l'avoue, comme un conscrit. J'ai attendu bêtement qu'il reparût, et je n'ai pas songé qu'il devait y avoir en aval du pont des Invalides une bouche d'égoût... et il y en a une, je m'en suis assuré le lendemain... un fort nageur a très bien pu filer entre deux eaux et sortir à vingt mètres plus bas sous une voûte dont il connaissait l'emplacement. Je suis même très disposé à croire que c'est ce que le drôle a fait. On ne se suicide pas quand on a encore une chance de se sauver.

Du reste, je ne pense pas que cet homme fût M. Duroc... le remisier, amant de la princesse, se nomme Éric Duroc... j'ai même de fortes raisons de penser le contraire. Mais pourquoi n'aurait-il pas embauché un auxiliaire ? Ce n'est pas l'argent qui lui manque, et à Paris, on trouve des gens qui assassinent pour cent sous.

— C'est vrai, mais cette seconde hypothèse ne s'accorde pas très bien avec la première. Vous supposiez tout à l'heure que le meurtre avait été commis dans un moment de colère... s'il y a un complice, la préméditation est évidente.

— Voici le moment, mon cher directeur, de vous apprendre ce que m'a raconté une de ces demoiselles du souper, la Hongroise, qui se dit baronne. Elle venait au restaurant, avec son amie, en fiacre, lorsqu'elles ont vu descendre d'un coupé de maître, arrêté au coin du palais de l'Industrie, un individu habillé comme un portefaix et chargé d'un gros sac. Le coupé a filé vers les Champs-Élysées et l'homme, avec son fardeau sur le dos, s'est acheminé vers le Cours-la-Reine. C'est évidemment à lui que nous avons donné la chasse un instant après.

— Sans aucun doute, mais tout cela prouve encore mieux que le crime était préparé, puisqu'il y avait une voiture toute prête pour emporter le cadavre.

— Attendez, cher maître, je n'ai pas fini. Ces créatures ont eu l'idée que le cheval et le cocher étaient Russes. Le cheval était d'une race particulière, et la Hongroise, qui s'y connaît, l'a remarqué. Le cocher portait toute sa barbe comme les paysans Moscovites.

— Eh bien?... le boursier que vous soupçonnez n'est pas Russe.

— Non; et vous devez perdre un peu le fil au milieu de ces déductions dont vous n'apercevez pas encore le but; mais j'arrive à ma conclusion.

Je vous ai dit tout à l'heure que mon siège était fait. Il l'est si bien que voici, je l'affirme, ce qui s'est passé samedi soir : la princesse est arrivée vers neuf heures, avec son amant, à l'entrée du passage au fond duquel se trouve le pavillon des rendez-vous; elle y est arrivée dans une voiture découverte qu'elle conduisait elle-même, avec un groom derrière. C'est absolument certain. Des témoins l'attesteront quand il le faudra. Elle y est restée et elle a renvoyé sa voiture, mais comme sans doute elle ne voulait pas passer toute la nuit hors de son hôtel de la rue de Tilsitt, elle a donné à son groom l'ordre de revenir entre une heure et deux heures du matin l'attendre avec un coupé. L'ordre a été

4.

exécuté. Son cocher ordinaire a attelé un des trotteurs qu'elle a ramenés de Russie et le groom est monté sur le siège, près du cocher. A une heure et demie, ils étaient à leur poste, dans l'avenue Montaigne, au coin du passage où est la petite maison.

Vous admettez tout cela, n'est-ce pas, mon cher directeur ?

— Tout cela est très vraisemblable, mais...

— Il faut maintenant que vous sachiez que la princesse Yalta est exécrée par ses domestiques. Elle les bat, elle les fait même fouetter, comme on fouettait les serfs en Russie avant l'ukase qui les a émancipés. C'est une condition qu'elle impose à ceux qui entrent à son service et ils l'acceptent, parce qu'elle leur donne des gages extravagants, mais ils la haïssent mortellement. A Moscou, un valet de pied qu'elle avait cravaché lui a tiré un coup de pistolet et l'a manquée. Son groom et son cocher notamment l'ont en horreur. Je me suis informé et je le sais de bonne source. Ils l'auraient depuis longtemps dénoncée à son mari, s'ils ne savaient que le prince tolère sa conduite.

De toute sa maison, il n'y a que sa femme de chambre qui lui soit dévouée, et comme cette femme de chambre est aussi méchante que sa maîtresse, les autres domestiques la détestent.

Voilà, je pense, une situation clairement dessinée, et vous devinez déjà ce qu'il en est résulté.

— Ma foi, non... à moins que vous ne prétendiez que la princesse a été assassinée par son groom et son cocher... et vous seriez alors en contradiction avec vous-même.

— Je suis au contraire on ne peut plus logique. La princesse est dans le pavillon isolé, et ses gens l'attendent. Son amant la tue avec ou sans préméditation —

plutôt sans; — il ne sait comment se débarrasser du cadavre et il sait parfaitement que le groom et le cocher seront très heureux d'apprendre que la princesse est morte. Voilà deux aides tout trouvés. Il sort et il va leur dire carrément la chose, peut-être en la déguisant un peu... en leur racontant par exemple qu'elle s'est fracturé le crâne en tombant du haut de l'escalier. Il leur demande s'ils connaissent un moyen d'empêcher ce fâcheux événement de s'ébruiter.

La princesse s'absente souvent des semaines et des mois, sans avertir personne de son départ. Ne pourraient-ils pas dire qu'ils l'ont conduite à une gare de chemin de fer et l'aider, lui, à se défaire du corps? Il appuie sa demande en leur distribuant une centaine de louis. Ces sauvages acceptent, et le groom, qui est un jeune homme plein de ressources, invente le procédé que vous savez, et se charge de le mettre en œuvre. C'est lui qui portait le sac à la rivière... notez en passant, cher maître, que ce sac est de fabrication russe, je m'en suis assuré. Il servait au cocher à serrer ses brosses, ses brides, ses bricoles et autres ustensiles d'écurie.

Les habits et le chapeau appartenaient au groom qui court souvent les cabarets et les bals de barrière; il les avait probablement serrés dans le coffre du coupé; il n'a eu que la peine de changer de costume, dans la cour du pavillon... C'est là aussi, je suppose qu'il a dépouillé et décapité le cadavre.

— Et la tête, qu'en a-t-il fait?

— Je pourrai peut-être vous le dire après que j'aurai visité la maison où le meurtre a été commis. Je soupçonne qu'il l'a brûlée avec les vêtements... et c'est une opération qui laisse des traces.

Maintenant, je n'ai plus qu'un fait à mentionner, un fait qui a bien son importance. A trois heures et demie

du matin, pendant que j'étais occupé sur la berge avec
les deux sergents de ville qui ont enlevé le corps,
M. Duroc rencontrait à la porte du restaurant où je devais souper les deux jeunes gens que j'avais renvoyés
parce qu'ils me gênaient et qui sont de ses amis. Il y
entrait avec eux et il s'attablait dans le cabinet où deux
filles les attendaient.

La Hongroise a remarqué sa mine défaite et elle a été
frappée de l'incohérence de ses propos. Il n'a pu ni
boire ni manger, et, au bout de dix minutes, il est parti
comme un fou. Ce ne sont pas les allures d'un homme
qui a la conscience tranquille.

Du reste, je l'ai vu, moi, avant-hier et hier, et je
vous assure qu'il est sous le coup d'une préoccupation
grave. Il ne sait plus ni ce qu'il dit, ni ce qu'il fait; il a
perdu la tête, et je prévois que le jour où on l'arrêtera,
il en viendra tout de suite aux aveux. C'est une nature
exaltée et faible. Il a eu l'énergie d'assommer sa maîtresse qui le méritait bien, mais je suis sûr qu'il s'en
repent déjà.

J'ai dit, cher maître, et je n'ai plus rien à vous apprendre. Vous voilà complètement édifié sur ma façon
d'envisager cette affaire, et sur mon plan de campagne.
Si vous l'approuvez, je me mettrai à l'œuvre dès aujourd'hui, mais je ne pouvais pas agir sans vous l'avoir
soumis.

Le personnage que Piédouche qualifiait de cher
maître ne paraissait pas absolument convaincu. Il passait sa main sur sa barbe grisonnante et il ne se pres-
sait pas de répondre.

— Vous l'avouerai-je, mon cher, dit-il après un silence, il me semble que vous venez de me raconter un
roman, et dans la bouche d'un autre, vos raisonnements ne me sembleraient pas concluants. Mais, je vous

le répète, vous avez carte blanche, et vous dirigerez l'enquête comme vous l'entendrez, à charge de nous rendre compte des incidents qui pourront se produire. Nous n'agirons pas de notre côté, jusqu'à nouvel ordre.

Cependant, nous ne pouvons pas nous abstenir indéfiniment, et quoi qu'il arrive, nous serons obligés d'intervenir à un moment donné. Je vous demanderai donc de fixer vous-même un délai pour obtenir un résultat. Passé le terme que vous allez m'indiquer, nous reprendrons l'affaire pour notre compte, soit que vous réussissiez, soit qu'au contraire vous n'aboutissiez pas à une certitude.

Il vous faudra nous prouver deux choses : d'abord que c'est bien la princesse Yalta qu'on a tuée, et ensuite qu'elle a été tuée par ce M. Éric Duroc. Dans ce cas, nous marcherons, mais seulement dans ce cas. Il s'agit de gens très connus et très bien posés, et si, par malheur, l'administration à laquelle j'appartiens faisait fausse route, ce serait d'un effet déplorable. Les journaux ne demandent que des occasions de nous chercher noise.

— Dix jours, est-ce trop? C'est aujourd'hui le 9 avril, voulez-vous m'accorder jusqu'au 19? Je crois que j'atteindrai le but bien avant cette date, mais il faut toujours compter avec l'imprévu.

— C'est convenu. Le 19, s'il n'y a rien de nouveau, vous remettrez votre rapport et nous prendrons une décision. Maintenant que nous nous sommes entendus sur la date, il ne me reste plus qu'à prendre congé de vous, car je me reprocherais de vous faire perdre votre temps.

— Je ne le perdrai pas, croyez-le, et la première journée sera décisive... Je vais de ce pas chez le prince Yalta.

— Vous le connaissez donc?

— Non, mais il me recevra. J'ai un truc pour obtenir mes entrées, et quand je saurai ce que je veux savoir, j'irai faire un tour du côté de l'avenue Montaigne. J'ai en poche la clé du pavillon, et, lorsque j'aurai visité le local, je saurai à quoi m'en tenir, je vous le promets.

— Alors, bonne chance et à bientôt, mon cher, dit le chef en se levant.

M. Piédouche le reconduisit jusqu'à la porte de l'appartement, et, après l'avoir quitté en lui serrant la main, il rentra vivement dans son cabinet où son valet de chambre l'attendait.

— Dominique, mon garçon, lui dit-il, nous sommes autorisés à aller de l'avant. Il s'agit de travailler proprement. Tu ne perdras pas tes peines. Si je touche dix mille francs de prime, tu auras cinquante louis.

— C'est comme si je les avais, répondit Dominique, un grand gars bien planté qui ne doutait de rien.

En quoi il ressemblait à son maître qu'il servait depuis dix ans avec une fidélité et une intelligence rares, non seulement comme valet de chambre, mais encore comme espion en sous-ordre.

Appelé en Russie par le chef de la police de Pétersbourg qui se plaignait de l'insuffisance de ses agents, M. Piédouche y avait recruté ce Dominique, Belge de naissance, et exilé volontaire, à la suite de certains démêlés avec la justice de son pays.

M. Piédouche cherchait depuis longtemps un homme à tout faire et il l'avait trouvé dans la personne de ce Frontin dévoyé qui traînait la misère faute de rencontrer l'occasion d'utiliser les aptitudes variées dont la nature l'avait pourvu.

Après l'avoir mis à l'épreuve, M. Piédouche se l'était

attaché définitivement et l'avait ramené en France avec lui.

Dominique n'avait pas son pareil pour remplir l'emploi qu'il lui avait confié. Il parlait quatre langues et comme il avait été successivement domestique et cabotin, il connaissait à fond le service de maison et il savait se déguiser comme pas un.

Avec le temps, il était devenu presque l'ami de son maître, qui ne lui cachait rien et qui l'associait à toutes les affaires qu'il entreprenait par ordre de la préfecture de police ou pour de riches particuliers, car M. Piédouche n'ayant plus de fonctions officielles depuis la chute de l'empire, travaillait à son compte, et l'administration le laissait faire parce qu'elle avait quelquefois besoin de lui.

Dominique était, au fond, le Cacolet de ce Tricoche, mais il ne tentait point de s'élever au-dessus de sa condition, et il s'accommodait fort bien de rester valet de chambre, pourvu qu'il eût les profits de son double métier. Il reconnaissait la supériorité de Piédouche, et s'il se permettait souvent de donner son avis sur une combinaison, il ne prétendait jamais l'imposer.

— Maintenant, reprit le chef, il s'agit de réussir vite, car on ne nous accorde que dix jours. Une fois que ce délai sera expiré, ils reprendront l'affaire, et tu vois d'ici ce qu'ils en feront. Elle sera bientôt *classée*, comme ils disent; ça signifie que, ne trouvant rien, ils l'abandonneront pour passer à d'autres exercices. Il nous faut donc employer immédiatement les grands moyens.

Tu vas, dès aujourd'hui, te proposer comme valet de chambre chez le prince Yalta. Je sais qu'il en cherche un et tu as tout ce qu'il faut pour obtenir la place, y compris des certificats confectionnés de main de

maître. Je me passerai de toi ici pour un temps. Je
tiens essentiellement à avoir quelqu'un à moi dans
l'hôtel de la rue de Tilsitt.

Tu vas t'y transporter immédiatement et tu deman-
deras à voir l'intendant. Tu sais comment il faudra
l'aborder pour te le rendre favorable ?

— Oh ! je suis resté assez longtemps en Russie pour
avoir appris à connaître les façons de ces messieurs.

— Tu mettras sur son bureau trois billets de cent
francs et tu laisseras entendre que, si on veut bien ne
pas te surveiller de trop près, tu partageras avec lui
les bénéfices de ta place. Le marché sera conclu, je
n'en doute pas, séance tenante. Offre d'entrer immédiatement. Nous n'avons pas un jour à perdre. Et dès
que tu seras installé, lie-toi avec le groom et avec le
cocher. Ce ne sera pas difficile en leur payant souvent
à boire. Mais surtout je te recommande la femme de
chambre de la princesse... la Cosaque favorite. Si tu
pouvais lui plaire et devenir son amant, ce serait parfait.

— On tâchera, dit Dominique, en cambrant son torse.

— Oui, tu es encore assez bel homme pour lui donner dans l'œil, mais j'ai des informations qui me font
craindre que tu ne réussisses pas. Il paraît que la
coquine vise plus haut. Elle est très jolie et quand il
n'est pas ivre, le prince a des yeux, et quelquefois des
caprices. Cette fille se flatte peut-être de devenir sa
maîtresse, maintenant que la princesse ne la gêne plus.

Enfin, tu feras pour le mieux. Tu tâteras le terrain,
et si tu aperçois un joint, tu iras de l'avant. Tu n'as
pas ta langue dans ta poche et tu parles Russe. Ce serait
bien le diable si tu n'arrivais pas à gagner ses bonnes
grâces.

— Je crois qu'il vaudrait mieux que je fisse semblant de ne pas savoir le Russe. Comme ça, elle ne se gênerait pas pour bavarder devant moi... les autres non plus... et j'apprendrais bien des choses, rien qu'en écoutant.

— Tu as raison, dit M. Piédouche, après avoir un peu réfléchi. Le prince et tous ses gens savent le français. On n'exigera pas que tu saches le russe et on ne se défiera pas de toi, car tu es de force à ne pas te trahir.

Maintenant, nous allons convenir d'un endroit où je te rencontrerai tous les jours, comme par hasard. Ce sera le matin. Le prince ne se lève jamais avant midi. Ton service ne commencera que tard. Je pourrais flâner vers neuf heures autour de la fontaine qui est au bas de l'avenue de Wagram... c'est tout près de la rue de Tilsitt et pas assez près pour que les gens de l'hôtel me remarquent.

— C'est bien entendu, monsieur, répondit Dominique; à moins que la place ne soit déjà prise ou que l'intendant ne me la refuse.

— Dans ce cas-là je tâcherai de me renseigner moi-même, et nous allons savoir dès aujourd'hui à quoi nous en tenir. Je me présenterai tantôt chez le prince et je suis à peu près sûr qu'il me recevra. Si tu es déjà en fonctions je le verrai bien, et je me trouverai demain matin au rendez-vous. Si on ne t'accepte pas, ou si on t'ajourne, tu iras, à la nuit tombante, faire un tour dans l'avenue du Bois-de-Boulogne. Je t'y rejoindrai et nous aviserons ensemble. C'est compris?... Oui. Mon pardessus, mon chapeau et ma canne ! Vite !

Dominique s'empressa d'obéir et pendant qu'il aidait son maître :

— Tu es sûr que la clef ouvre la porte du pavillon ? lui demanda M. Piédouche.

5

— Parfaitement sûr. Je l'ai essayée cette nuit.

— Mais tu n'es pas entré?

— Non. Je n'avais pas d'ordres et j'ai pensé que vous préfériez vous réserver la première inspection. D'ailleurs, il m'aurait fallu de la lumière et du dehors on aurait vu qu'il y avait quelqu'un.

— Bon! tu penses à tout. C'est au numéro 17, hein?

— Oui. D'ailleurs vous reconnaîtrez facilement la maison. C'est la seule qui ait un peu d'apparence, il y a des volets verts aux fenêtres et ils sont fermés. Deux portes : une petite pour entrer directement dans le pavillon et un peu plus loin, une grande qui donne dans la cour. C'est la clef de la grande que vous avez.

— Et pas de voisins gênants?

— Rien que des hangars en planches et des terrains vagues. Les gens qui m'ont renseigné, dès le premier jour, tiennent un débit de liqueurs au coin de l'avenue Montaigne. Après cette boutique, il n'y a plus dans le passage que des masures habitées par des marchands d'habits. Les chiffonniers dorment le jour ; les marchands d'habits sortent le matin et ne rentrent que le soir. Personne ne vous verra... ou si on vous voit, on ne fera pas attention à vous.

— D'ailleurs, je prendrai mes précautions. Je n'ai pas encore oublié le métier. Je pars, mon garçon. Nous nous retrouverons demain matin, si tu ne rentres pas ici ce soir.

Ah !... en sortant, tu préviendras le concierge que je t'ai donné la permission de t'absenter pour quelques jours... et qu'il aura mon ménage à faire.

— Je descendrai ma malle et j'irai retenir une chambre dans un petit hôtel que je connais rue Saint-Honoré. Il faut bien que je puisse donner mon adresse à l'intendant, s'il me la demande. J'ai du reste une histoire toute prête pour le cas où il voudrait savoir d'où je viens.

— Très bien. En affaires, il ne faut pas négliger les détails. Je vois que tu es toujours dans les bons principes et je compte sur toi absolument.

Ayant dit, du ton d'un général en chef qui donne ses dernières instructions à un de ses lieutenants, M. Piédouche descendit vivement ses quatre étages, traversa la rue de Rivoli et le jardin des Tuileries, sauta dans le tramway qui va du Louvre à Saint-Cloud et en descendit à la station du pont de l'Alma.

Là commence l'avenue Montaigne, où il avait affaire. Il s'y engagea, en rasant les maisons du côté gauche, et il eut bientôt trouvé le passage que Dominique lui avait indiqué.

C'était une ruelle étroite qui contrastait étrangement avec les larges voies du quartier aristocratique.

Respectée, on ne sait trop pourquoi, par les démolisseurs, et condamnée à disparaître prochainement, elle aboutissait à la rue de Marbeuf, où personne ne va.

M. Piédouche, accoutumé à manœuvrer dans des occasions comme celle-là, reconnut d'abord le débit de liqueurs où son valet de chambre avait recueilli des informations, s'assura d'un coup d'œil que le cabaretier était occupé à servir des ouvriers groupés devant le comptoir et profita de la circonstance pour enfiler vivement le passage.

Dominique n'avait pas exagéré. Il n'y avait là que des baraques vermoulues, alternant avec des enclos où des blanchisseuses étalaient du linge pour le faire sécher.

Au milieu du chemin, des enfants en guenilles se roulaient dans le ruisseau et des poules picoraient entre les pavés.

La maison que cherchait le soi-disant diplomate était placée presque à l'autre extrémité de la ruelle et le signalement donné par Dominique était parfaitement exact.

Elle avait deux étages, y compris un rez-de-chaussée surélevé, et touchait à un mur au milieu duquel se trouvait une porte à deux battants.

Les fenêtres sur la ruelle étaient hermétiquement closes, et tout annonçait qu'il n'y avait personne dans ce pavillon qui devait avoir été longtemps inhabité, car la façade lézardée semblait menacer ruine et la pluie avait à moitié pourri les persiennes.

— Et dire que la princesse venait faire ses farces sous ce toit décrépit, murmura Piédouche. C'est à n'y pas croire, et si elle y a passé un mauvais quart d'heure, elle n'a eu que ce qu'elle méritait. Cette cassine a tout à fait la mine d'un coupe-gorge, et on y assassinerait dix personnes sans qu'on les entendît crier. A quoi diable pouvait-elle bien servir avant d'abriter les amours d'une Russe et d'un boursier ? Et qui l'a fait bâtir ? Dominique n'a pas osé demander le nom du propriétaire. C'eût été trop tôt, mais il faudra en venir là, afin de savoir à qui il a loué. A Duroc, très probablement, et si c'est à lui, il ne pourra pas nier qu'il s'en servait pour recevoir la princesse Morphine.

En attendant, il s'agit de procéder à la visite domiciliaire, et j'ai plus que jamais la conviction qu'en sortant, je serai fixé. Si on l'a tuée, on l'a tuée ici, c'est clair comme le jour.

Voyons un peu si la clé de Dominique ira ; je serais bien attrapé, si elle n'ouvrait pas.

Il la tira de sa poche et après avoir regardé à droite et à gauche pour s'assurer que personne ne l'observait, il l'introduisit dans la serrure où elle entra sans difficulté.

— Quand je pense qu'on pourrait me prendre pour un voleur, disait-il entre ses dents. Ce serait drôle. J'ai bien sur moi ma carte, mais je ne me soucierais pas de la montrer, si les voisins m'arrêtaient. On me traînerait au poste et je ne serais pas embarrassé de m'expliquer avec le brigadier, mais ça se saurait à la préfecture et je passerais pour un sot.

Heureusement, je n'ai rien à craindre de pareil.

La clé tourna et la porte céda; M. Piédouche se glissa par l'entrebâillement et referma la porte en dedans avec la clé qu'il avait eu soin de retirer.

Il se trouva dans une cour carrée, qui aurait pu à la rigueur passer pour un jardin, car elle n'était pas pavée et tout autour on avait défriché la terre pour y semer des fleurs ou des légumes.

Des plantes grimpantes s'étaient desséchées sur les murs, faute de soins, et on avait entassé dans un coin des ustensiles de jardinage.

Tout cela sentait l'abandon et on voyait bien que les locataires se souciaient fort peu d'entretenir les dépendances du pavillon où ils ne faisaient jamais que des stations de quelques heures.

Au fond de cette cour et en face de la maison, il y avait un bâtiment bas, couvert d'une toiture en zinc et percé de deux portes.

— Une buanderie, sans doute, pensa Piédouche qui procédait toujours méthodiquement et qui tenait à se rendre compte de tout; nous verrons cela tout à l'heure.

La cour entourée de murs assez élevés n'était dominée que par le pavillon. On pouvait la traverser et même s'y promener sans avoir à redouter les regards indiscrets.

Piédouche leva les yeux et s'aperçut non sans éton-

nements que les volets des deux fenêtres de l'étage
supérieur étaient ouverts.

— C'est singulier, dit-il entre ses dents. Est-ce que
quelqu'un serait entré dans la maison depuis la nuit de
samedi à dimanche ?

Oui, quelqu'un est entré ici, c'est sûr.

Quand il était embarrassé, il se laissait volontiers
aller à des monologues, surtout quand il n'y avait là
personne pour l'écouter. C'était sa façon de mieux fixer
dans son esprit les raisonnements que lui suggérait une
situation difficile.

— Dominique m'a dit que toutes les fenêtres étaient
fermées, lorsqu'il est venu reconnaître les abords de la
maison, et comme de la ruelle, en se reculant un peu,
on voit celles qui donnent sur la cour, il n'aurait pas
manqué de constater qu'elles étaient ouvertes. C'est un
garçon qui remarque tout.

Or, il est évident que, pendant la nuit du dernier
rendez-vous, les volets sont restés hermétiquement clos,
à seule fin d'empêcher que du dehors on vît de la lumière. Ils seraient restés clos, alors même qu'on n'aurait pas tué la princesse ; les clartés indiscrètes gênent
les amants aussi bien que les assassins.

Et si on est venu depuis, on est venu en plein jour.
On a ouvert les volets pour y voir clair dans l'appartement. La nuit, on aurait allumé une bougie. C'était bien
plus simple.

La question est de savoir qui est venu. Est-ce Duroc ?
Est-ce un de ses complices ? Examinons les deux hypothèses.

Ses complices sont des gens au service de Mme Yalta.
Il est invraisemblable qu'ils aient eu l'audace de rentrer
dans la maison où ils lui ont coupé le cou. Maintenant

qu'elle est morte, ils ne doivent pas avoir d'autre pensée
que celle de ne plus se montrer dans ce quartier où ils
voudraient bien faire croire qu'ils ne l'ont jamais conduite... ils racontent, je le parierais, qu'ils l'ont menée
dimanche matin à une gare de chemin de fer et qu'elle
est partie par le premier train.

Il est invraisemblable aussi que Duroc leur ait confié
la clef du pavillon. Il a dû les payer séance tenante,
pour le débarrasser du cadavre et il ne souhaite rien
tant que de ne jamais les revoir. Peut-être essaieront-ils
plus tard de le faire chanter, et ce serait un atout dans
mon jeu, en supposant que la partie ne fût pas déjà
gagnée à ce moment-là, mais j'espère bien qu'elle le
sera.

Si ce n'est pas le cocher ou le groom qui sont entrés,
c'est donc Duroc. Mais, d'un autre côté, il faudrait qu'il
eût le cœur bronzé pour oser remettre les pieds dans
l'appartement où il a tué une femme qu'il adorait. Et
ce joli remisier ne me fait pas l'effet d'être un homme de
cette trempe-là.

Et puis, que serait-il venu faire ici? Il n'a pas, je
suppose, l'intention de vendre le mobilier qui garnit le
pavillon. Qu'il soit à lui ou à la princesse, et j'incline-
rais à croire qu'il est à elle, Duroc se gardera bien de
le réclamer. Son plan doit être de ne plus bouger, et si
ses amis se permettent de le questionner sur sa liaison
avec sa cliente, de leur répondre que la dame doit être
en voyage, et de faire semblant d'être vexé qu'elle soit
partie sans lui dire adieu et même sans l'avertir de son
départ.

M. Piédouche raisonnait juste sur tous les points,
mais il s'agissait de conclure et la conclusion n'arrivait
pas.

— Il y a quelque chose qui m'échappe, murmura-t-il;

et ma logique est prématurée. Chercher à résoudre le problème avant d'avoir inspecté minutieusement ce local, c'est mettre, comme on dit, la charrue avant les bœufs. Et d'ailleurs, je n'ai pas de temps à perdre si je veux me présenter rue de Tilsitt à cinq heures. Je vais commencer par visiter ce bâtiment, au fond de la cour. Dans cette cour, je ne vois rien d'anormal. Les plates-bandes n'ont pas été foulées, le sol ne paraît pas avoir été remué... et, du reste, les auxiliaires de M. Duroc n'ont pas été assez bêtes pour enterrer la tête de la princesse Morphine dans ce carré de terre que des agents défricheraient en moins d'une heure.

Piédouche s'adressa d'abord à une des portes de la construction basse qui formait un des côtés de la cour. La clef y était. Il n'eut qu'à la tourner pour ouvrir et il entra dans un cabinet qui était une salle de bains.

Il y avait une baignoire en onyx, avec des robinets en cuivre argenté figurant des têtes d'éléphants; un tapis de Smyrne recouvrait le parquet; les murs et le plafond étaient tendus d'une étoffe de Perse.

— Diable! s'écria Piédouche, M. Duroc a bien fait les choses... à moins que ce ne soit la princesse. Tout cela sort de chez les bons faiseurs et il ne sera pas difficile de les trouver quand j'aurai besoin de leur témoignage. Tout cela est frais et neuf. Pas une tache, pas un accroc. Ce n'est pas là que ces coquins ont opéré. Voyons un peu si les conduits fonctionnent.

Il tourna un des robinets, et l'eau jaillit d'une des trompes d'éléphant — de l'eau froide, bien entendu.

Mais en hiver, on ne se baigne pas dans l'eau froide, et il devait y avoir quelque part un calorifère pour la chauffer.

Piédouche avisa une porte de communication et passa

dans la pièce voisine, qui ne ressemblait pas du tout à
la première.

Là, il n'y avait que des murs blanchis à la chaux, un
poêle, un réservoir, des tuyaux disposés en siphon, des
seaux en zinc, des chaises de paille, des brosses, des
éponges, une commode pour serrer le linge : les accessoires d'une salle de bains.

Il y avait même dans un coin un *tub*, comme disent
les Anglais, c'est-à-dire un appareil pour prendre des
douches.

— C'est très bien, pensait Piédouche ; on n'a rien
oublié de ce qui sert à une femme élégante et soigneuse
de sa personne. Mais il apparaît clairement que, dans
ses visites au pavillon, la princesse amenait quelqu'un
pour la servir. On pourrait encore admettre que son
amant lui passait son peignoir et manœuvrait le *tub*,
mais assurément ce n'est pas lui qui faisait chauffer
l'eau. Qui donc alors ? Une femme, c'est évident. Quel
que fût son mépris des préjugés, cette Moscovite n'allait
pas jusqu'à demander à ses domestiques mâles des soins
d'une nature si intime. Mais quelle femme ?... Diable !
voilà une complication que je ne prévoyais pas.

Et après avoir réfléchi un instant, Piédouche dit à
demi-voix :

— Sa femme de chambre, parbleu ! Je n'y songeais
pas... sa fidèle Xénie... la princesse n'a pas de secrets
pour elle... elle a bien pu l'amener quelquefois ici... et
elle aurait bien fait de l'amener samedi dernier, car
cette fille aurait déjà dénoncé les meurtriers, si elle
n'avait pas pu empêcher le meurtre.

Passons maintenant à l'examen de ce lieu et des objets
qui le garnissent.

Là aussi, en apparence, tout était en ordre. Le linge
fin et parfumé remplissait la commode ; dans le foyer

du poêle, un amas de cendres prouvait qu'on y avait récemment allumé du feu : le réservoir était presque plein ; le carreau passé à l'encaustique brillait comme les marches de l'escalier d'une maison hollandaise.

Ce ne fut qu'après s'être recueilli et à force d'attention, que M. Piédouche fit des découvertes intéressantes.

Il s'aperçut d'abord qu'en trois endroits, vers l'angle de la salle, le mur avait été gratté, à peu près à mi-hauteur d'homme.

— Oh! oh! dit-il, pourquoi aurait-on râclé le plâtre, si ce n'est parce qu'il avait reçu des éclaboussures?... Cependant, si on a décapité la princesse après sa mort, le sang n'a pas dû jaillir... il a dû couler et ce carreau est immaculé.

En se baissant pour examiner le pavé de plus près, il reconnut qu'un tuyau de plomb qui passait presque au niveau du sol, avait été arraché de la muraille. Il n'en restait plus que les deux bouts. Ce tuyau avait dû servir autrefois à amener de l'eau prise extérieurement à une conduite de la Ville, et sans doute il était déjà hors d'usage, lorsqu'on l'avait coupé, puisque le réservoir continuait à alimenter les robinets de la baignoire.

— Hum! grommela Piédouche, voilà les restes d'une gouttière qui m'a tout l'air d'avoir fourni le plomb pour envelopper les jambes du cadavre... Les cassures sont toutes fraîches.

Et cette chaise brisée, là derrière le *tub*... voyons un peu...

Il n'en restait plus que le bois ; la paille du siège avait été enlevée jusqu'au dernier brin ; le dossier et les barreaux semblaient avoir été rabotés avec un outil de menuisier.

— Ils l'auraient brûlée, s'ils avaient pu. Sans doute, ils n'avaient pas de charbon sous la main et ils étaient pressés. Mais quel rôle a-t-elle joué dans leurs opérations?... c'est ce que je ne devine pas... je comprendrais qu'ils eussent couché le corps sur une table, s'il y en avait une, mais l'asseoir sur une chaise!... c'est inexplicable... et puis, en définitive, je n'aperçois pas une tache de sang... je sais bien que les éponges ne manquent pas ici... voici le moment de tenter quelques expériences.

M. Piédouche prit deux seaux vides, les porta sous les robinets de la baignoire et les remplit aux trois quarts.

Dans l'un, il jeta quatre grosses éponges, qui étaient restées sur le poêle, et il vida lentement l'autre sur le carreau ciré.

Ce carreau qui paraissait parfaitement uni, avait cependant une légère inclinaison, car l'eau s'écoula sur cette pente et s'en alla passer sous la porte du jardin.

— Bon! pensa M. Piédouche, c'est de ce côté qu'il faut chercher.

Il ouvrit la porte, il s'agenouilla sur le seuil et avec la pointe d'un couteau qu'il tira de sa poche, il se mit à bécher les interstices des briques octogones.

Il ne tarda pas à en extraire des grains de poussière noirâtre et quelques fétus de paille qui n'avaient plus leur couleur naturelle.

Il flaira la poussière, passa sa langue sur les brins de paille — il était accoutumé à braver les dégoûts du métier — et il se releva en disant :

— Je suis fixé; c'est du sang. La tête a été coupée ici, il n'y a plus à en douter. Peut-être même la princesse a-t-elle été assommée au moment où elle sortait du bain... je saurai cela quand j'aurai visité le pavillon.

Il alla retirer les éponges du seau où il les avait jetées, il les pressa l'une après l'autre, et cette épreuve complémentaire dissipa ses derniers doutes.

L'eau prit aussitôt une teinte rouge des plus prononcées.

— Allons, dit-il, je ne me trompais pas, c'est ici qu'ils ont travaillé et emballé le cadavre. Où ont-ils pris la toile cirée et le vêtement que portait le faux charbonnier? Je trouverai ça. Pour le moment, il ne me reste qu'à inspecter la maison. Et ce ne sera pas long.

Il traversa la cour et monta d'un pas allègre les marches d'un perron qui précédait un vestibule dallé dont l'entrée n'était protégée par aucune espèce de clôture.

Le vestibule aboutissait à un escalier qui d'un côté descendait jusqu'à la petite porte de la rue et de l'autre montait au premier étage.

A droite et à gauche de ce corridor s'ouvraient deux salles auxquelles Piédouche donna un coup d'œil en passant, et où il n'y avait ni portes, ni meubles.

Il s'abstint d'y pénétrer, car il lui tardait d'arriver au nid des amoureux qui devait se trouver à l'étage supérieur.

Là, il put voir que ce nid avait été merveilleusement arrangé pour l'usage auquel il était destiné.

Il se composait de deux pièces : un salon et un cabinet de toilette. La chambre à coucher manquait, mais ce salon pouvait y suppléer, car il était garni de divans de toutes les formes et de toutes les dimensions, sans compter les peaux d'ours étalées çà et là sur un tapis épais comme un gazon.

Piédouche, qui avait longtemps habité la Russie, reconnut là le goût de la princesse. En Russie, on se passe volontiers de lit et on dort à l'orientale sur le premier sofa venu, ou même sur des coussins amoncelés.

Cette simplicité dans les habitudes n'exclut pas le goût du luxe et la décoration de ce *buen retiro* avait dû coûter des sommes folles, quoiqu'on n'y vît, en fait de meubles proprement dits, qu'un grand cabinet byzantin, qui ressemblait à une châsse d'église, tant il était surchargé de dorures et d'incrustations en malachite.

Piédouche y alla tout droit, après s'être assuré que les deux fenêtres par lesquelles le jour entrait étaient bien celles qui donnaient sur la cour.

Son instinct de *détective* lui disait que si la princesse Morphine avait laissé dans cet appartement une preuve matérielle de son passage, c'était dans ce meuble bizarre qu'il fallait la chercher.

Extérieurement, il était fait à peu près comme un tabernacle d'autel, mais il était plein de tiroirs superposés.

Piédouche, curieux par état, mit la main sur la poignée du tiroir inférieur, et essaya d'ouvrir. Mais il n'y réussit pas.

En revanche, dans l'effort qu'il fit, il appuya involontairement sur une tablette qui bascula, laissant à découvert l'intérieur d'une cachette, et il n'y eut pas plutôt jeté les yeux qu'une exclamation de surprise lui échappa.

La cachette creusée dans l'épaisseur de la base du meuble était assez profonde et on l'avait remplie avec des billets de la Banque de France.

Il y en avait un gros tas.

Piédouche n'en pouvait croire ses yeux et n'y comprenait rien. Cette découverte dérangeait toutes ses hypothèses et il ne se félicitait pas de l'avoir faite. Il

lui fallut cependant se rendre à l'évidence. C'était bien
un paquet de billets de mille francs, empilés et pressés
les uns contre les autres, afin qu'ils occupassent moins
de place. On avait dû avoir de la peine à les faire entrer
dans ce trou carré, car ils étaient chiffonnés et recro-
quevillés par les bords.

— Qui diable ! les a mis là, se demandait Piédouche
stupéfait. Ce ne peut être que la Princesse. Elle seule
est assez riche et assez négligente pour oublier une
grosse somme dans une maison abandonnée. Certainement, ce n'est pas son amant. Duroc est un homme
habitué aux affaires, qui place son argent au lieu de le
laisser dormir au fond d'un meuble que le premier venu
peut ouvrir. Je m'étonne même qu'il n'ait pas empêché
sa maîtresse de commettre cette imprudence. Il faudrait
donc supposer qu'elle a déposé la somme sans le lui
dire, et c'est là une supposition invraisemblable. Cependant, à la rigueur, c'est possible, car le meuble est à
elle... on ne trouverait pas le pareil à Paris... il vient
de Russie, en droite ligne... et il y a un secret pour
faire basculer la tablette... un secret que Duroc pouvait
ne pas connaître et que j'ai découvert par hasard en
appuyant sur ce bouton.

Et, après avoir réfléchi un instant, Piédouche dit
entre ses dents :

— Si je m'étais trompé ?... si ce n'était pas lui qui
recevait la princesse Morphine dans ce pavillon ?... mon
système pécherait par la base... mais je suis sûr de mon
fait... on l'a vu vingt fois entrer dans la ruelle... et le
signalement qu'on a donné à Dominique est bien celui
de Duroc... d'ailleurs elle était sa maîtresse, c'est no-
toire... il est vrai qu'elle pouvait être en même temps
la maîtresse d'un autre... et alors... mais non, on
l'aurait su... et elle ne se serait pas affichée publi-

quement comme elle le faisait en venant le chercher tous les jours à la Bourse.

Piédouche cherchait à se rassurer, parce qu'il ne voulait pas avoir tort, mais il commençait à douter de la justesse de ses raisonnements, et il ne se dissimulait pas que, si le point de départ était faux, les conclusions devaient l'être aussi.

Dans cette perplexité, il eut l'idée de compter la somme. Il tira, non sans peine, les billets de l'espèce de cuvette où on les avait entassés et il trouva trois liasses, dont chacune était attachée avec un fil de soie et se composait de dix paquets épinglés.

Le compte était facile à faire pour un homme qui connaissait les usages des caissiers de la Banque de France.

— Trois cent mille francs ! murmurait-il ; il y a juste trois cent mille francs.

Et sa figure qui s'était fort allongée changea tout à coup d'expression.

C'était précisément la somme que la princesse Yalta avait reçue de son agent de change, le samedi précédent, par les mains d'Éric Duroc, qui était allé la lui porter, rue de Tilsitt.

— Oh ! oh ! s'écria Piédouche, tout à fait rasséréné, voilà qui éclaircit la situation. J'y suis maintenant et je reviens à ma première idée. Ce n'est pas seulement par jalousie que ce garçon-là s'est défait de sa maîtresse. Il comptait bien que sa mort l'enrichirait. J'admets encore qu'il n'a pas prémédité de la voler, et je devine comment les choses se sont passées. Il a commencé par lui remettre les trois cent mille, chez elle. En échange, elle lui a donné le reçu qu'il a rapporté à son patron, et comme c'était une femme qui ne faisait rien comme les autres, elle a fourré les billets de banque dans sa poche...

ou dans cette espèce d'aumônière en cuir de Russie qu'elle a toujours pendue à sa ceinture quand elle sort.

Et, après lui avoir donné le mauvais coup qui l'a tuée, Duroc a pensé à l'argent. Il ne pouvait pas le prendre. Qu'en aurait-il fait ? Comment aurait-il expliqué la possession d'une si grosse somme ? Il a dû prévoir le cas où on le soupçonnerait... se dire qu'on s'enquerrait de l'état de sa fortune... que peut-être même on ferait une perquisition à son domicile... et il n'a rien imaginé de mieux que d'enfermer le magot dans cette boîte à secret... sauf à l'en retirer plus tard, lorsque la disparition de la Princesse sera oubliée.

Et, je n'en doute plus maintenant, c'est lui qui est entré ici depuis le crime. Il venait s'assurer que la somme y était encore... et il y reviendra plus d'une fois.

Décidément, nous le tenons... et cette affaire me fera honneur, car, sans moi, on n'y aurait vu que du feu. Ces pauvres gens de la Préfecture ne s'en seraient jamais tirés.

Piédouche s'exaltait et se décernait par avance les éloges auxquels il croyait avoir droit. Une réflexion qui se présenta naturellement à son esprit calma un peu cet enthousiasme.

Il tenait à la main les liasses de billets de banque et il se demandait ce qu'il allait en faire. Fallait-il les replacer dans la cachette ou les emporter ?

Il ne songeait certes pas à se les approprier, quoiqu'il ne tînt qu'à lui de les garder, et de s'abstenir de parler de sa trouvaille aux chefs de l'administration qui l'employait.

M. Piédouche avait peu de scrupules quand il s'agissait de faire son métier. Il espionnait sans vergogne et il aurait dénoncé son meilleur ami, si cet ami eût été coupable, mais il pratiquait religieusement la probité professionnelle.

Une de ses maximes favorites était que plus un état est déconsidéré, plus il faut l'exercer honnêtement.

Remettre la somme où il l'avait trouvée, c'était la laisser à la discrétion de celui qui l'avait cachée.

L'emporter pour la déposer à la préfecture ou au greffe, c'était se priver d'un élément de conviction, se désarmer, pour ainsi dire, car le meurtrier, quel qu'il fût, ne manquerait pas de venir la chercher tôt ou tard, et comme le pavillon allait être étroitement surveillé par les agents de la sûreté, on aurait toutes facilités pour arrêter l'homme au moment où il sortirait nanti des billets de banque et alors il ne pourrait plus nier.

Que risquait-on après tout en les laissant dans ce meuble où ils étaient protégés par le secret de la cachette ? Personne, excepté Éric Duroc, ne savait qu'ils y étaient et si par hasard de simples voleurs s'avisaient de s'introduire dans la maison, ils seraient infailliblement pris, puisque la surveillance devait être permanente.

On pouvait même, pour plus de sûreté, placer un agent à l'intérieur du pavillon. Il ne s'agissait que de découvrir un endroit où il pût se poster sans être vu par l'individu qui entrerait.

Et Piédouche, pour dégager sa responsabilité, n'avait qu'à signaler à qui de droit l'existence de la somme accusatrice.

Après une délibération qui ne fut pas très longue, il prit ce dernier parti.

Il réintégra la somme dans le compartiment qu'elle remplissait tout entier, rabattit la tablette, s'assura que le ressort qui la faisait jouer était invisible puisque le hasard seul lui avait mis la main dessus, et reprit son inspection qu'il voulait compléter avant de se retirer.

Il n'avait encore visité que le salon, et s'il avait jugé tout de suite que ce salon, meublé à la Russe, devait tenir lieu de chambre à coucher, et que l'appartement ne se composait que de deux pièces, il savait bien aussi que la seconde devait être un cabinet de toilette.

C'est le complément indispensable d'un nid d'amoureux.

Piédouche n'avait constaté dans le salon aucun désordre et s'affermissait de plus en plus dans la conviction qu'il s'était formée avant d'entrer dans le pavillon.

La Princesse avait été tuée, en sortant du bain, ou bien au moment où elle allait s'y mettre.

Mais pour que la vérification fut complète, il fallait tout voir.

Piédouche allait donc passer dans la pièce voisine quand il avisa, sur une console en marbre de l'Oural, une pendule microscopique.

Machinalement il regarda les aiguilles. Elles marquaient quatre heures. Il tira sa montre et il remarqua qu'elle était d'accord avec la pendule qui était de fabrication parisienne et jurait avec le reste de l'ameublement.

Et, comme rien ne lui échappait, il se demanda aussitôt comment il se faisait qu'elle marchât.

Son étonnement augmenta, lorsqu'en y regardant de plus près, il reconnut que cette pendule portative était tout simplement un réveille-matin.

— C'est singulier, pensa-t-il : je m'explique très bien que le couple ait eu besoin de ce mécanisme à l'usage des personnes qui s'exposent à s'endormir hors de chez elles et qui tiennent à être réveillées avant le jour, mais e m'explique moins que le mouvement ne se soit pas arrêté depuis samedi. Ces machines-là ne marchent que vingt-quatre heures, comme les montres. On a donc remonté celle-ci hier.

Il résultait de cette observation fort juste que quelqu'un était entré la veille, et on pouvait même supposer qu'il avait eu le projet de coucher sur un des divans.

— Le projet seulement, se disait Piédouche, car s'il était resté la nuit, il aurait fermé les volets, et il les a laissés ouverts. Mais qui est entré ? Duroc ? il sait pourtant que la princesse ne reparaîtra pas, puisqu'il l'a tuée. Et il doit avoir des nerfs, ce garçon-là... pourquoi donc aurait-il affronté les émotions d'une nuit passée sous un toit où il a commis un meurtre... je recommence à n'y plus rien comprendre.

Il restait là, les yeux fixés sur le cadran, à écouter le tic-tac du balancier, et il se creusait la tête pour trouver une solution qui lui échappait.

— A moins pourtant, murmura-t-il, qu'il ne soit venu dans l'intention de veiller sur son trésor et qu'à l'approche de la nuit le courage ne lui ait manqué. Il craignait les voleurs, et il aura eu peur des revenants. C'est une explication, mais elle ne me satisfait pas, et je n'ai pas le temps d'en chercher une autre, car je tiens à arriver chez le Prince avant cinq heures. Or, ce coucou va fort bien... il est quatre heures et ma visite domiciliaire n'est pas terminée.

Piédouche passa dans le cabinet de toilette, dont les fenêtres donnaient sur la ruelle, et comme les volets étaient clos, il se trouva dans une demi-obscurité. Le jour ne lui arrivait que par la porte du salon, mais il y voyait assez pour ce qu'il avait à faire et il ne se risqua point à ouvrir les persiennes.

L'examen de la pièce intime où il était entré ne lui

apprit rien de nouveau. Chaque objet était à sa place
et il ne semblait pas qu'on s'en fût servi depuis quelques jours.

Les cuvettes énormes, les brosses d'ivoire, le linge
fin, rien n'était dérangé.

— Il l'aura tuée avant qu'elle ne montât ici, c'est de
plus en plus évident, pensa Piédouche. Et je n'ai pas
besoin de m'attarder davantage. J'aurais beau fouiller
dans les armoires, je n'apprendrais rien de plus. Allons-
nous-en.

Il s'y disposait, lorsqu'il lui sembla entendre un léger
bruit qui partait du rez-de-chaussée. Il s'arrêta court,
il écouta et comme il avait l'oreille fine, il reconnut
bientôt que ce bruit était celui d'une clé grinçant dans
une serrure — la serrure de la petite porte qui s'ouvrait
directement sur la rue.

— Sacrebleu! je suis pris, grommela le soi-disant diplomate.

Il était pris en effet, car il était trop tard pour tenter,
avec l'espoir d'y réussir, une évasion par la cour.

Il n'y avait qu'un escalier pour gagner le corridor du
rez-de-chaussée et cet escalier l'inconnu qui arrivait
allait s'y engager, car il aboutissait à la petite porte,
et cette porte venait de se refermer.

La situation se corsait d'une façon désagréable pour
Piédouche.

Ce n'était pas que la perspective de se trouver face à
face avec un homme l'effrayât. Il avait en poche un
revolver chargé et il était de taille à se défendre. Mais
une bataille aurait mis à néant tous ses projets.

Il ne songea qu'à se cacher et, en cherchant comment il pourrait s'y prendre, il s'aperçut que la porte du
cabinet de toilette était munie intérieurement d'un
verrou.

Il s'empressa de la pousser le plus doucement qu'il put et de se barricader.

Il ne lui manquait plus que de découvrir un trou dans cette porte et en se baissant il le trouva : un trou de serrure dont la clé avait heureusement été retirée.

— Maintenant, pensa-t-il, je vais voir qui est ce visiteur. Et il est probable qu'avant de sortir d'ici je connaîtrai le meurtrier de la princesse Morphine. A quelque chose malheur est bon, et l'aventure tourne mieux que je ne l'espérais.

Piédouche, les genoux fléchis et l'œil collé au trou de la serrure, retenait son haleine et attendait, avec une curiosité fiévreuse, que le visiteur parût.

Il entendait craquer sous ses pas les marches de l'escalier, car il avait laissé ouverte la première porte du salon et l'homme qui montait ne prenait aucune précaution.

Évidemment, il ne se doutait pas qu'il y avait quelqu'un dans le pavillon.

Arrivé sur le palier, il s'arrêta un instant, et Piédouche, qui ne pouvait pas encore le voir, eut l'impression qu'il hésitait à entrer, parce qu'il était trop ému.

Enfin il se montra. C'était bien Éric Duroc. Et le vieux policier blanchi sous le harnais, éprouva une satisfaction sans mélange. Ses calculs se vérifiaient comme ceux du savant Leverrier, lorsqu'il découvrit enfin la planète dont il affirmait l'existence avant de l'avoir aperçue.

— Allons ! se disait-il, avec une douce joie, je n'ai pas baissé. Mon coup d'œil est toujours sûr et ma logique est restée infaillible. Le loup est venu se faire prendre au piège. Il ne s'agit plus que de savoir ce qu'il va faire... Pourvu qu'il ne s'avise pas de chercher à

pénétrer dans le cabinet de toilette;... Non, il va tout
droit au meuble byzantin... je m'y attendais.

Éric n'y allait pas tout droit. Il s'avançait à pas lents,
comme s'il eût craint de fouler ce tapis où s'étaient
posés les petits pieds de sa maîtresse, et il n'avait pas
l'air d'être venu dans un but déterminé, car il regardait
autour de lui, sans que son attention se fixât sur un
objet plutôt que sur un autre.

On eût dit qu'il cherchait à rassembler ses souvenirs
d'amoureux et qu'il prenait plaisir à revoir ce salon
qui lui rappelait des bonheurs envolés pour toujours.

Il était très pâle et il avait les larmes aux yeux.

— Je l'avais bien jugé, pensait Piédouche. C'est un
meurtrier sentimental. Il a des remords et il éprouve le
besoin de pleurer sa victime, dans la maison même où
il l'a frappée. Ces imbéciles de jurés lui accorderaient les
circonstances atténuantes, si je n'étais en mesure de
prouver qu'il n'a pas dédaigné de mettre de côté les
trois cent mille francs que la princesse avait sur elle.
Il vient peut-être les prendre... Diable! ça me gênerait,
car je serais obligé de brusquer les choses... il me faudrait l'empoigner ici, ou tout au moins le *filer*, afin de
savoir où il ira déposer la somme... et mon enquête
n'est pas complète, puisque je ne suis pas encore en
mesure d'affirmer que la Russe a disparu... quand on
me charge de faire la cuisine, je n'aime pas à servir le
dîner avant qu'il soit cuit à point... enfin!... s'il n'y
a pas moyen de procéder autrement, j'interviendrai, plutôt que de le laisser emporter une pièce à conviction
qui vaut cent mille écus.

Éric ne paraissait pas y songer, car au lieu de s'ap-
procher du meuble où l'argent était enfermé, il s'arrêta
devant la console en marbre, examina le réveille-matin,
sans doute pour s'assurer qu'il marchait encore, et se

mit à tourner un bouton qui faisait saillie sur la monture en bronze doré.

Pour le coup, la sagacité de Piédouche se trouva en défaut. Le but de cette action lui échappait complètement, et il en fut réduit à se lancer de nouveau dans le vaste champ des hypothèses.

— Voilà une précaution bizarrre, pensait-il. Et ce n'est pas la première fois qu'il la prend, puisqu'il a déjà remonté hier ce mouvement à carillon. Je serais presque tenté de croire qu'il vient tous les jours après la Bourse... car il sort de la Bourse et au lieu d'aller régler ses comptes chez l'agent, il accourt ici... sans se cacher... c'est raide... et ce qui est plus incompréhensible encore, c'est cette manie de faire l'horloger, comme s'il se proposait de laisser une preuve de son passage... en vérité, c'est à se demander s'il est devenu fou.

Mais non, il n'est pas fou, conclut mentalement Piédouche; le voilà maintenant qui passe à l'examen de l'armoire aux secrets. Il va compter les billets de banque. J'étais bien sûr qu'il finirait par là.

Le meuble byzantin était placé de telle sorte que, de son observatoire, Piédouche le voyait de profil et pouvait suivre de l'œil tous les mouvements de Duroc qui, après avoir terminé son opération de remontage, était venu se planter devant la châsse dorée et se préparait évidemment à y porter la main.

Pour Piédouche, c'était le moment décisif; son cœur de policier battait comme le cœur d'un amoureux qui va ouvrir une lettre de son adorée et savoir enfin s'il est aimé.

Éric Duroc resta quelques secondes à contempler le meuble avec une satisfaction visible. Puis il ouvrit un des tiroirs que M. Piédouche avait négligé de visiter,

et il le referma presque aussitôt. Il y en avait cinq ou
six. Il fit de même à tous les autres, et quand ce fut
fait, il eut un geste de désappointement.

Évidemment, il s'attendait à y trouver quelque chose
qui n'y était pas. Mais quoi?... C'est ce que ne devinait
pas l'observateur embusqué dans le cabinet de toilette.

Restait la cachette aux billets de banque, et Piédouche s'attendait à voir Duroc appuyer sur le ressort.

Mais Piédouche se trompait encore une fois. Duroc
s'éloigna sans y toucher, et resta immobile au milieu
du salon comme un homme qui se demande ce qu'il va
faire.

Allait-il essayer d'entrer dans la pièce voisine? Piédouche en avait bien peur. Mais il était résolu à ne pas
ouvrir, car il se disait que le verrou était solide et que
Duroc n'enfoncerait pas la porte.

— Il s'étonnera de la trouver fermée en dedans, mais
il se figurera qu'il a donné un tour de clef, la dernière
fois qu'il est venu, pensait le policier, toujours opti-
miste. Et j'espère qu'il ne l'a pas dans sa poche, la clef.

Il fut bientôt rassuré.

Duroc, sans regarder du côté du cabinet de toilette,
se dirigea vers les fenêtres, après avoir porté la main à
son front, ce qui veut dire dans tous les pays : Tiens!
j'allais oublier, ou j'ai oublié, quelque chose.

Piédouche n'eut pas de peine à deviner le sens de
cette pantomime, et vit avec un sensible plaisir Éric
ouvrir successivement les deux fenêtres et les refermer,
après avoir attiré à lui les volets.

Il résulta de cette opération que l'obscurité se fit
dans le salon et qu'il ne vit plus rien. Mais peu lui importait. Duroc allait quitter la place. La séance d'observation était levée et il n'avait pas perdu son temps,
car il avait acquis la certitude que Duroc était bien le

locataire du pavillon, qu'il ne craignait pas d'y entrer, depuis le meurtre, et qu'il y reviendrait, puisqu'il avait remonté la pendule.

Piédouche l'entendit descendre l'escalier, ouvrir et refermer la porte de la rue. Il attendit quelques minutes, de peur d'un retour, et il ne se décida qu'à bon escient à sortir de sa cachette.

A vrai dire, le problème s'était compliqué, puisque Duroc n'avait pas touché aux billets de banque, et Piédouche se demandait plus que jamais s'il convenait de les laisser là.

Après tout, il n'y avait pas, comme on dit, péril en la demeure. Duroc n'allait pas rentrer dans la maison, le jour même, et le soir la surveillance serait établie. On pouvait même, à la rigueur, placer un agent sûr dans le cabinet de toilette, avec mission de suivre quiconque s'emparerait du précieux dépôt. Il ne s'agissait que d'avertir avant la nuit les gens de la préfecture.

Ce fut ce qu'après réflexion, Piédouche résolut de faire, sans renoncer toutefois à se présenter d'abord chez le prince Yalta.

Il reprit à tâtons le chemin de l'escalier ; il revit la cour et le bâtiment bas où le crime avait été commis, s'arrêta un instant pour écouter si on ne marchait pas dans la ruelle, et finalement sortit comme il était entré, par la grande porte, après s'être assuré en l'entrebâillant qu'il n'y avait là personne qui pût le voir.

Afin d'éviter de passer devant le cabaret où Dominique s'était renseigné, il s'en alla par la rue de Marbeuf.

C'était d'ailleurs le plus court chemin avant de se rendre à la rue de Tilsitt, et il avait hâte d'y arriver.

Heureusement le trajet n'était pas long et il était bon marcheur, car il ne se souciait pas de débarquer en fiacre devant l'hôtel du prince.

6

En voiture on n'a pas le temps d'observer avant de descendre. On est signalé tout de suite. A pied, au contraire, on peut examiner les abords de la place sans s'adresser tout d'abord aux gens qui la gardent. On peut même saisir au vol une indication utile. Il y a un imprévu dont il est quelquefois possible de profiter.

— J'ai eu tort de ne pas demander qu'on mît à ma disposition dès aujourd'hui deux agents de la sûreté, pensait Piédouche en hâtant le pas. J'ai voulu opérer avec le seul concours de Dominique et à nous deux, nous ne pouvons pas suffire à tout. Qui trop embrasse mal étreint. Il est vrai que je ne prévoyais pas ce qui est arrivé. Je comptais faire une simple reconnaissance, et me voilà du premier coup en pleine opération. Découvertes sur découvertes. Je sais que la femme a été tuée dans le chauffoir de la salle de bains. Je sais que Duroc vient tous les jours visiter le pavillon. Je sais qu'on y a caché trois cent mille francs. C'est beaucoup, mais ça ne suffit pas. J'ai encore à constater la disparition de la princesse... et puis, il reste des points obscurs... pourquoi Duroc n'a-t-il pas ouvert la cachette aux billets de banque et pourquoi a-t-il regardé dans les tiroirs où, entre parenthèses, j'aurais bien dû, avant de sortir m'assurer qu'il n'y avait rien... encore une omission... et celle-là est de mon fait... Est-ce que je vieillirais?

A cette question qu'il se posait à lui-même, Piédouche répondit, au bout d'un instant, par un :

— Bah! j'ai bien fait de ne pas perdre mon temps à les examiner, ces tiroirs. Il est évident qu'ils étaient vides. D'ailleurs, il aurait fallu avoir de la lumière ou rouvrir les volets... et si Duroc, qui n'était peut-être pas loin, s'était avisé de lever le nez, il se serait aperçu du changement.

Ces réflexions et quelques autres du même genre

l'occupèrent jusqu'au moment où il arriva au rond-
point de l'Étoile, à l'entrée de la place où s'élève l'Arc-
de-Triomphe.

On l'a décorée de deux noms de traités de paix, —
Tilsitt à droite, Presbourg à gauche — et on n'y voit
que des habitations monumentales.

La plus belle incontestablement, la plus vaste, était
l'hôtel que le descendant des khans de Crimée avait
acheté en venant s'établir à Paris.

A voir sa façade majestueuse, avec deux ailes en
retour, sa cour d'honneur, protégée par une grille dorée,
on aurait pu croire qu'il avait été bâti pour loger quelque roi en exil, et on se serait trompé du tout au tout,
car il avait appartenu à une irrégulière qui possédait
assez de millions pour se loger comme un souverain
détrôné.

Elle s'était un beau jour décidée à le vendre, parce
qu'elle s'y ennuyait, et le prince était arrivé tout à point
pour lui épargner l'embarras de trouver un acquéreur
disposé à le payer deux millions.

Piédouche n'y était jamais entré, n'étant point de
ceux qui frayent avec les nobles étrangers, ni de ceux
que la princesse recevait sans la permission de son
mari.

Il aurait donc été fort embarrassé pour s'y introduire,
s'il n'eût été aussi bien renseigné qu'il l'était sur les
mœurs et les goûts du couple qui l'habitait.

Il n'avait à sa disposition qu'un moyen, mais ce
moyen était sûr, et il avait bien choisi son heure pour
en user.

Sa tenue, d'ailleurs, était celle d'un homme du meilleur monde et lui permettait de s'aboucher avec le concierge sans s'exposer à une rebuffade.

En entrant dans la rue, il prit l'air qu'il fallait pour

s'assurer le respect des subalternes, et il se dirigeait vers la loge du portier, lorsqu'il vit sortir de la cour deux domestiques, un groom et un cocher, en petite tenue, comme des gens qui n'ont rien à faire et qui s'en vont passer une heure ou deux au cabaret.

La rencontre était heureuse et comme ils venaient à lui, il ralentit le pas, afin de se donner le temps de les dévisager.

Étudier les figures, afin d'en graver à tout jamais le souvenir dans sa mémoire, cela faisait partie de sa méthode et celles de ces deux valets l'intéressaient d'une façon toute particulière.

Le cocher avait une tête de mougik des plus caractérisées : pommettes saillantes, nez épaté, barbe étalée en éventail. Il était assez grand, mais il paraissait trapu, à cause de la largeur extraordinaire de ses épaules.

Habillé du reste à la française, mais coiffé d'un bonnet fourré et chaussé de bottes moscovites, une tenue mi-partie qui attestait qu'on le faisait servir à deux fins : tantôt à conduire un traîneau ou un attelage à la russe, tantôt à mener un coupé ou une calèche à huit ressorts.

— Cet homme a une figure de bourreau, pensa Piédouche. C'est évidemment lui qui a fait le gros de la besogne.

Le groom ne ressemblait guère à son camarade. Il pouvait bien avoir dix-huit ans, mais il n'en paraissait pas plus de seize, tant il était mince et grêle, quoique sa taille fût au-dessus de la moyenne. On voyait qu'il avait grandi trop vite. Mais jamais on n'aurait cru qu'il avait vu le jour sur les bords de la Newa, car il avait le museau pointu et la physionomie vicieuse et rusée d'un gamin de Paris.

— Toi, se dit Piédouche, tu dois être un plongeur de

première force, car je parierais cent louis contre un rouble que, la nuit de samedi à dimanche, tu as piqué une tête dans la Seine, sous le pont des Invalides... et si tu n'as pas brûlé ton costume de charbonnier, je suis bien sûr qu'on le trouverait dans ta chambre. Je recommanderai à Dominique d'y aller voir.

Le groom, lui, était en culotte de peau, en bottes à revers et en veste d'écurie, avec une casquette à carreaux inclinée sur l'oreille et une pipe à la bouche, une courte pipe en terre, un vrai brûle-gueule qui sentait d'une lieue la crapule.

Cet affreux polisson devait voler ses maîtres et fréquenter les bouges à ses moments perdus.

— Et dire que c'était le Benjamin de la princesse, grommelait Piédouche; car je le reconnais. C'était toujours lui qu'elle faisait monter derrière son duc quand elle venait chercher Duroc à la Bourse. Mal lui en a pris. Voilà ce que c'est de ne pas surveiller ses domestiques. J'ai peur que le drôle ne nous donne du fil à retordre. Dominique est malin, mais celui-ci est un vrai singe.

En croisant les deux valets, M. Piédouche put entendre qu'ils parlaient russe et il remarqua aussi que le groom levait les yeux vers les fenêtres du premier étage de l'aile droite où se trouvait l'appartement de la princesse.

Ce coup d'œil furtif fut accompagné d'une grimace et d'un ricanement que Piédouche interpréta à sa façon. Il saisit même au vol un mot russe qui signifie : Princesse.

Évidemment ces coquins se réjouissaient d'être débarrassés d'elle, et s'en allaient au cabaret fêter leur délivrance avec l'argent qu'ils avaient reçu pour faire disparaître le cadavre.

6.

Ainsi raisonnait le maître policier en se félicitant de
l'idée qu'il avait eue d'introduire Dominique dans la
maison du prince, car il ne doutait pas du succès de la
démarche qu'il avait prescrite à son valet de chambre
et il avait pleine confiance dans les talents de ce fidèle
et intelligent auxiliaire.

Pour le moment, c'était au chef d'agir et il était sous
les armes, cambré dans son pardessus, la tête haute,
l'œil ouvert et la démarche assurée.

Il sonna à la grande grille, et un majestueux concierge vint aussitôt à l'appel de la sonnette, un colosse,
porteur d'épaisses moustaches et de favoris énormes.
Celui-là était bien Russe et il aurait fait très bonne
figure dans les rangs d'un escadron, casque en tête et sabre
en main. Mais il portait pacifiquement une livrée de
suisse de l'ancien régime : tricorne, habit galonné, culotte courte. Il ne lui manquait que la hallebarde.

Ce personnage toisa M. Piédouche, et jugeant qu'il
n'avait pas affaire à un fournisseur, il dit poliment, mais
sans attendre qu'on l'interrogeât :

— Le prince ne reçoit pas.

— Et la princesse est absente, acheva M. Piédouche
d'un air dégagé.

Le portier fit un signe affirmatif et attendit la suite.

— Je sais cela, reprit M. Piédouche. Veuillez faire
passer ma carte au prince et lui faire savoir que je suis
à ses ordres.

Le portier prit avec une sorte d'hésitation le carré
de bristol sur lequel Piédouche avait écrit, au-dessous
d'un nom de fantaisie, quelques mots au crayon, s'effaça
pour laisser passer le visiteur et appuya sur un timbre
dont le son fit apparaître au haut du perron de l'hôtel,
un valet de pied vêtu de noir, qui traversa la cour pour
venir prendre langue.

Évidemment, personne n'était admis à aller plus loin que la grille, à moins de montrer patte blanche.

Mais le valet de pied, après avoir examiné la carte, dit sans hésiter :

— Je vais la mettre sous les yeux du prince, et il n'est pas impossible que le prince reçoive monsieur. J'ai ordre de l'avertir quand monsieur se présentera... et si monsieur veut bien me suivre...

Piédouche ne se fit pas prier. Il souriait en dedans, et s'il eût osé, il se serait frotté les mains, en marmottant : ça marche ! ça marche ! comme Rodin, dans la pièce qu'on a tirée jadis du *Juif-Errant*, d'Eugène Sue, car le truc qu'il avait inventé était certainement en passe de réussir.

Le valet de pied l'introduisit dans un vestibule rempli de fleurs comme une serre, et l'y laissa en tête-à-tête avec un ours empaillé qui se dressait debout sur ses pattes de derrière, au milieu d'un massif d'arbustes.

— A cette heure, pensait Piédouche, Dominique en a fini avec l'intendant et j'espère qu'on a accepté ses services. Dans un instant je serai face à face avec le prince et je compte bien prendre pied dès aujourd'hui dans l'hôtel. Nous aurions du malheur si à nous deux, nous ne parvenions pas à savoir, d'ici à trois ou quatre jours ce qu'est devenue la princesse.

Il n'attendit pas longtemps. Au bout de deux minutes qu'il employa à examiner, à travers la porte vitrée, la disposition extérieure du principal corps de bâtiment et des deux ailes qui le flanquaient, le valet de pied reparut, et dit en s'inclinant :

— Le prince attend monsieur.

— Enfin ! murmura Piédouche.

L'homme en livrée noire lui fit traverser une salle de billard et l'introduisit dans une immense galerie, un *hall*, comme on dit en Angleterre, éclairée par des fenêtres garnies de vitraux de couleur et placées à dix pieds du sol, au-dessus de trois grands corps de bibliothèque, où il n'y avait, au lieu de livres, que des entassements de boîtes de cigares.

Au fond, tout au fond, près d'une cheminée où brûlait un feu ardent, dans un fauteuil en bois sculpté qui ressemblait à un trône, était assis un homme vêtu comme le sont quelquefois chez eux les grands seigneurs moscovites attachés aux vieilles coutumes : chemise de soie, caftan brodé, larges pantalons à la Tartare et babouches turques.

Ce personnage aspirait par un long tuyau enroulé autour d'un narghilé enrichi de pierres précieuses la fumée d'un tabac parfumé à la rose, et suivait en même temps le jeu de deux messieurs en habit noir et en cravate blanche attablés devant un échiquier.

Piédouche qui ne l'avait pas vu depuis longtemps, le trouva considérablement changé.

A quarante ans, ce boyard paraissait en avoir soixante. Sa figure pâle était agitée par un tic nerveux, ses cheveux rares et fins blanchissaient déjà sur les tempes et ses yeux bleus avaient ce regard éteint qui est particulier aux mangeurs d'opium et aux buveurs d'alcool. Son corps maigre se voûtait et ses mains blanches et fines tremblaient comme celles d'un vieillard.

A sa portée, sur un guéridon en laque de Chine, s'alignaient des flacons de formes bizarres et des verres pleins de liquides de diverses couleurs.

Piédouche salua avec une désinvolture qui fit lever la tête aux deux joueurs d'échecs et froncer le sourcil au descendant des rois de Crimée que ses familiers abordaient plus respectueusement, lorsqu'il leur faisait la grâce de les admettre en sa présence.

— C'est vous qui m'avez écrit hier, demanda le prince en regardant fixement le nouveau venu.

— Moi-même, prince, répondit Piédouche, et vous voyez que je n'ai pas perdu de temps pour vous rendre visite. Excusez-moi de ne pas avoir attendu votre ré-ponse. J'étais impatient de me mesurer avec vous, et vous penserez comme moi qu'entre joueurs de même 'orce, telle liberté est permise.

— Alors vous avez la prétention d'être de ma force ?

— Je n'ai jamais été battu et je ne serais pas fâché de l'être pour la première fois de ma vie. Ce ne serait pas payer trop cher l'honneur de vous connaître.

— Dites donc que vous avez appris qu'il y a ici des gens que je paie très cher pour faire ma partie. Vous espérez qu'il y aura aussi place pour vous, et vous ve-nez tenter l'aventure.

— Vous vous méprenez absolument, prince. Je suis riche, et je n'ai besoin de personne. Je voyage pour mon plaisir et je n'en connais pas de plus grand que celui de vaincre un adversaire digne de moi. J'ai en-tendu parler de vous en Amérique et je m'étais promis depuis longtemps de traverser l'Océan pour vous pro-poser un *match*. Une affaire m'appelait à Paris. J'ai profité de l'occasion, sachant que vous y étiez, mais, s'il l'avait fallu, je serais allé vous chercher en Russie.

Ce langage et ce ton parurent surprendre le prince qui n'y était pas accoutumé.

— Et vous vous imaginez, dit-il dédaigneusement, que je vais jouer avec vous, sans savoir si vous méritez cette faveur. Détrompez-vous, mon cher. Ces messieurs que vous voyez là sont à mes gages, et si je les garde, c'est parce que le moins fort des deux n'a pas encore trouvé d'autre maître que moi. Je les bats constamment et je suis tellement blasé sur cette satisfaction que je ne m'amuse plus qu'à les mettre aux prises et à leur signaler les fautes qu'ils font.

— Vous vous amuserez davantage en m'essayant. Je crois que je pourrais leur rendre une *tour*.

Les deux salariés du prince échangèrent un sourire railleur, qui ne troubla point Piédouche.

— Voulez-vous que je vous le prouve, dit-il en s'asseyant sans qu'on l'y invitât. Tenez ! les blancs ont perdu, n'est ce pas? Le *roi* reste seul avec un *fou*, un *cavalier* et deux *pions*, contre la *reine*, une *tour* et un *pion* qui va *faire dame*. Eh bien, je prends la partie des *blancs*. Le *roi noir* sera mat en six coups.

— Je suis curieux de voir cela, dit ironiquement le prince.

Piédouche ne se vantait pas. Il était sans pareil aux échecs, et si on ne citait pas son nom au café de la Régence, c'est qu'il ne s'y montrait que de loin en loin. Il avait joué en Angleterre avec Murphy, le plus fort joueur des deux mondes, et il l'avait gagné. D'un coup d'œil, il avait jugé les messieurs que le prince entretenait et la situation. Ces habiles gens se laissaient battre par leur maître, afin de ne pas perdre leurs appointements. Ils devaient jouer mieux que lui, quoiqu'ils jouassent médiocrement.

Piédouche, l'homme des combinaisons, comptait là-dessus, et l'événement devait prouver que son calcul était juste.

Sans toucher les pièces, rien qu'en indiquant les coups, il démontra que les *blancs* gagnaient haut la main, grâce à un *échec à la découverte* auquel le joueur qui était sur le point de perdre ne songeait pas du tout.

Le pauvre diable essaya de soutenir qu'il avait préparé ce coup vainqueur, mais le prince le fit taire, et dit à Piédouche :

— C'est bien; je consens à vous essayer; mais je vous préviens que, si vous perdez, vous ne remettrez plus les pieds ici.

— Et si je gagne? demanda tranquillement le soi-disant Américain.

— Je vous donnerai cinquante louis.

— Mon prince, j'ai l'honneur de vous répéter que je ne travaille pas pour de l'argent. Je suis un gentleman et j'entends être traité comme tel. Je n'accepte pas vos conditions, et je vais vous proposer les miennes.

— Voyons.

— C'est exactement le contraire des vôtres. Si je perds, je vous paierai cinquante louis et vous n'aurez pas besoin de me fermer la porte de votre hôtel pour que je m'abstienne d'y revenir. La leçon que j'aurai reçue vaudra les mille francs qu'elle me coûtera.

— Et si vous gagnez? ricana le prince.

— Si je gagne, j'espère que vous continuerez à me recevoir et, pour bien établir que vous recevez l'homme du monde et non pas le joueur d'échecs, vous voudrez bien me présenter à madame la princesse Yalta.

— Vous présenter à ma femme, s'écria la prince. Vous êtes fou.

— J'ai la prétention d'être en pleine possession de ma raison, dit M. Piédouche; et ma demande n'a rien que de très naturel. Si vous me faites l'honneur de me recevoir habituellement, pourquoi madame la princesse ne me recevrait-elle pas?

— Parce qu'elle n'a que faire de vous. Elle ne joue pas aux échecs.

— Je le pense bien et ce n'est pas pour lui proposer une partie que je désire lui offrir mes hommages respectueux; c'èst afin qu'elle ne me confonde pas avec vos partenaires rétribués et aussi afin que vos gens ne s'y trompent pas non plus. Je suis M. Francis Disney, citoyen des États-Unis d'Amérique ; et à ce titre, je puis être admis partout.

Les deux joueurs salariés lançaient en dessous des regards haineux à cet intrus qui allait peut-être leur faire perdre un emploi lucratif, mais ils courbaient la tête sous les épithètes dédaigneuses dont il les accablait.

Ces messieurs, un Prussien et un Moldo-Valaque, étaient accoutumés à tout supporter, car leur maître ne leur ménageait pas les humiliations.

Le Prussien, après avoir professé la philosophie aux étudiants d'une petite ville d'Allemagne, était venu échouer dans les antichambres des riches étrangers de passage à Berlin, où il attendait qu'on lui demandât d'enseigner n'importe quoi. Et il avait fini par enseigner les échecs comme il aurait enseigné le billard. C'était un savant à tout faire.

Quant au Moldo-Valaque, il avait essayé de tous les métiers, et le prince l'avait ramassé à Monaco où il gagnait maigrement sa vie en apprenant à des pontes naïfs des systèmes infaillibles pour faire sauter la banque et en se chargeant de masser leur argent au trente-et-quarante ou à la roulette.

Mais le seigneur qui les payait pour l'amuser commençait à les soupçonner de n'être que de troisième force au noble jeu où Philidor ne connut pas de rivaux.

Et s'il ne les avait pas déjà congédiés, c'est qu'il ne pouvait pas se décider à s'en aller chercher dans les cafés et dans les cercles de plus dignes adversaires.

Son rang et ses vices le retenaient au fond de ce palais où tout le monde s'empressait de satisfaire ses fantaisies, et il aimait mieux s'y ennuyer que d'abaisser son orgueil et de renoncer à ses étranges habitudes.

Piédouche arrivait donc à propos pour piquer la curiosité de ce boyard blasé et l'aplomb qu'il déployait ne pouvait que servir ses projets.

Le prince Yalta, comme tous les despotes, aimait à rencontrer de temps à autre un homme qui lui résistât.

— Soit ! dit-il, après avoir regardé fixement le prétendu Disney, qui ne baissa pas les yeux ; j'accepte le *match*. Si vous perdez, les mille francs seront payés séance tenante.

— C'est bien ainsi que je l'entends, répondit Piédouche, en mettant la main sur son portefeuille qu'il avait soin de tenir toujours bien garni, pour des cas imprévus.

— Vous les donnerez à mes deux pensionnaires pour les indemniser de la peur que vous leur faites.

— Très volontiers. Et si je gagne...

— J'enverrai mon intendant demander à la princesse si elle veut bien nous recevoir.

— Cela suffit, mon prince, et je suis à vos ordres.

Les joueurs à gages étaient déjà debout et l'obséquieux Prussien s'empressa de placer la table à portée de son maître. Le Moldo-Valaque, afin de ne pas être en reste de servilité, se mit à disposer les pièces sur l'échiquier.

Piédouche, qui n'avait pas même ôté son pardessus avant d'entrer, prit place tranquillement et attendit que son noble adversaire eût achevé de vider à petites gorgées un verre rempli jusqu'au bord d'un liquide incolore qui était de l'alcool presque pur.

— A vous, mon prince, dit-il en s'inclinant.

— Ah ! vous me cédez l'avantage du *trait ;* vous vous croyez donc bien sûr de me battre, ricana le descendant des Khans de Crimée.

7

— On n'est jamais sûr de ces choses-là, mais j'y tâcherai.

— Eh bien ! essayez. Je vous préviens que je joue la grande rigueur... *Pièce touchée, pièce jouée.*

— C'est entendu, en ce qui me concerne. Je ne chicane jamais sur les coups, et tout ce que vous ferez sera bien fait, mon prince.

La partie commença. Le Moldo-Valaque et le Prussien, debout comme des soldats de planton, formaient la galerie et on peut croire qu'ils faisaient des vœux ardents pour que la lutte se terminât par la défaite du citoyen de la libre Amérique.

Il y a deux écoles aux échecs, et suivant leur tempérament particulier, les joueurs adoptent l'une ou l'autre.

Les réfléchis, les flegmatiques procèdent lentement, méthodiquement, commencent par préparer leur ordre de bataille, attendent une faute de l'ennemi et n'attaquent jamais qu'à coup sûr.

Les ardents, les hardis, chargent à fond dès le début, risquent davantage et sacrifient des pièces pour assurer le succès d'une marche brillante, d'un *gambit*, c'est le terme technique ; ils visent droit au but, qui est le *mat* final, et ils y arrivent vite, lorsqu'une parade ne survient pas pour les arrêter net et changer leur victoire en désastre.

Le prince appartenait à l'école des aventureux. Il avait lu tout ce qu'on a écrit sur les échecs et retenu de ses lectures la connaissance d'un certain nombre d'attaques dangereuses pour un adversaire insuffisamment préparé à les déjouer.

Il débuta par une des plus audacieuses qu'il avait étudiée longuement et qu'il tenait en réserve pour les parties intéressantes. Il la connaissait comme

Bonaparte connaissait, à la fin de sa glorieuse campagne d'Italie, le terrain où il gagna tant de ba-
tailles, et il ne l'avait jamais essayée sans qu'elle lui
réussît.

Piédouche, un peu déconcerté peut-être par la viva-
cité de ce premier assaut, resta sur la défensive, soute-
nant les points menacés, déplaçant peu ses pièces et les
déplaçant sans but apparent.

Le Prussien et le Moldo-Valaque riaient dans leur
barbe, car pour des spectateurs de force médiocre, rien
ne ressemble au jeu d'une mazette comme le jeu d'un
maître.

Et le prince, plein de douces illusions, voyait déjà la
partie gagnée.

Il devint gouailleur, et comme Piédouche lui faisait
trop attendre ses ripostes :

— Si vous continuez sur ce pied, mon cher, dit-il
ironiquement, vous ne serez pas présenté à ma femme.
Vous jouez comme Fabius Cunctator faisait la guerre.
Pas un mouvement en avant, pas un pauvre petit échec
à la *Reine!*

— Je respecte les reines... et les princesses, dit en
souriant Piédouche.

— Pour un républicain, c'est médiocre ; mais prenez
garde à votre *Roi*. Je vais l'acculer dans un coin...

— Mon *Roi* se tirera d'affaire.

— Pour cette fois, oui, mais gare au prochain échec.
Attaquez donc pour le retarder. Figurez-vous que la
Reine est la princesse, ma femme, et tâchez de la
prendre.

Cette plaisanterie, d'un goût contestable, cachait
un piège que Piédouche évita.

S'il avait pris la *Reine*, son *Roi* à lui était perdu sans
rémission. Il battit en retraite encore une fois, et le

prince donna en plein dans le panneau qu'il lui tendait.

Le rusé policier l'avait attiré, en feignant de reculer, juste au point où il voulait l'amener.

Il ne restait plus qu'à l'achever, et ce fut vite fait.

Une pièce démasquée à propos changea subitement la face du combat. En un clin d'œil, le prince qui se croyait sûr de vaincre, en fut réduit à tenter des efforts désespérés pour retarder la défaite.

— Échec à la... voulez-vous me permettre de dire : à la Princesse, demanda Piédouche en riant.

— Ma *Reine* est prise, parbleu ! grommela le boyard. Je n'ai pas vu le coup... Je ne me corrigerai jamais de mes distractions.

— Un *Roi* sans *Reine* est bien malade et le vôtre n'a pas longtemps à vivre, mon prince. Ma *tour* lui barre le passage... Je vais avancer ce petit *pion* qui n'a l'air de rien... votre *Roi* va forcément se réfugier sur la case blanche, et alors en plaçant mon *fou* sur la diagonale...

— C'est bien, monsieur : je suis battu, dit le prince en repoussant l'échiquier avec humeur. Je ne me sens pas en train. Quand me donnerez-vous une revanche?

— Quand il vous plaira, mon prince... si vous voulez bien acquitter votre dette aujourd'hui, répliqua doucement Piédouche.

— Je ne demande pas mieux... mais je veux être pendu si je sais où est ma femme en ce moment et je soupçonne fort qu'elle n'est pas chez elle... on a vingt-quatre heures pour payer les dettes de jeu, que diable !... et si elle est sortie, vous attendrez bien jusqu'à demain. Je vais m'informer.

Et s'adressant aux deux professeurs qui faisaient triste mine :

— Allez, vous autres ! allez dire à mon intendant que

j'ai un renseignement à lui demander et qu'il vienne ici
immédiatement.

Les pauvres diables s'empressèrent d'obéir, et le
prince, resté tout seul avec son vainqueur, reprit :

— Je vous préviens que ma recommandation ne décidera pas ma femme à vous recevoir. Si votre figure ne
lui convient pas, elle vous tournera le dos, sans vous
adresser la parole et vous consignera à sa porte.

— Il me suffit, mon prince, que vous me jugiez digne
de lui être présenté.

— Et, à cette condition, vous reviendrez faire ma
partie ?

— Tous les jours, si vous le désirez, mon prince.

L'entrée de l'intendant interrompit l'entretien.

— Ici ! Vladimir, lui cria le prince, pour couper court
à ses profonds saluts ; va trouver la princesse et ap-
prends-lui que je veux la voir... chez moi ou chez elle,
à son choix.

— Mon prince, répondit respectueusement l'intendant, Mme la princesse n'est pas à Paris.

— Ah ! où est-elle allée ? demanda le prince, sans
sourciller.

— Je l'ignore, mon prince. Stéphane et Vacili l'ont
conduite à la gare du Nord, avec le coupé bleu.

— Quand cela ?... ce matin ?

— Non, mon prince. Samedi soir. Ce jour-là Mme la
princesse a dîné dehors et elle n'est pas rentrée à l'hôtel.

— C'est bien. As-tu trouvé un valet de chambre ?

— Oui, mon prince. Il en est venu un qui a d'excellents certificats et qui me paraît connaître le service.
Seulement, il ne parle que le français.

— Ça m'est égal. Tu me le montreras demain, et s'il
ne me déplaît pas, tu l'installeras sur-le-champ. Maintenant, va-t-en. Je n'ai plus besoin de toi.

Et dès que l'intendant fut sorti :

— Vous avez entendu, monsieur. A l'impossible nul n'est tenu. Quand ma femme reviendra, je vous présenterai.

— J'y compte, mon prince; demain, à pareille heure, j'aurai l'honneur de vous offrir votre revanche, et j'ai le pressentiment que vous me battrez.

— Je l'espère bien. Au revoir donc.

Piédouche n'en demanda pas davantage. Il savait ce qu'il voulait savoir, il avait pris pied dans l'hôtel et il venait d'apprendre que Dominique y entrerait le lendemain. La journée était bonne. Il ne s'agissait plus que de la compléter en prenant certaines précautions devenues indispensables.

Piédouche, triomphant, sortit de l'hôtel, accompagné jusqu'à la grille par le valet de pied qui l'avait introduit, et s'achemina vivement vers l'avenue du Bois de Boulogne.

Dominique, toujours exact, l'y attendait, assis sur un banc.

La conférence fut courte, mais le maître et le serviteur savaient se dire beaucoup de choses en peu de temps.

— L'affaire a marché toute seule, commença Dominique, et je crois que par la suite on pourra s'entendre avec cet intendant. Seulement, ça coûtera cher. Il m'a fait comprendre que la première gratification n'était pas suffisante.

— On lui graissera la patte, quand il le faudra, répondit Piédouche. Tu n'as pas pu attraper quelques renseignements, en causant avec M. Vladimir? Je l'ai vu, moi aussi, et il a une figure de coquin.

— Non, monsieur, il est boutonné jusqu'au menton. Mais comme j'avais du temps devant moi, je suis allé flâner dans l'avenue de Wagram. Il y a là un petit café où vont les gens de maison et j'y ai trouvé le groom et le cocher de la princesse; ils buvaient comme des éponges et j'ai pu voir qu'ils avaient de l'or plein leurs poches. J'ai écouté ce qu'ils disaient, mais je n'ai rien appris d'intéressant.

— Ça viendra. Nous nous rencontrerons, après demain matin, à l'endroit convenu. Rentre à l'auberge où tu es descendu. Moi, je vais prendre un fiacre et filer sur la Préfecture. Il n'est que temps d'organiser la surveillance autour du pavillon.

— Alors! je ne m'étais pas trompé... c'est bien là?..,

— Oui, mon garçon, et avant trois jours l'assassin sera coffré. Tu toucheras ta prime et l'affaire me fera honneur.

Sur cette assurance que Dominique reçut avec une vive satisfaction, ils se séparèrent, et dix minutes après, Piédouche montait dans une voiture de place, en disant tout bas :

— A nous deux maintenant, monsieur Éric Duroc.

III

Les orphelins se tirent souvent d'affaire en ce monde. On prétend que les bâtards s'en tirent toujours.

La vérité est que les enfants obligés de se suffire à eux-mêmes, montrent de très bonne heure des qualités qui manquent généralement aux fils de famille, choyés, surveillés et habitués à compter sur l'appui et sur la succession de leurs parents.

La nécessité est le meilleur des maîtres, à condition pourtant que la nécessité ne soit pas la misère absolue, car la faim est mauvaise conseillère. Un poète latin l'a dit et la nature humaine n'a pas changé depuis l'antiquité. Les tribunaux correctionnels en savent quelque chose.

Éric Duroc et Laure Duroc, sa sœur, avaient eu le double bonheur de se trouver dès leur première adolescence, aux prises avec les difficultés de la vie, et en même temps, de posséder une modeste fortune, qui suffisait tout juste à leur permettre d'achever leur éducation et de ne pas en être réduits ensuite à chercher leur pain quotidien.

Leur mère était morte en accouchant de Laure et n'avait rien laissé. Leur père, un architecte de talent, avait travaillé vingt ans pour amasser six mille francs

-de rente et s'était tué en tombant du haut d'une maison en construction, le lendemain du jour où Éric venait d'atteindre sa majorité.

Laure était alors au couvent et n'avait d'autre parent proche que son frère.

Éric terminait son droit et songeait plutôt à s'amu-ser qu'à étudier le Code. Mais il accepta bravement les devoirs et les charges de sa nouvelle situation. Avant tout, il fallait gagner de l'argent pour deux, et renon-çant à la carrière du barreau qui n'est jamais lucrative au début, il était entré chez un agent de change, ancien ami de son père, et titulaire d'une des meilleures charges du parquet.

Éric avait tout ce qu'il fallait pour réussir à la Bourse ; un capital qui constituait une garantie très appréciée par son patron ; un esprit juste et droit, beau-coup de sagacité et d'entente des affaires, une activité infatigable, une figure sympathique, un caractère aimable et des façons qui inspiraient la confiance.

Aussi s'était-il fait promptement, comme remisier, une clientèle qui lui assurait un beau revenu. Ses cour-tages lui rapportaient une quarantaine de mille francs chaque année, et il en économisait la moitié pour doter plus tard sa jeune sœur.

Il possédait déjà près de deux cent mille francs, en y comprenant sa part de l'héritage de son père, et Laure qui avait eu l'autre moitié de cet héritage était un parti très sortable.

Si, à dix-neuf ans, elle n'était pas encore mariée, c'est qu'elle ne l'avait pas voulu. Elle adorait Éric et elle ne vivait que pour lui. Au lieu de se mettre sous la tutelle de quelque gouvernante, elle avait pré-féré, en sortant du couvent, habiter avec son frère.

Elle tenait sa maison aussi bien que l'aurait pu faire

7.

une femme mûre ; elle ne songeait qu'à lui épargner les soucis du ménage et à lui assurer une existence facile et douce.

Éric, d'ailleurs, y mettait du sien. Ce grand et beau garçon de vingt-sept ans que sollicitaient toutes les tentations parisiennes, ne connaissait pas de plus grande joie que celle de procurer à Laure les distractions permises à une jeune fille.

Quand ils ne dînaient pas ensemble à la maison, il la conduisait au restaurant, au théâtre, partout où elle pouvait se montrer décemment, mais ils n'allaient pas dans le monde, leur père leur ayant laissé peu de relations, et eux ne tenant pas à s'en créer de nouvelles.

Éric s'était abstenu de présenter à sa sœur ses amis de la Bourse qui, pour la plupart, menaient comme Julien Fresnay, une vie assez irrégulière et ne recherchaient pas la compagnie des demoiselles bien élevées.

Ce n'était que depuis un an qu'il s'était décidé à inviter quelquefois Edmond de Chemazé, un ami sûr, celui-là, mieux né et autrement trempé que les bohèmes de la finance qui foisonnent dans les bureaux d'agent de change.

Edmond, un peu plus jeune qu'Éric, n'était pas Parisien comme lui. Venu du fond de l'Anjou pour chercher l'emploi de son intelligence et d'une somme assez ronde à lui léguée par un oncle de Bretagne, il n'avait pas voulu se faire boulevardier ou conducteur de cotillons comme tant de gentilshommes qui ne visent qu'à s'amuser ou à se marier richement. Et il s'était décidé sans trop de peine à utiliser d'anciennes parentés de sa famille en se chargeant d'opérer à la Bourse pour le compte de quelques gros spéculateurs du faubourg Saint-Germain ou du faubourg Saint-Honoré.

Il ne croyait pas déroger en travaillant, et il réussissait fort bien dans le monde nouveau où le hasard, beaucoup plus que la vocation, l'avait jeté. Ses camarades l'aimaient assez, quoi qu'il fît volontiers bande à part, et ne lui savaient pas mauvais gré de dédaigner leurs plaisirs habituels. Mais, parmi eux, Éric seul l'appréciait à toute sa valeur, et il fallait qu'il l'estimât sérieusement pour qu'il l'admît dans son intimité, car il avait charge d'âme et il voulait que sa jeune sœur ne vît que des gens triés sur le volet.

Edmond méritait assurément cette faveur, et il s'était estimé très heureux d'en profiter avec toute la discrétion dont il était capable. Laure lui avait plu et il avait plu à Laure, mais leur sympathie réciproque n'était devenue de l'amour qu'à la longue, et, pour les éclairer sur la nature du sentiment qu'ils éprouvaient, il avait fallu qu'une crise imprévue vînt troubler l'association du frère et de la sœur.

Éric, pris dans les filets de la princesse Morphine, s'était laissé aller peu à peu à négliger Laure. Il ne rentrait plus régulièrement comme autrefois ; il la laissait dîner seule et passer ses soirées sans lui. Il n'était plus le même homme et lorsque, par hasard, il restait avec elle, il se montrait sombre et distrait.

La pauvre enfant n'osait pas se plaindre, mais elle souffrait cruellement, moins encore de cet abandon immérité que de l'inquiétude que lui causaient les nouvelles allures de son frère. Elle avait fini par ouvrir son cœur à Edmond de Chemazé qu'elle voyait tous les jours, et Edmond, qui savait à quoi s'en tenir sur la conduite d'Éric, s'était efforcé de la rassurer. Mais il n'avait pas pu cacher ce qu'il ressentait en la voyant pleurer et qu'ils s'étaient aperçus tous les deux qu'ils s'aimaient.

Ils n'avaient pas osé se le dire jusqu'au jour où les

aveux d'Éric, confessant à son ami sa passion insensée, avaient amené Edmond à un aveu moins pénible.

Il était écrit que les extravagances de la princesse Yalta précipiteraient le dénouement des chastes amours d'une jeune fille pure avec un homme digne d'elle.

L'occasion avait fait le reste. La demande en mariage sous un balcon, au lever de l'aurore, avait eu des suites. Edmond et Laure s'étaient fiancés le lendemain. Duroc avait mis la main de sa sœur dans la main de son ami. Et le moins heureux des trois n'était pas Éric qui, en assurant l'avenir de sa sœur, rentrait en possession de la liberté de ses mouvements.

Les accords n'avaient été ni longs ni difficiles. Edmond de Chemazé ne dépendait de personne, ayant perdu ses parents très jeune. Sa fortune était à peu près égale à celle de Laure Duroc. Il ne leur restait plus qu'à s'unir légalement dans les délais de rigueur, et ils devaient se marier le 1er mai.

Edmond avait maintenant ses grandes et ses petites entrées dans l'appartement de la cité d'Antin. Il y venait régulièrement après la Bourse, et il y dînait souvent. Son bonheur eût été complet sans un point noir qui attristait encore un horizon dont presque tous les nuages s'étaient dissipés.

Le fiancé n'avait point oublié les confidences de son futur beau-frère, et il voyait bien qu'Éric n'était pas guéri.

L'infernale princesse ne venait plus le chercher à la Bourse et il ne prononçait plus son nom depuis la nuit du souper aux Champs-Élysées. Mais le diable n'y perdait rien. Éric restait sous le coup d'une préoccupation évidente. Il n'avait pas repris sa gaîté, et quoiqu'il eut cessé de fuir son intérieur, il lui arrivait encore de faire des absences inexpliquées.

On ne le voyait plus dans les bureaux de l'agent aux heures où il aurait dû y être, et Laure avait avoué à Edmond que deux fois depuis huit jours son frère n'était rentré que le matin.

Où allait-il? La Circé qui l'avait ensorcelé n'était plus là pour lui verser le poison des amours malsaines. Il ne passait donc pas avec elle les heures qu'il prenait sur ses occupations et sur son sommeil. A quoi les employait-il? Edmond n'osait pas l'interroger, mais il s'inquiétait et il entrevoyait des dangers inconnus.

Il allait même quelquefois jusqu'à rapprocher dans son esprit les mystérieuses sorties de son ami et la lugubre découverte qui avait suivi le bal de l'*Hôtel Continental*. Il se rappelait l'histoire racontée par la baronne de Lugos: ce coupé conduit par un cocher russe et traîné par un cheval aussi russe que le cocher; cet homme déguisé en charbonnier qui en était descendu avec un sac sur le dos. Et il se demandait si l'indigne maîtresse d'Éric n'était pas mêlée à une sanglante tragédie qui s'était terminée sur la berge de la Seine.

M. Piédouche, qu'il avait rencontré le surlendemain sous la colonnade de la Bourse, lui avait bien dit que ce n'était rien, que la police assistée de ses médecins ordinaires, avait reconnu que ce cadavre avait été apporté là d'une salle de dissection. Et les journaux expliquaient l'affaire de la même façon. Mais Edmond n'était pas convaincu, quoique Julien Fresnay fût d'avis qu'il s'agissait d'une simple farce.

Ils s'étaient du reste entendus entre eux pour se taire sur le rôle qu'ils avaient joué dans cette étrange aventure.

Seulement Julien n'en continuait pas moins à rester

en bons termes avec M. Piédouche, tandis qu'Edmond se défiait très fort de ce personnage équivoque et cherchait à l'éviter.

Éric, lui, ne le connaissait que de vue et n'étant pas chargé de ses ordres de Bourse, il ne s'était jamais occupé de lui.

Edmond, du reste, ne s'arrêtait pas aux soupçons qui venaient de temps à autre l'assaillir. Il tâchait de se persuader que la tristesse d'Éric n'avait d'autre cause que la trahison de Mme Yalta, et que ses allures s'expliqueraient quelque jour. Il n'était pas impossible, après tout, qu'il eût une nouvelle maîtresse, et qu'il courût après elle pour tâcher d'oublier l'ancienne.

Il aurait fallu s'en réjouir, mais on ne devait guère l'espérer ; la blessure faite par la moscovite était trop profonde pour se cicatriser si vite.

Quoi qu'il en fût, un soir, à la fin de la semaine qui suivit le bal de charité, Éric, sa sœur et Edmond de Chemazé, après avoir dîné ensemble dans un des bons restaurants du boulevard, s'en allèrent assister à la réouverture de l'Hippodrome.

C'était une partie arrangée depuis la veille. Edmond avait fait retenir une loge et son ami, par extraordinaire, s'était trouvé tout disposé à en profiter. Il n'avait pas élevé la moindre objection contre le projet que Laure avait formé sans le consulter et il paraissait plus gai que de coutume.

Tout allait donc à souhait et les deux amoureux se promettaient de passer une bonne soirée.

Edmond, du reste, n'était pas fâché de déclarer publiquement son prochain mariage qu'il n'avait encore annoncé à personne. Il savait que ses camarades de la Bourse ne manqueraient pas cette réouverture, chère aux viveurs et aux *tendresses* à la mode. Il prévoyait que sa

présence dans la loge de Mlle Duroc serait remarquée,
il s'attendait à être interrogé et il se promettait de dire
où il en était avec cette charmante personne.

On prit un fiacre qui naturellement se dirigea vers
la place de la Concorde, mais le cocher, au lieu de
remonter jusqu'au rond-point la grande avenue des
Champs-Élysées, suivit le Cours-la-Reine.

Edmond revit donc, malgré lui, le quai où avait
commencé la chasse, la berge où elle s'était terminée
et la rivière où le charbonnier avait fait le plongeon.

Il était justement placé près de la portière du côté
gauche, et il ne réussit pas à chasser les souvenirs que
lui rappelait le tableau qu'il avait sous les yeux.

Éric ne paraissait pas y prendre garde, mais il était
absorbé par d'autres réflexions, et il ne disait pas un
mot, de sorte que le voyage fut assez triste.

Laure fit de son mieux pour l'égayer, sans y réussir,
et la conversation languissait beaucoup lorsqu'on arriva
au coin de l'avenue de l'Alma, où on a construit, il y
a quelques années, un nouvel hippodrome qui ressemble à un palais de cristal.

— Indiquez-moi donc, mon cher Edmond, le numéro
de notre loge, dit Duroc, tiré de ses méditations par
l'éclat d'une illumination électrique.

— Pourquoi faire? demanda vivement Laure. J'espère bien que tu vas entrer avec nous.

— Oui... ce sera plus convenable, murmura Duroc
après avoir un peu hésité. Mais tu me permettras de
vous quitter un instant pendant la représentation.

— Nous quitter? répéta Laure tout étonnée. Et pourquoi?

— J'ai une visite à faire dans le quartier, répondit
brusquement Éric.

— Une visite à l'heure qu'il est!

— Oui... une visite d'affaires... tu n'entends rien à ces choses-là.

— Fais comme tu voudras, mon ami. J'espère du moins que tu ne seras pas longtemps.

— Vingt minutes, tout au plus. Et je puis bien te confier à ton mari, puisque dans trois semaines, tu seras Mᵐᵉ de Chemazé. Vous ne vous ennuierez pas sans moi, j'en suis sûr.

— Assurément, non... mais...

— Tu me feras tes observations dans la loge. Descendons. Les fiacres n'ont pas le droit de stationner devant la porte.

Edmond ne dit rien, mais il n'était pas content. Il lui semblait peu convenable qu'Éric le laissât en tête à tête avec sa sœur, devant une foule de spectateurs parmi lesquels il s'en trouvait sans aucun doute quelques-uns qui les connaissaient. Et il s'inquiétait aussi de ce qu'Éric allait faire dehors, à une heure où les clients n'ont pas coutume de recevoir les remisiers.

— Est-ce que cette pieuvre moscovite serait revenue? se demandait-il. Non... si elle était à Paris, Éric n'aurait pas consenti à passer la soirée avec nous. Il serait sous les fenêtres de l'hôtel de la rue de Tilsitt, comme il y était la nuit où elle est partie. Et je ne puis croire qu'il ait une nouvelle maitresse.

Il garda ses réflexions pour lui. Le moment eût été mal choisi pour interroger son ami.

On était arrivé et un de ces vilains bonshommes qui imposent leurs services à l'entrée des théâtres, avait déjà ouvert la portière. Il fallait bien payer le cocher et aider Mˡˡᵉ Duroc à débarquer.

Sur un signe d'Éric, Edmond offrit son bras à sa fiancée et franchit avec elle la barrière du contrôle, non sans se retourner pour s'assurer que son futur beau-frère ne leur faussait pas compagnie.

Éric suivit — à contre-cœur, on le voyait bien — mais enfin il suivit, et ils prirent tous les trois possession de la loge qui se trouvait au premier rang, tout près du couloir où se tiennent debout les habitués de l'Hippo-drome, les amis particuliers des écuyères et les fu-meurs.

La salle regorgeait de spectateurs et la représentation était commencée, de sorte que l'entrée de Laure et de ses deux cavaliers ne s'effectua point sans attirer l'atten-tion d'une certaine partie du public.

Il y a toujours là des gens qui viennent beaucoup moins pour le spectacle que pour regarder les jolies femmes, et Mlle Duroc devint aussitôt le point de mire de beaucoup de lorgnettes.

Elle méritait vraiment qu'on l'admirât.

Brune comme son frère, mais brune à la peau blanche, avec de grands yeux bleu foncé d'un éclat admirable et d'une douceur charmante, elle avait toute la grâce de la jeunesse, et ce je ne sais quoi qui plaît à tous les hommes. Elle était sympathique à la première vue, et l'artiste le plus connaisseur en beauté n'aurait pas pu lui découvrir une imperfection.

Sa place était marquée sur le devant de la loge et, dans l'ordre des convenances, son frère aurait dû s'as-seoir à côté d'elle, mais il insista pour céder ce privilège à Edmond, qui ne se fit pas trop prier, quoi qu'il sentît que cette interversion des rôles n'était pas régulière.

Il comprenait aussi qu'Éric voulait se réserver la liberté de sortir quand il lui plairait, et cette raison aurait suffi pour qu'il préférât un autre arrangement.

A ces inconvénients il y avait du moins une compen-sation, qui était d'être placé près de Mlle Duroc, mais il ne tarda guère à s'apercevoir qu'en louant cette loge il n'avait pas eu la main heureuse.

La loge contiguë était occupée par la baronne de Lugos, flanquée de l'inévitable Lucie Travers, et il ne pouvait pas tomber sur un voisinage plus déplaisant.

Non seulement, ces deux impures étalaient des toilettes tapageuses qui ne laissaient aucun doute sur la profession qu'elles exerçaient, mais il fallait s'attendre à toutes sortes d'indiscrétions de leur part.

Elles avaient parfaitement reconnu les soupeurs qui les avaient plantées là le samedi précédent et elles étaient très capables de se venger de leur impolitesse en cherchant à les compromettre.

Edmond redoutait les propos qu'elles ne manqueraient pas de tenir à haute voix et les visites qu'elles pourraient recevoir pendant ou même avant l'entr'acte.

Elles avaient du flair; elles devinaient que la jeune fille assise à côté d'Edmond n'était pas des leurs, et les irrégulières ne veulent aucun bien aux personnes vertueuses.

Pour elles, une honnête femme, c'est l'ennemi; et elles n'épargnent pas les hommes qui passent dans le camp des bourgeoises.

Déjà, Lucie avait dédié un salut moqueur à Edmond qui s'était dispensé d'y répondre et la Hongroise lançait des œillades brûlantes à Éric qui n'y prenait pas garde.

Laure était tout entière aux exercices amusants d'un cheval dressé qu'un écuyer faisait travailler dans un cirque, au milieu de l'arène, et par bonheur, son fiancé se trouvait assis entre elle et les deux créatures que sa mauvaise étoile avait amenées là.

Il avait grand soin de se tenir de façon à leur tourner

le dos, mais le contact était tellement immédiat que le pauvre amoureux avait tout à craindre.

Et sa situation était d'autant plus pénible qu'il n'y avait pas moyen de songer à y mettre un terme. Impossible de changer de loge. La salle était bondée. Et comment proposer de partir à Mlle Duroc qui ne se doutait de rien et qui se faisait une fête de voir la nouvelle pantomime équestre dont les journaux disaient des merveilles. Les *rajahs* et leur cortège de jolies filles travesties en officiers de cavalerie ne devaient défiler qu'à la fin de la représentation. Il fallait donc, bon gré mal gré, rester pour la seconde partie indiquée sur le programme.

Et il n'avait pas la ressource d'entamer une conversation vive et animée avec Laure, qui s'amusait franchement à prendre le plaisir des yeux.

Il se mit à chercher s'il n'apercevrait pas, parmi les spectateurs debout, quelque visage de sa connaissance ; non qu'il le souhaitât, mais au contraire afin de se préparer à éviter des abordages inopportuns.

De la galerie des fumeurs on pouvait parler aux locataires de la loge la plus rapprochée et il ne tenait pas du tout à être interpellé par un de ses camarades de la Bourse.

Ces messieurs ignoraient qu'il était là avec sa fiancée et quelques-uns ne brillaient pas par l'éducation. Ceux-là ne se seraient pas gênés pour prendre un ton familier qu'il n'était pas disposé à souffrir.

Et il n'avait rien à attendre d'Éric dont l'esprit, pour le moment, voyageait dans les nuages.

En passant la revue des hommes qui remplissaient le promenoir, il découvrit tout d'abord Julien Fresnay fort occupé à échanger des signes télégraphiques avec une demoiselle perchée sur les gradins supérieurs.

Évidemment, il n'avait pas encore aperçu ses amis et il était permis d'espérer qu'il n'interromprait pas ses manèges pour eux. D'ailleurs, il connaissait Mlle Duroc, il avait deviné le projet de mariage, et il était incapable de rien faire qui pût contrarier les amoureux.

Mais Edmond n'en avait pas fini avec les incidents malencontreux, car un instant après, il vit poindre au milieu d'un groupe la tête de M. Piédouche, correctement tenu comme toujours, et manœuvrant pour se dégager de la foule et gagner la sortie.

La rencontre était fâcheuse. Cet homme avait été fortement mêlé à une aventure qu'Edmond n'aimait pas à se rappeler et cet homme pouvait se croire autorisé à lui adresser la parole, voir même à entrer dans la loge, sous un prétexte quelconque.

Éric, justement, regardait du côté du fumoir et Éric le rencontrait tous les jours à la Bourse.

Mais M. Piédouche fut discret. Il se contenta de porter la main à son chapeau et il disparut dans les profondeurs de l'escalier.

A ce moment, Éric, qui probablement ne l'avait pas vu, se pencha pour dire à l'oreille de son ami :

— Je m'en vais. Je serai de retour à l'entr'acte.

Laure entendit, quoi qu'il eût parlé bas, et se retourna en murmurant :

— Reste, je t'en prie.

— Impossible, petite sœur, on m'attend.

— Où ?

— Tout près d'ici.

— Mais qui t'attend ?

— Tu es trop curieuse. C'est un défaut dont il faudra te corriger. Je suis sûr qu'Edmond est de mon avis. Et je te répète qu'il faut absolument que je sorte. Mieux vaut d'ailleurs que je m'absente maintenant. Nous devons avoir des amis dans la salle, et s'ils viennent nous voir entre la première et la seconde partie, je serai là. Je tiens à profiter de l'occasion pour leur annoncer ton mariage. Ah! j'espère maintenant que tu n'as plus rien à dire... Au surplus, si tu insistais, tu troublerais le spectacle.

Et sans attendre de nouvelles objections, Éric se glissa hors de la loge.

Edmond n'avait pas osé ouvrir la bouche. Il avait trop peur d'attirer l'attention de ses voisines.

— Pourquoi l'avez-vous laissé partir? lui demanda Laure qui avait des larmes aux yeux.

— Il ne m'aurait pas écouté si j'avais essayé de le retenir. Et je crois sérieusement qu'il s'est absenté pour une affaire. Il a des clients dans l'avenue Montaigne.

— J'ai le pressentiment qu'un malheur le menace.

— Une perte d'argent, peut-être, répondit Edmond en s'efforçant de sourire. Nous y sommes tous exposés, à la Bourse, et ce sont là des accidents dont on peut se consoler.

— Si ce n'était que cela!... mais vous n'avez donc pas remarqué sa figure... il a son air des mauvais jours.

— Il a été très gai pendant le dîner.

— Oui... on eût dit qu'il cherchait à s'étourdir... mais. après!... plus nous approchions de l'Hippodrome, plus il s'assombrissait. Et à peine étions-nous arrivés qu'il a parlé tout à coup de nous quitter.

— Il se sera souvenu au dernier moment d'un rendez-vous qu'il avait oublié.

— Je voudrais le croire, mais c'est plus fort que moi... je me figure qu'on l'a attiré dans un piège... et je ne serai rassurée qu'en le revoyant, là, près de nous.

— Il nous a promis de rentrer bientôt et il nous tiendra parole. Il s'est bien aperçu que son départ vous affligeait... et il ne peut pas nous laisser partir sans lui... Et puis, que craignez-vous ? Éric n'a pas d'ennemis.

— Je crains... une femme, murmura Laure en rougissant.

Edmond tressaillit. Elle avait deviné et il ne pouvait pas essayer de la rassurer ; d'abord, parce qu'il ne savait que trop qu'elle ne se trompait pas et aussi parce qu'il entendait ricaner derrière lui la baronne et sa digne compagne.

Elles avaient certainement remarqué qu'ils s'entretenaient à voix basse depuis le départ de Duroc, et elles commentaient à leur façon cette causerie intime.

— Quoi ! déjà l'entr'acte ! s'écria-t-il pour faire diversion. Quand nous sommes arrivés, la représentation était plus avancée que je ne pensais.

Laure ne répondit pas. Elle mit son éventail devant ses yeux, pour cacher ses larmes sans doute, et Edmond eut le bon goût de ne pas chercher à la distraire.

Un amoureux moins délicat n'y aurait pas manqué.

Mais la situation n'était pas gaie pour un fiancé vivement épris qui s'était flatté de passer quelques heures charmantes et qui se voyait condamné à ne pas dire un mot d'amour.

L'entr'acte, en effet, commençait. Les employés de l'Hippodrome envahissaient l'arène, armés de rateaux pour niveler le sable de la piste, et, selon l'usage traditionnel, le public des places à bon marché saluait leur entrée d'applaudissements ironiques.

Les spectateurs du fumoir sortaient en masse, et défilaient sous la loge sans pouvoir donner en passant un coup d'œil au charmant visage que plus d'un avait remarqué.

Laure, placée de trois quarts et abritée par son éventail, était invisible pour eux et pour ses voisines.

Le bruit d'une porte qui s'ouvrait la décida à se retourner. Elle espérait que c'était son frère qui revenait.

Edmond eut la même pensée et se retourna aussi.

Ils s'étaient trompés tous les deux. Éric n'était pas là, mais M. Piédouche entrait dans la loge de la baronne.

Laure ne connaissait pas ce personnage soi-disant diplomatique et elle ne fit aucune attention à lui.

Mais Edmond donnait mentalement M. Piédouche à tous les diables et se préparait à le recevoir fort mal, s'il s'avisait de lui adresser la parole.

Il ne fut point obligé d'en venir là. Piédouche avait du tact et se piquait d'être un homme bien élevé. Il savait qu'à Paris, où tous les mondes se coudoient si souvent dans les théâtres et ailleurs, il est de règle de ne pas franchir la ligne de démarcation qui sépare le vrai du faux, et il n'eut garde, en entrant dans une loge occupée par des drôlesses, d'essayer de voisiner avec M. de Chemazé accompagnant une honnête jeune fille.

Il se contenta de le saluer d'un sourire discret, et Edmond trouva sans doute que c'était encore trop, car au lieu de répondre de la même façon, il le regarda d'un air à couper court à toute politesse intempestive et il lui tourna le dos immédiatement.

Piédouche ne fit pas mine de s'en apercevoir et, s'il eût été tenté de se fâcher, les créatures auxquelles il venait rendre visite, ne lui en auraient pas laissé le temps car elles l'accueillirent avec un enthousiasme bruyant.

— A la bonne heure, s'écria Lucie Travers, vous ne craignez pas de vous compromettre, vous. Croiriez-

vous que pas un de mes amis n'a encore osé venir me
dire : bonsoir, et il y en a ici une flotte.

— Une flotte, c'est beaucoup, répondit gaiement
Piédouche.

— Je vous en montrerai une vingtaine, lorsque la
galerie des fumeurs se remplira, et vous verrez qu'ils
ne bougeront pas quand même je me donnerais la peine
de les appeler. Les hommes sont lâches. Ils ont peur
de déplaire aux femmes mariées qui sont ici, et ils nous
laissent seules dans notre loge, comme des brebis
galeuses. Je voudrais que ces dames les entendissent
parler d'elles quand ils soupent avec nous. Elles sau-
raient à quoi s'en tenir sur les préférences de ces messieurs.

— Chère amie, vous êtes amère, ce soir. Sur quelle
herbe avez-vous marché?

— Je suis furieuse contre les petits jeunes gens qui
font leur tête devant le monde. Il ne sont pas si fiers
au grand Seize du *Café Anglais*.

— Bah! il y a temps pour tout. Et il faut prendre le
monde comme il est. Qu'en pensez-vous, baronne?

— Je pense, répondit M\ :sup:`me` de Lugos, que les hommes
ne valent pas qu'on s'occupe d'eux... à moins que ce ne
soit pour les exploiter.

— J'approuve cette douce philosophie, et je vous
souhaite de tomber sur une mine d'or... c'est à dire sur
un financier opulent.

— Pas sur un boursier, hein? ricana Lucie. Il n'y a
rien à tirer de ceux-là.

— Vous exagérez, ma chère. Les boursiers ont de la
défense, c'est vrai, mais ils ont un cœur comme les
autres. Il ne s'agit que de trouver la corde sensible.

— J'ai essayé. Je n'ai jamais pu. Ah! oui, parlons-en
de ces gommeux d'occasion, qui gagnent trois ou qua-

tre mille francs par mois à montrer la cote aux gros
banquiers et qui voudraient être aimés pour eux-mêmes !
Tout pour le chic !... il ne reste rien pour les bonnes
filles qui feraient la bêtise de se toquer d'eux. Et gros-
siers avec ça !... tenez, pas plus tard que samedi dernier,
Julien Fresnay, que vous connaissez bien, nous invite,
la baronne et moi, dans un restaurant des Champs-
Élysées, en partie carrée. Il se chargeait de fournir
un quatrième. Nous passons la nuit à l'attendre. Il
arrive à trois heures et demie du matin avec deux petits
camarades... vous les connaissez aussi, ceux-là... ils
sont chez le même agent que Julien... un blond qui a
l'air d'une demoiselle... et un grand brun qui a une tête
de chef arabe... deux inséparables... on ne voit jamais
l'un sans l'autre, à preuve qu'ils sont ici dans la même
loge. Rappelez-moi donc leurs noms.

— Je les ai oubliés... j'ai si peu de mémoire.

— Dites plutôt que vous avez vos raisons pour ne
pas vous en souvenir ce soir. Enfin, mon cher, ces deux
jolis messieurs nous ont lâchées au bout d'un quart
d'heure et s'en sont allés bras dessus, bras dessous. Il
paraît que nous ne leur plaisions pas.

— Mais Julien vous est resté.

— Oui, c'est le meilleur des trois, et je ne me suis
pas gênée pour lui dire ce que je pensais de la conduite
de ses amis. Il a essayé de les excuser en nous racontant
qu'ils sont amoureux. Il paraît qu'il y en a un qui aspire
à épouser la sœur de l'autre... le bon motif, rien que
ça !... et ce candidat au collage légitime court les
restaurants de nuit !... c'est moi qui ne lui accorderais
pas ma main si je sortais du couvent.

Ces propos envenimés étaient tenus à haute et intelli-
gible voix, si bien que les fiancés n'en perdaient pas
un mot, et il serait difficile d'exprimer ce que souffrait

8

Edmond, non pas tant d'être obligé de les entendre que
de ne pouvoir empêcher qu'ils arrivassent aux oreilles
de Laure. Le seul moyen de la soustraire à ce supplice
c'eût été de sortir avec elle de cette loge maudite et le
remède eût peut-être été pire que le mal. Qu'aurait
pensé cette vieille garde, cette Lucie Travers, en les
voyant partir ensemble, et qu'aurait dit Éric en ne les
retrouvant plus, lorsqu'il reviendrait ?

Edmond avait bien essayé d'entamer une causerie
avec Mlle Duroc, afin d'occuper l'attention de la pauvre
enfant, mais elle lui répondait à peine et il voyait clairement qu'elle écoutait Lucie et qu'elle comprenait les
allusions méchantes à son frère et à son amoureux.

A la dernière, qui visait ses projets de mariage,
Edmond n'y tint plus, et au risque de provoquer un
éclat, il se retourna pour lancer à Piédouche un regard
qui signifiait : faites taire cette coquine effrontée, si vous
ne voulez pas que je m'en prenne à vous.

Piédouche comprit. Il fallait du reste lui rendre cette
justice que ce n'était pas lui qui avait amené l'entretien sur ce sujet scabreux et qu'il s'efforçait, en parlant
bas, de ramener la conversation à un diapason moins
élevé. Et il fit de son mieux pour la détourner.

— Comment trouvez-vous notre hippodrome, chère
baronne, demanda-t-il en s'adressant à Mme de Lugos,
au lieu de donner la réplique à Lucie Travers. Vous
aviez vu à Vienne l'incomparable Élisa, mais je doute
que là-bas on vous ait montré une cavalcade comme
celle qui va défiler tout à l'heure.

— Oh ! dit la Hongroise, j'ai assisté à Pétersbourg à
des revues passées par le Czar et je suis un peu blasée
sur les défilés. Mais, à propos de Pétersbourg, savez-
vous qu'un des messieurs qui nous ont plantées là, au
cabaret, est l'amant de la princesse Yalta.

— Ma foi! non, répondit Piédouche de l'air le plus innocent qu'il put prendre.

— Vous m'étonnez. Il paraît que c'est le secret de polichinelle que cette union mal assortie. Je m'en étais doutée à la chaleur avec laquelle ce garçon a défendu la haute et puissante dame que j'accusais d'avoir une conduite légère. Et depuis on m'a dit qu'elle ne se cachait pas d'être la maîtresse de ce jeune homme. Il est fort bien et le diable seul sait ce qu'elle fera de lui.

Le coup alla droit au cœur de Mlle Duroc. Elle pâlit en apprenant le nom de la femme qui avait ensorcelé son frère. Elle ne l'avait jamais vue et Edmond s'était bien gardé de lui parler d'elle, mais elle croyait au sinistre pronostic qu'elle venait d'entendre.

— Vous souffrez, mademoiselle, lui dit Edmond. Voulez-vous que nous allions attendre Éric dans l'avenue de l'Alma? Il fait ici une chaleur atroce, et le grand air vous remettrait.

— Non, murmura la jeune fille; je resterai jusqu'au bout... et je supporterai tout, dussè-je en mourir...

— Laissons là votre princesse, chère baronne, reprit à haute voix M. Piédouche. Elle ne m'intéresse pas du tout. Parlons plutôt du charmant hôtel que vous avez acheté. Vous voilà Française, maintenant que vous êtes propriétaire à Paris. Quand m'invitez-vous à pendre la crémaillère dans votre palais de la rue Jouffroy? Je jure de ne pas vous quitter au milieu du festin.

— Oui, je sais que vous êtes sérieux, vous et je vous promets que vous serez de la fête... je la donnerai dès que mon hôtel sera meublé... mais il n'y a encore que les quatre murs... et si vous connaissez un capitaliste disposé à m'envoyer son tapissier, vous m'obligerez de me le présenter.

En attendant, donnez-moi donc des nouvelles de cette vilaine histoire que j'ai lue l'autre jour dans un journal.

— Quelle histoire?

— La femme décapitée qu'on a trouvée sur le bord de la Seine.

Cette fois, ce fut Edmond qui reçut le coup. Le souvenir de son aventure nocturne n'avait pas cessé de hanter son esprit, mais il espérait que ceux qui n'y avaient pas été mêlés ne pensaient plus à cette affaire dont tout Paris s'était occupé pendant vingt-quatre heures, et la question que venait de poser la Hongroise la remettait sur le tapis de la façon la plus inattendue.

— Vous vous intéressez donc aux faits divers, demanda Piédouche. Moi, pas. Du reste, j'ai entendu dire que cette trouvaille n'aurait pas de suite. La femme sans tête n'a pas été assassinée.

— C'est possible, et pourtant je me figure que si Lucie et moi nous allions raconter au préfet de police ce que nous avons vu...

— Ah! oui, la voiture de laquelle est sorti un charbonnier qui portait un sac. Eh! bien, quel rapport y a-t-il entre cette rencontre bizarre et...

— Je me demande si le cadavre n'était pas dans le sac.

— Quelle idée! s'écria M. Piédouche, en haussant les épaules.

— Pas si sotte, mon idée. Et si ce coupé, attelé d'un cheval Orloff, appartenait à la princesse Yalta, ce serait drôle.

— Décidément, chère amie, vous avez trop d'imagination.

Le prétendu diplomate riait en disant cela, mais il commençait à se repentir de s'être exposé aux intempérances de langue d'une Hongroise étourdie.

Il ne lui convenait pas que l'ami d'Éric Duroc entendit les commentaires de cette créature sur un événement auquel lui, Piédouche, feignait de n'attacher aucune importance.

Il avait eu ses raisons pour entrer dans la loge de ces dames, mais il pensait qu'il était temps d'en sortir, et il cherchait un prétexte pour lever le siège.

— On va commencer, dit-il. Les cuivres de l'orchestre annoncent l'entrée des *Rajahs*. Je me sauve.

— Comment vous aussi, vous nous abandonnez, dit d'un ton aigre-doux Lucie Travers.

— Il le faut, hélas! J'aperçois Julien Fresnay qui vient de reprendre sa place au fumoir et je ne veux pas le manquer. J'ai un ordre de vente assez important à lui donner pour demain.

En parlant ainsi, Piédouche s'était levé. Edmond l'observait à la dérobée et crut voir qu'au lieu de regarder du côté du promenoir des fumeurs, Piédouche échangeait des signes de tête avec un individu d'assez mauvaise mine qui venait d'apparaître dans le couloir par lequel on arrive aux loges.

— Toujours la Bourse! soupira la Hongroise. Vous ne pensez donc qu'à gagner de l'argent?

— Est-ce que vous n'y pensez jamais, baronne? Il me semblait que...

— Partez, mon cher, interrompit Lucie. Un ordre de vente, c'est sacré. Seulement, quand vous n'aurez plus besoin de Fresnay, envoyez le ici. Il nous désennuiera.

— Je n'y manquerai pas, répondit Piédouche qui se promettait bien de ne pas s'acquitter de la commission.

8.

Et après les poignées de main de rigueur, il prit congé.

Edmond le suivit des yeux et eut l'impression qu'en passant à côté de l'homme qu'il croisa dans le couloir il en recevait un coup de coude.

Edmond avait-il bien vu et ce coup de coude était-il un avertissement ? C'était douteux.

Quoi qu'il en fût, M. Piédouche disparut, mais l'homme resta, et vint s'accouder sur la porte à hauteur d'appui qui fermait la loge de ces dames. Que faisait-il là et pourquoi les ouvreuses l'y souffraient-elles ? On ne pouvait guère supposer qu'il avait acheté leur complaisance par un fort pourboire, car il était assez piètrement vêtu.

Mme de Lugos et Lucie ne prenaient pas garde à ce monsieur sans-gêne. Le cortège indien, qui faisait son entrée, les intéressait davantage. Lucie connaissait à fond la haute et la basse bicherie ; elle nommait à la Hongroise les plus jolies filles de l'escadron volant des *rajattes* et du peloton des trompettes en collant rouge.

Pourquoi se serait-elle préoccupée de Mlle Duroc, maintenant qu'elle lui avait fait tout le mal qu'elle pouvait lui faire ?

Laure, immobile et silencieuse, regardait le défilé sans le voir, et son fiancé n'essayait plus de la distraire de ses tristes pensées.

Il supputait le temps qui s'était écoulé depuis que son ami les avait quittés ; il trouvait que cette absence prolongée devenait inquiétante, et il attendait avec impatience qu'Éric se montrât.

— Enfin, le voici ! dit-il à demi-voix.

C'était bien Éric qui venait d'apparaître au bout du couloir. Sa sœur, avertie par l'exclamation d'Edmond, se retourna vivement, et le sang remonta à ses joues pâlies par l'anxiété.

Les demoiselles de la loge à côté ne bougèrent pas. Le spectacle absorbait toute leur attention.

Éric arrivait sans se presser et il reprit sa place sans dire un mot, comme si son absence, qui avait duré trois quarts d'heures, eût été la plus naturelle du monde.

Mais Laure ne le tint pas quitte.

— Je croyais que tu ne reviendrais plus, lui dit-elle, tout émue.

— Quelle folie ! murmura distraitement Éric.

— Moi aussi, je vous attendais avec impatience, reprit à demi-voix Edmond de Chemazé. Nous sommes affligés d'un voisinage désagréable, et j'ai été plus d'une fois tenté de quitter la place.

— Comment ! est-ce que ces filles se seraient permis...

— Elles ont reçu la visite de M. Piédouche et la conversation qu'elles ont eue avec lui m'a beaucoup gêné. Je vous raconterai cela... lorsque nous serons seuls.

— Cet homme commence à m'être insupportable, dit Éric entre ses dents. Je le trouve sans cesse sur mon chemin... il était devant le contrôle quand je suis sorti et il y était encore quand je suis rentré... je crois, ma parole d'honneur, qu'il me guette... et je ne suis pas disposé à tolérer plus longtemps cette persécution. La prochaine fois que je le rencontrerai, je lui dirai son fait.

— Pas ici, j'espère. Songez que...

— Oui, je sais. Laure ne doit pas assister à une explication qui pourrait mal tourner. Demain, à la Bourse, j'en finirai avec ce monsieur.

Les deux amis parlaient bas et les fanfares de l'orchestre couvraient le bruit de leurs voix, mais Mlle Duroc, accoutumée à lire sur le visage de son frère, devi-

nait qu'il était question des propos qu'elle avait entendus
avant son retour.

— Ces costumes sont superbes, et le coup d'œil est
magnifique : mais la chaleur me gêne horriblement, dit-
elle en regardant Edmond qui comprit.

— En effet, mademoiselle, vous paraissez souffrante,
reprit-il, et peut-être vaudrait-il mieux...

— Si tu ne tiens pas à rester, je n'y tiens pas non
plus, interrompit Éric. Nous partirons quand tu voudras.

— Tout de suite, murmura la jeune fille. Je ne me
sens pas bien.

Edmond ne se le fit pas répéter deux fois. Il lui
tardait de fuir ses voisines et aussi cet homme de mauvaise mine qui avait l'air de monter la garde à la porte
de leur loge. Il se leva pour aller appeler l'ouvreuse,
gardienne des manteaux et distributrice des petits
bancs.

Elle était justement dans le couloir et pendant qu'elle
apportait les vêtements qu'on lui avait confiés, l'homme
qui observait à la dérobée ces préparatifs de départ
abandonna son poste et s'éloigna sans bruit.

Edmond remarqua cette manœuvre et s'en inquiéta.

Qui espionnait-on ? Éric très probablement. Mais qui
l'espionnait et dans quel but ? Autant de problèmes qu'il
n'était pas en état de résoudre. L'important, c'était de
se soustraire le plus tôt possible à cette surveillance
incompréhensible.

— Il faut que j'aie avec Éric une explication sérieuse,
pensait-il en suivant son ami qui, cette fois, donnait le
bras à Mlle Duroc.

Ils arrivèrent à la sortie sans rencontrer de figures
suspectes, et Edmond allait envoyer un commission-
naire chercher une voiture, lorsqu'un monsieur de

bonne apparence s'approcha d'Éric et après l'avoir salué, lui demanda de l'air le plus courtois, de vouloir bien lui accorder un instant d'entretien particulier.

Éric, très surpris, hésita d'abord, mais il pensa sans doute qu'il était difficile de refuser d'admettre une requête présentée si poliment, car il fit signe à Edmond de le remplacer auprès de Laure et il s'éloigna un peu avec l'inconnu qui venait de l'aborder.

Le colloque fut court. Une minute après, Éric revint dire à sa sœur :

— Je suis obligé de te quitter encore. Je n'ai pas trouvé chez elle la personne que j'étais allé voir, et j'apprends qu'elle est ici. Il s'agit d'une grosse affaire que je ne puis pas remettre. Edmond va te reconduire à la maison.

Il parlait d'un ton bref et ses yeux brillaient. Il était évidemment sous le coup d'une très vive émotion, mais il ne paraissait pas qu'il eût reçu une mauvaise nouvelle, car sa figure s'était éclairée tout à coup.

Et comme Laure ne répondait pas :

— Tu pleures, reprit-il en riant. Je ne te croyais pas si enfant. Tu vas me faire le plaisir de sécher tes larmes et de prendre le bras de ton futur qui a tous les droits possibles à ma confiance et à la tienne. Vous vous mariez dans trois semaines et quand tu seras sa femme, il faudra bien que tu t'habitues à te passer de moi. Que crains-tu d'ailleurs ? Est-ce que tu t'imagines que le client qui me demande va me faire un mauvais parti ?

— Je crains tout, murmura Mlle Duroc.

— Nous pourrions vous attendre ici, dit Edmond, qui ne croyait pas du tout aux affaires qu'on traite à l'hippodrome.

— Non, non. J'en ai pour une heure et la représentation va finir. Partez, mon cher ; je compte sur vous

pour faire entendre raison à Laure, et je vous attends
demain matin à déjeuner.

Ayant dit, Éric brusqua la séparation. Le monsieur
s'était discrètement écarté. Il courut le rejoindre et il
passa avec lui devant le bureau du contrôle, sans se
retourner pour voir ce que devenaient sa sœur et
son ami.

— Où est-elle? demanda-t-il.

— Dans le cabinet du directeur, répondit l'obligeant
messager.

— Elle le connait donc?

— Elle est venue pour acheter un cheval arabe
qu'elle a remarqué la semaine dernière à une répétition
de la pantomime équestre que nous donnons ce soir.
Elle voulait le revoir monté par une de nos meilleures
écuyères. Je crois que le marché va se conclure. Mais le
directeur étant très occupé en ce moment, l'a priée de
vouloir bien l'attendre chez lui.

— Comment a-t-elle su que j'étais ici? Je ne l'ai pas
vue dans la salle.

— Elle est entrée dans les écuries. C'est de là qu'elle
vous a aperçu. Et lorsque vous vous êtes levé pour sortir, elle m'a chargé de vous dire qu'elle désirait vous
parler immédiatement... je suis l'associé du directeur...
et elle vous a si bien désigné que je ne pouvais pas me
tromper. Vous m'excuserez de vous avoir abordé alors
que vous n'étiez pas seul.

— J'étais avec ma sœur et mon beau-frère.

— J'ai eu soin d'ailleurs de vous prendre à part.

— Je vous remercie, monsieur. Tout s'est fort bien
passé.

— Et nous sommes arrivés. Veuillez monter ces trois
marches.

— Quoi ! c'est ici !... je pensais que le directeur était logé dans un bâtiment séparé.

— Logé, oui, mais pendant la représentation, il reçoit au fond de ce couloir.

Éric se le tint pour dit et suivit son guide, qui s'arrêta devant une porte près de laquelle un garde de Paris était assis sur un escabeau.

Ce planton se leva et s'empressa d'ouvrir.

— Entrez, monsieur, dit l'associé du directeur.

Le ton n'était déjà plus le même, mais Éric ne remarqua point le changement, et ne songea point à faire des cérémonies. Il passa le premier et il fut assez étonné d'être introduit dans une espèce de cabanon, meublé d'une table en bois noir et de deux chaises de paille.

C'était une singulière antichambre pour le chef d'une grande entreprise théâtrale.

— Je vais vous annoncer, reprit l'aimable conducteur, après avoir dit un mot à l'oreille du garde de Paris, qui s'empressa de refermer la première porte.

Au fond du cabanon, il y en avait une autre. L'associé n'eut qu'à la pousser et disparut derrière le battant mobile.

Éric, resté seul, se demandait, sans doute, si ce monsieur se moquait de lui, car sa physionomie se rembrunit sensiblement.

On ne le laissa pas longtemps livré à ses réflexions. Le prétendu associé revint, après une courte absence, et lui dit :

— Allez ! on vous attend.

Il s'était cette fois, dispensé de l'appeler : monsieur.

Éric s'en aperçut, mais le moment eût été mal choisi pour relever cette impolitesse. Il passa en haussant les épaules et dans la seconde pièce il trouva, retranché

derrière un bureau, un homme portant à sa boutonnière une rosette multicolore.

Il crut d'abord avoir affaire au directeur de l'hippodrome, et il allait lui demander pour la forme à qui il
avait l'honneur de parler, mais ce grave personnage lui
dit, en indiquant d'un geste autoritaire un tabouret,
qui ressemblait fort à une sellette d'accusé :

— Asseyez-vous.

— Pourquoi m'asseoir? répliqua sèchement Duroc.
Ce n'est pas vous que je viens voir. On m'a dit que
Mme la princesse Yalta m'attendait...

— Et vous pensiez la trouver ici?

— Si je ne l'avais pas pensé, je vous prie de croire
que je ne serais pas venu.

— Vous savez bien qu'elle est morte.

— Morte ! quelle est cette stupide plaisanterie?

— Fort bien. Vous continuez à jouer le rôle que vous
vous êtes tracé et vous le jouez maintenant avec un
aplomb que j'admire. Vous étiez moins ferme tout à
l'heure, quand on vous a dit à brûle pourpoint qu'elle
désirait vous parler. Vous vous êtes troublé; vous avez
pâli... vous flairiez le piège qu'on vous tendait... mais
vous vous êtes remis très vite... il vous a suffi de quelques secondes de réflexion pour comprendre que refuser de venir, c'était vous perdre. Autant eût valu avouer
que vous l'avez tuée.

Éric tressaillit, et se mit à regarder fixement le monsieur qui l'interrogeait.

— Avant de vous répondre, dit-il, je veux savoir qui
vous êtes.

— Je suis commissaire de police et je vous invite à
ne pas oublier que vous parlez à un magistrat.

— Vous êtes magistrat et vous vous servez d'un mensonge pour m'amener devant vous ! Voilà un étrange

procédé et vous me permettrez de douter du caractère
que vous vous attribuez.

— Auriez-vous préféré que je vous fisse arrêter au
bras de votre sœur? J'ai eu pitié d'elle et vous devriez
m'en savoir gré.

— Alors, je suis arrêté?

— Provisoirement, oui. Justifiez-vous, si vous pouvez.

— Me justifier de quoi? D'avoir tué la princesse
Yalta? Et vous voulez que je prenne au sérieux cette
accusation inepte!

— Vous niez. C'était prévu. Nierez-vous aussi que
vous étiez son amant? Ce serait complet.

— Je le nie absolument.

— Prenez garde, vous serez accablé par l'évidence.
Vingt témoins déposeront que votre liaison avec la princesse était publique. Elle ne se donnait pas la peine de
la cacher, car elle venait vous chercher à la Bourse,
dans sa voiture, sous les yeux de tous vos amis, et elle
vous emmenait chez elle... ou ailleurs.

— La princesse me chargeait de ses opérations et elle
voulait bien m'honorer de son amitié. C'est précisément
parce qu'elle n'était pas ma maîtresse qu'elle ne
craignait pas de se montrer en public avec moi.

— Il sera facile de prouver le contraire. Admettons
pour un instant qu'elle n'ait eu avec vous que des relations d'affaires. Expliquez-moi alors pourquoi ces relations se sont rompues brusquement.

— J'ignore si elles sont rompues.

— Et moi je pourrais le croire, puisqu'elle ne vient
plus vous prendre à la Bourse comme elle le faisait
chaque jour, mais si elle ne reparaît pas, c'est par une
bien meilleure raison.

— Par la raison qu'elle a quitté Paris.

— Oui, pour toujours.

9

— Mais non.. Elle est en voyage, comme cela lui arrive souvent.

— Ah! elle est en voyage!... Depuis quand. je vous prie?

— Depuis une semaine à peu près.

— Précisez donc. Elle a disparu samedi dernier, ou pour parler plus exactement, pendant la nuit de samedi à dimanche. Samedi, vous avez dîné avec elle, à Asnières, dans un restaurant. On vous a vus ensemble.

— C'est possible. Qu'en concluez-vous?

— Que vous savez ce qu'elle a fait ensuite.

— Comment le saurais-je, si je l'ai quittée en rentrant à Paris?

— Alors, c'est l'explication que vous fournissez.

— Je n'en fournis aucune. Je ne devrais pas vous répondre.

— Mais vous me répondez parce que vous sentez bien que vous ne pouvez pas faire autrement. Et je prends acte de vos réponses, pour vous en adresser d'autres. Vous n'avez pas revu la princesse depuis samedi soir. affirmez-vous?

— Je l'affirme, parce que c'est vrai.

— Et vous ne vous êtes pas inquiété de savoir ce qu'elle était devenue?

— Je n'avais pas à m'en occuper.

— Elle ne vous a pas écrit? demanda le commissaire en regardant fixement Éric.

A cette question inattendue, Éric se troubla un peu. Le rouge lui monta au visage et il baissa les yeux pour éviter le regard inquisiteur de l'homme qui l'interrogeait.

Il se remit du reste assez vite et il répondit dédaigneusement :

— Que vous importe que la princesse m'ait écrit ou non?

— Vous ne comprenez donc pas que si elle vous avait écrit depuis qu'elle a disparu, vous n'auriez qu'à produire sa lettre pour vous justifier.

Éric fit le geste de porter la main à sa poitrine, à l'endroit où il serrait son portefeuille.

— Encore faudrait-il que cette lettre fût datée et portât le timbre de la poste, reprit le commissaire; car il s'agit d'établir qu'elle vivait encore après la nuit de samedi à dimanche.

Éric ne répondit pas.

— Votre silence me prouve que vous n'avez rien reçu d'elle depuis le jour où vous l'avez vue pour la dernière fois. Vous ignorez, dites-vous, ce qu'elle a fait après vous avoir quitté. Soit!... mais vous savez du moins ce que vous avez fait, vous. Cette soirée a dû marquer dans votre existence et vous en avez certaine-ment gardé le souvenir.

— Je suis rentré chez moi.

— A quelle heure?

— A l'heure où je rentre habituellement.

— Vous vous couchez donc habituellement au mo-ment où le soleil se lève.

— Je ne comprends pas.

— Vous allez comprendre. Samedi dernier, vous êtes venu, entre trois et quatre heures du matin, souper dans un restaurant des Champs-Élysées. Vous y êtes resté peu de temps, mais le jour naissait quand vous êtes parti avec un de vos amis... celui qui vous accom-pagnait ce soir à l'hippodrome et qui sera bientôt votre beau-frère.

Éric eut un mouvement de colère; il se demandait qui avait signalé à la police sa présence à ce souper.

Assurément, ce n'était pas Edmond, mais Julien Fresnay avait bien pu bavarder sans mauvaise intention, et les deux créatures qu'Éric avait plantées là n'étaient pas obligées de se taire.

— Elles m'auront dénoncé à ce Piédouche, pensait-il, et ce prétendu diplomate n'est qu'un espion.

— Vous reconnaissez que je suis bien informé, reprit le commissaire après un silence. Je suis donc en droit de vous demander où vous êtes allé, en quittant la princesse qui est rentrée à Paris avec vous.

— Et moi j'ai le droit de ne pas vous le dire. J'aime mieux vous laisser interpréter comme il vous plaira mon refus de vous répondre que de compromettre une personne dont le nom ne doit pas être mêlé à cette affaire.

— Vous voulez insinuer que vous êtes allé chez une femme qui a des ménagements à garder. Vous aviez donc deux maîtresses?

— Je vous ai déjà dit que je n'étais pas l'amant de la princesse Yalta. Donc, j'étais libre d'avoir une autre liaison, et cette liaison je ne suis pas obligé de vous la faire connaître.

— Voilà un scrupule d'autant plus méritoire que le seul moyen qui vous reste pour démontrer votre innocence, c'est d'établir un alibi. Si vous pouviez prouver que de neuf heures du soir à trois heures du matin vous étiez avec une femme, l'accusation tomberait d'elle-même, car on sait que le meurtre a été commis vers minuit. Croyez-moi, ne persévérez pas dans ce système que vous serez bientôt forcé d'abandonner et ne vous illusionnez pas sur le sort qui vous attend, si vous ne parvenez pas à vous justifier. Vous irez en cour d'assises et vous serez certainement condamné.

— Les jurés seraient donc fous. J'ai meilleure opinion

d'eux. Et, en vérité, je crois rêver en vous écoutant. Vous osez me dire que la princesse Yalta a été assassinée samedi dernier. Comment se fait-il donc que personne n'ait parlé de sa mort? Tout Paris la connaît. Elle a un mari d'ailleurs et de nombreux domestiques. A qui persuaderez-vous que ni le prince ni ses gens ne se sont aperçus qu'on l'avait tuée?

L'interrogateur se mordit les lèvres. Éric venait de mettre le doigt sur le point faible de son argumentation et le commissaire jugeait qu'il n'était pas encore temps de lui parler du cadavre enfermé dans un sac et abandonné au bord de la rivière. Il tenait en réserve la confrontation avec le cocher et le groom qu'on surveillait et qui n'étaient pas encore arrêtés, mais le moment n'était pas venu.

Et d'ailleurs, Piédouche l'avait prié de ne pas recourir trop tôt à son intervention. Piédouche voulait garder sa liberté d'action, tant que l'affaire ne serait pas complètement instruite et même ne paraître qu'en cas de nécessité absolue, afin de ne pas se priver à l'avenir des facilités d'espionnage que lui assurait sa réputation d'ancien diplomate.

— Je ne suis pas chargé de vous renseigner sur les preuves que nous possédons et qui seront mises en lumière lorsqu'il le faudra, répliqua le commissaire d'un ton sec. Mais je puis dès à présent vous dire où vous avez passé la nuit du 5 au 6 avril.

— Dites! s'écria Duroc, qui payait d'audace, mais qui n'était pas aussi rassuré qu'il voulait le paraître.

— Vous l'avez passée tout près d'ici.

— Qu'entendez-vous par tout près d'ici?

— J'entends: à deux pas de l'Hippodrome. Il y a entre l'avenue Montaigne et la rue Marbeuf une ruelle qu'on nomme... ou qu'on nommait autrefois: le pas-

sage des Douze maisons... quoi qu'il n'y en ait qu'une.
Vous la connaissez, n'est-ce pas?

Éric pâlit et courba la tête.

— Au milieu de cette ruelle, reprit le commissaire,
il y a un pavillon très bien situé pour servir de lieu de
rendez-vous à des amants qui se cachent. Vous l'avez
loué à la fin de l'été dernier. Vous avez même payé
d'avance une année de location. Est-ce vous qui l'avez
meublé?

Éric comprit l'intention injurieuse et ne résista pas
à l'envie de la relever.

— Croyez-vous donc que je l'ai fait meubler par la
femme que j'y recevais? dit-il avec emportement.

— Non. Je ne vous ai posé la question qu'afin de
provoquer la réponse qui vient de vous échapper. Vous
avouez donc que vous étiez locataire de ce pavillon, et
vous faites bien de l'avouer, car il ne vous servirait à
rien de le nier. Nous sommes complètement renseignés.
Nous avons interrogé le propriétaire de la maison qui
nous a donné votre nom et les habitants du passage.
qui vous connaissent de vue. nous ont donné votre
signalement très exact.

Maintenant, vous avouerez bien aussi que samedi
soir, vous êtes arrivé avec la princesse Yalta, en voiture découverte, par l'avenue Montaigne. Vous êtes
entré dans le pavillon avec elle... et elle n'en est pas
sortie.

— Elle n'y est pas entrée. Elle m'a quitté à la porte
et sa voiture l'a emmenée par la rue de Marbeuf.

— Des témoins attesteront que la voiture est partie.
en effet, mais que la princesse est restée.

— S'ils disent cela, c'est qu'ils mentent ou qu'ils ont
mal vu.

— Quoi qu'il en soit, vous êtes entré, vous. Pourquoi?

— Parce que je pensais qu'elle reviendrait.

— Et elle n'est pas revenue ?

— Non.

— Jusqu'à quelle heure l'avez-vous attendue ?

— Jusqu'à minuit.

— Et à minuit, vous êtes allé ?...

— Sous les fenêtres de son hôtel, rue de Tilsitt.

— Singulière idée qui vous est venue là. Vous pensiez donc qu'elle vous recevrait chez elle, à cette heure indue ?

— Non, je voulais seulement savoir si elle y était. Il n'y avait pas de lumière dans l'appartement qu'elle occupe. J'ai pensé qu'elle était partie, et je ne me trompais pas, car après avoir attendu deux ou trois heures, j'ai vu revenir sa voiture... vide.

— Et vous en avez conclu qu'elle s'était décidée subitement à quitter Paris ?

— Elle voyage fréquemment et elle part à l'improviste, quand sa fantaisie l'y pousse, sans avertir personne.

— Ni son mari, ni son amant. C'est bizarre. Mais je ne connais pas de gare de chemin de fer où il y ait un départ à deux heures du matin.

— Ni moi non plus, dit Éric avec impatience. Si vous donnez suite à cette affaire absurde, interrogez les gens de la princesse. Ils vous diront peut-être où elle est allée.

— Vous ne vous en êtes donc pas informé ?

— Non.

— Convenez que ce n'est pas naturel. Ses domestiques vous connaissaient, puisque vous sortiez en voiture avec elle. Vous ne craigniez donc pas de la compromettre en les interrogeant.

— J'avais mes raisons pour ne pas le faire.

— Vos raisons, je les devine. Le groom et le cocher sont vos complices et vous ne vouliez pas qu'on vous surprît conférant avec eux après le crime.

— Mes complices ! répéta Duroc avec colère. Ainsi, vous persistez à m'accuser d'avoir assassiné une femme qui vit encore, je l'espère bien ! Obligez-moi donc de me dire où et pourquoi j'aurais commis ce crime abominable.

— Où ?... mais dans le pavillon où vous la receviez... et pour préciser, dans le chauffoir de la salle de bains qui est au fond de la petite cour attenant à ce pavillon.

— Allez-vous me dire que vous y avez trouvé son corps ? demanda ironiquement Éric.

— Non. Vous avez eu soin de le faire disparaître.

— Alors, sur quoi vous basez-vous pour affirmer qu'elle est morte ?

— Le chauffoir a gardé les traces du meurtre. Il y a du sang partout.

— Je serais curieux de voir cela.

— Vous le verrez. Le juge d'instruction ne manquera pas d'ordonner qu'on vous y conduise.

— Me dira-t-il quelle cause il assigne au crime que vous m'imputez ? A-t-il découvert l'intérêt que je pouvais avoir à tuer la princesse Yalta ? Si elle a été ma maîtresse, comme vous le prétendez, elle n'était pas mon ennemie.

— Ce ne serait pas la première fois qu'un amant se serait vengé d'une infidélité. Mais nous n'en sommes pas à préciser le mobile qui vous a fait agir. Veuillez d'abord m'expliquer pourquoi vous êtes retourné dans le pavillon, depuis la disparition de la princesse.

— Il faudrait d'abord me prouver que j'y suis retourné.

— Vous y êtes entré tous les jours depuis samedi
dernier, et plutôt deux fois qu'une. Vous y venez en
sortant de la Bourse et il vous est arrivé d'y revenir
le soir.

— Puisque vous êtes si bien informé, je conviens
que c'est vrai. Et c'est précisément ce qui prouve que
je n'ai tué personne. Si j'étais coupable, je me serais
bien gardé de remettre les pieds dans une maison où
j'avais assassiné.

— Enfin, vous aviez un motif pour y pénétrer.

— Probablement.

— Eh bien ! faites-le connaître. Je ne demande pas
mieux que de vous trouver innocent. Aidez-moi.

— Vous voulez savoir ce que j'y venais chercher ?
Je vais vous le dire. J'espérais y trouver une lettre.

— De qui ?... de la princesse ?

— Oui, de la princesse. Il lui est arrivé souvent de
s'absenter de Paris, sans m'annoncer qu'elle partait.
Il avait été convenu entre nous, une fois pour toutes,
que dans ces cas-là, je continuerais à aller tous les
jours au pavillon, et qu'elle m'apprendrait son retour
par une lettre que sa femme de chambre, qui lui est
toute dévouée, apporterait elle-même et déposerait
dans le tiroir d'un meuble qui appartient à sa maîtresse.

— Singulière boîte aux lettres. Il eût été plus simple
de vous écrire chez vous par la poste.

— La princesse n'aime pas les moyens simples.

— Et, depuis qu'elle est partie, vous n'avez rien
trouvé dans ce tiroir. Vous avez dû être bien désap-
pointé.

— Je ne le nie pas.

— L'explication est ingénieuse, dit le commissaire,
en hochant la tête, comme un maître d'armes qui

9.

constate un joli coup porté par un adversaire de force inférieure.

Et il reprit d'un air bonasse :

— Je ne m'étonne plus que vous y soyez retourné ce soir.

— Qu'en savez-vous ? demanda vivement Éric.

— Oh ! vous n'êtes venu à l'Hippodrome qu'à cause du voisinage. La visite vous tenait fort au cœur, puisque vous avez quitté mademoiselle votre sœur pour aller fouiller ce meuble.

Et vous n'y avez pas trouvé de lettre. Mais... n'y avez-vous pas trouvé autre chose ?

— Que voulez-vous dire ? balbutia Duroc.

— Ce meuble peut servir à beaucoup d'usages... On peut y déposer des correspondances... On peut aussi y serrer des valeurs... il est plein de compartiments à secret.

— Je n'en sais rien.

— Vraiment ?... je pensais que vous connaissiez ces cachettes... Mais je puis me tromper... Voulez-vous me remettre votre portefeuille ?

Pour le coup, Duroc perdit tout à fait contenance.

— Quel portefeuille ? balbutia-t-il.

— Celui que vous avez là, dit le commissaire en posant le doigt sur le côté gauche de la poitrine d'Éric qui avait fini par se décider à s'asseoir. Vous savez bien qu'il y est, car lorsque je vous ai demandé si la princesse vous avait écrit, vous avez fait le geste de le prendre dans votre poche. Mais vous vous êtes ravisé très vite, parce que vous vous êtes souvenu qu'il contient autre chose que des billets doux.

— Prétendriez-vous me forcer à vous le montrer ?

— Vous forcer, non. Mais je vous y invite expressément. Si vous refusez, je ne porterai pas la main sur

vous. D'autres que moi vous fouilleront tout à l'heure.
Vous ne gagnerez donc rien à résister. D'ailleurs, je
sais ce qu'il y a dans ce portefeuille... ou à côté, car je
doute que vous ayez pu y insérer le gros paquet qui
fait une bosse sous votre redingote.

Éric pâlit et se tut.

— Trois cent mille francs, même en papier, tiennent
de la place, et c'est juste trois cent mille francs que
vous avez sur vous. Je vais vous dire où vous les avez
pris... à moins que vous ne préfériez me le dire vous-
même.

Vous ne répondez pas? demanda le commissaire,
après un silence. Vous aimez mieux sans doute que je
vous pose des questions précises. Vous avez peut-être
raison. Et, pour commencer, voici le fait sur lequel j'ai
à vous interroger.

Ce soir, vous êtes allé, comme de coutume, au pavillon du passage ; vous avez visité, comme vous le faites
tous les jours, les tiroirs du meuble où vous affirmez
que la princesse avait l'habitude de déposer ses lettres,
et vous n'y avez rien trouvé. Mais, cette fois, vous avez
ouvert un compartiment secret et vous en avez tiré une
liasse de billets de banque. Vous les avez comptés, vous
les avez mis dans votre poche, et vous êtes parti immédiatement.

— Vous étiez donc là pour m'espionner?

— Quelqu'un vous a vu, c'est tout ce que je puis vous
dire. Et vous ne pouvez pas nier puisque vous avez la
somme sur vous. Elle ne vous appartient pas, je pense.

— Non.

— A qui appartient-elle?

— Je suppose qu'elle appartient à la princesse Yalta.
Elle est assez riche pour oublier trois cent mille francs
dans un meuble, et ce meuble est à elle.

— Alors vous prétendez qu'elle a caché là cet argent au lieu de le garder chez elle. Dans quel but ?

— Je l'ignore.

— A quelle époque ?

— Je n'en sais rien.

— Ce n'est pas depuis samedi dernier puisque, d'après vous, elle a quitté Paris dans la nuit de samedi à dimanche.

— Je pense que c'est avant.

— Mais vous n'en êtes pas sûr ?

— Non. Le dépôt a été fait à mon insu. Si la princesse m'avait averti, je l'aurais vivement engagée à ne pas laisser cette énorme somme dans une maison inhabitée... je me serais même opposé à ce qu'elle l'y laissât.

— Vous saviez cependant qu'elle y était... et où elle était.

— Non. Ce soir, je l'ai découverte par hasard... en appuyant involontairement sur un bouton qui fait jouer un couvercle mobile.

— Vous avez dû être bien étonné ! dit ironiquement le commissaire.

— Tellement étonné que je n'en pouvais croire mes yeux.

— Je conçois cela... mais ces billets de banque n'étaient pas à vous, Pourquoi les avez-vous pris ?

— J'ai hésité d'abord. Si je me suis décidé à les emporter, c'est que j'ai pensé qu'ils n'étaient pas en sûreté dans cette cachette. Un voleur pouvait les trouver, comme je les ai trouvés. J'avais d'ailleurs des raisons de douter que la princesse revînt jamais les chercher.

— Quelles raisons ?

— Au point où en sont les choses, je puis bien vous dire que je considérais nos relations comme rompues.

Nous nous étions mal quittés : et depuis huit jours, elle ne m'a pas donné signe de vie. J'ai pensé que je n'entendrais plus parler d'elle et je voulais lui renvoyer cet argent.

— Il eût été plus simple de lui renvoyer le meuble avec ce qu'il contenait.

— Je l'aurais renvoyé aussi, mais je ne pouvais pas le lui renvoyer ce soir et je vous répète que je ne voulais pas laisser l'argent à la discrétion des voleurs qui auraient pu s'introduire dans le pavillon et le mettre au pillage.

— C'est là votre explication. Vous n'en avez pas d'autres à me fournir ?

— Non, je ne puis vous dire que la vérité.

— Eh bien! moi, je vais vous dire comment nous expliquons vos façons d'agir. Je procède loyalement et je veux vous mettre à même de vous défendre, en vous apprenant ce que nous pensons des faits que vous ne contestez pas.

Samedi, à six heures, vous êtes allé rue de Tilsitt, remettre à la princesse Yalta, de la part de votre patron, une somme qu'elle avait à toucher à la suite de la dernière liquidation.

— Parfaitement. Je la lui ai remise et j'ai apporté le reçu. Il est dans la caisse de l'agent de change.

— Je sais cela. Cette somme était de trois cent mille francs, n'est-il pas vrai ?...

— Oui ; juste la somme qui se trouvait dans le meuble byzantin. J'ai fait moi-même ce rapprochement et j'en ai conclu que c'était bien la princesse qui l'y avait déposée.

— Notre conclusion à nous diffère essentiellement de la vôtre. Nous croyons qu'elle portait la somme sur elle quand vous l'avez tuée et que n'osant pas vous en emparer, de peur qu'on ne fît une perquisition à votre domicile, vous avez imaginé de la cacher dans ce meuble où vous pensiez qu'on ne viendrait pas la chercher.

Vous n'étiez pas cependant absolument tranquille, et vos visites quotidiennes au pavillon n'avaient pas d'autre but que de vous assurer qu'on n'y avait pas touché. Huit jours se sont écoulés sans incident. Les journaux n'ont pas parlé de la disparition de la princesse, et le prince ne paraît pas s'en être inquiété. Vous avez pris ces trois cent mille francs, lorsque vous avez cru pouvoir les prendre sans courir aucun risque. Vous avez choisi votre heure et assisté tout exprès à l'ouverture de l'Hippodrome. Le coup a été lestement fait.

Mais vous ne vous doutiez pas qu'on vous surveillait depuis le lendemain du crime et vous vous êtes jeté dans la souricière qu'on vous avait tendue. On ne pense pas à tout.

— **Ainsi**, murmura douloureusement Éric, ce n'était pas assez de m'accuser d'être un assassin... vous m'accusez d'être un voleur !

— Je ne dis pas que vous avez tué pour voler... mais si le vol n'a pas été la cause du meurtre, il en a été la conséquence. L'occasion fait le larron... c'est un proverbe dont j'ai reconnu plus d'une fois la justesse en exerçant mes fonctions. Et puisque vous protestez contre une imputation qui paraît vous toucher beaucoup plus que l'accusation de meurtre, je dois vous faire observer que votre système de défense n'est pas soutenable. Vous prétendez que l'argent a été oublié par la princesse dans cette cachette. Faites-moi donc le plaisir de me dire à quel moment elle l'y aurait mis. Elle l'a reçu de vos mains à six heures; vous ne l'avez pas quittée jusqu'à neuf heures et vous venez de me déclarer qu'elle vous avait reconduit à la porte du pavillon, mais qu'elle n'y était pas entrée.

— Elle a pu y entrer, lorsque je n'y étais plus.

— Entre minuit et trois heures du matin, alors, puisque, d'après vous, elle a quitté Paris avant le jour.

— Elle y est peut-être revenue sans que je l'aie su.

— Nous nous sommes assurés qu'elle n'a pas reparu à son hôtel.

— Ce ne serait pas la première fois qu'il lui arriverait d'habiter pendant quelques jours hors de chez elle.

— Alors il faudrait supposer qu'elle s'est glissée la nuit dans la maison des rendez-vous, tout exprès pour y laisser cette grosse somme... convenez que c'est inadmissible.

Éric, depuis le commencement de cet interrogatoire, avait passé par toutes les phases de l'émotion : la stupeur, la colère, l'accablement. Il avait d'abord essayé de réfuter les terribles arguments de son adversaire ; puis il avait reconnu peu à peu l'impossibilité de soutenir plus longtemps cette lutte inégale, et, en désespoir de cause, il en était venu à renoncer à se défendre. Alors, sa fierté se réveilla, il releva la tête, et il dit froidement :

— Assez, monsieur! Je vois que votre parti est pris et je ne vous répondrai plus. Je n'ai rien à craindre, puisque je n'ai rien à me reprocher. Faites-moi arrêter, si vous voulez.

— Je suis malheureusement obligé d'en venir là, répliqua le commissaire. Je vais vous envoyer au dépôt de la Préfecture, mais j'aurai pour vous les égards auxquels vous donnent droit votre situation sociale et vos bons antécédents. Nous allons sortir ensemble. Mes hommes attendent avec un fiacre où vous monterez. Personne ne s'apercevra que vous êtes arrêté. Veuillez seulement me remettre votre portefeuille et les billets de banque. Je ne puis pas laisser à votre disposition pendant le trajet que vous allez faire, une somme de cette importance... car je ne serai pas du voyage, et je vais vous confier à la garde d'agents subalternes...

— Que je pourrais essayer de corrompre. Ne craignez rien. Je ne songe pas à m'évader... je tiens trop à confondre ceux qui m'accusent. Voici ce que vous me demandez, dit Éric en jetant sur le bureau le portefeuille et les billets.

Le commissaire les compta, les lia, les empaqueta avec le portefeuille et mit le paquet dans sa poche.

— Ce soir, dit-il, toutes ces pièces à conviction seront déposées au greffe. Venez, monsieur.

Éric était déjà debout. Le commissaire le fit passer le premier, — une politesse qui n'était qu'une précaution — et lorsqu'ils furent hors de ce cabinet où se tient pendant les représentations l'officier de paix de service au théâtre, il lui indiqua un chemin pour sortir de la salle sans passer devant le contrôle.

Ils débouchèrent sur le boulevard de l'Alma, à vingt pas de la porte par laquelle venait de s'écouler la foule des spectateurs, car la fête hippique était terminée depuis dix minutes.

On éteignait les illuminations de la façade et de la longue file de voitures qui stationnait tout à l'heure devant la sortie, il ne restait plus que cinq ou six fiacres rangés de l'autre côté de la chaussée, et un qui était arrêté au bord de la contre-allée.

Celui-là était gardé par deux agents qui, en apercevant leur chef, s'empressèrent d'ouvrir la portière.

Éric y allait tout droit sous la conduite du commis-

saire quand il vit s'avancer vivement Edmond de Chemazé, qu'il n'avait pas aperçu tout d'abord parce
qu'Edmond se tenait à demi-caché derrière un arbre.

Ce fut si vite fait que le commissaire n'eut pas le
temps de s'opposer à l'abordage.

— Enfin, je vous retrouve ! dit Edmond.

— Pas pour longtemps, répondit Duroc d'un ton
bref. Je suis arrêté et ce fiacre va me mener en prison.

— Arrêté !...

— Mon Dieu, oui. On m'accuse d'avoir volé et assassiné, rien que cela. C'est absurde, n'est-ce pas ? mais
c'est ainsi... Où est Laure ?

— Dans une voiture là-bas... Elle n'a jamais voulu
me permettre de l'emmener... Et quand elle saura...

— Dites-lui ce que vous voudrez, mon cher Edmond...
la vérité ou une histoire que vous inventerez pour lui
expliquer mon absence... je vous laisse le choix et je
vous la confie, jusqu'à ce qu'on me mette en liberté, ce
qui ne tardera guère, car cette arrestation est par trop
bête.

Et comme Edmond allait se récrier :

— N'insistez pas, mon ami, reprit Éric, monsieur
pourrait croire que vous avez l'intention de me tirer
des griffes de ses mouchards. Adieu... ou plutôt au
revoir. Rassurez Laure. L'erreur s'éclaircira vite, et ce
n'est pas pour nous que cette sotte histoire finira mal.

Je vous attends, monsieur, ajouta Duroc en s'adressant au commissaire qui n'avait pas trouvé à placer un
mot pendant ce colloque qu'il aurait bien voulu empêcher.

Edmond, consterné, n'osa pas les suivre. Il comprenait que son intervention serait inutile et il pensait à
la jeune fille qui se mourait d'inquiétude. Elle n'avait
plus que lui. Il alla la rejoindre, pendant que son mal-

heureux frère montait dans la voiture avec les agents.

Le monsieur décoré de plusieurs ordres n'avait plus rien à faire là. Peu lui importait, maintenant que Duroc roulait vers le Dépôt de la Préfecture, que Mlle Duroc pleurât et que son fiancé lui apprît ou non l'affreuse nouvelle. Il lui tardait de raconter l'affaire à Piédouche qui, en sortant de la salle, était allé s'établir dans le pavillon du passage. Il y courut.

Il avait la clé de la grande porte, et il trouva son homme dans la cour.

— C'est fait, lui dit-il. Je l'ai coffré.

— Alors, mon truc a réussi, répliqua joyeusement Piédouche ; je savais bien qu'il s'y laisserait prendre.

— Il y a mis tant de bonne volonté qu'il me reste un doute. Je me demande s'il n'a pas cru réellement que la princesse l'attendait chez le directeur de l'Hippodrome.

— Comment, mon cher, s'écria Piédouche, vous en êtes encore à douter ! Vous n'avez donc pas trouvé sur lui les trois cents billets de mille ?

— Si, répondit l'homme à la rosette, je les ai dans ma poche... le portefeuille aussi... et je dois ajouter qu'il n'a fait aucune difficulté pour me les remettre.

— Eh bien ! c'est une preuve, j'espère.

— Oui, et je crois bien qu'il est coupable... au moins du vol. Mais, mon subordonné que j'avais chargé de lui tendre le traquenard a été étonné de son attitude. Lorsqu'il l'a tiré à part dans le vestibule de l'Hippodrome, pour lui dire que Mme la princesse Yalta désirait lui parler, Duroc a répondu sans hésiter une seconde : je vous suis, monsieur... permettez-moi seulement de prendre congé des personnes qui sont avec moi.

— Quand je vous disais qu'il est très fort !... mais je suis plus fort que lui... et le truc que j'ai inventé

était infaillible. C'est une arme à deux tranchants que
ce truc-là. Nous tenions à arrêter ce garçon-là sans ta-
page. Je me suis dit : de deux choses l'une, ou il refusera
de se rendre à l'invitation de la princesse et alors ce
sera comme s'il avouait qu'il l'a tuée, car, amoureux
d'elle comme il l'était, il ne manquerait pas une occasion de la voir s'il ne savait pas qu'elle est morte et
que l'invention est un piège de la police ; ou, au contraire, il aura assez de sang-froid et de puissance sur
lui-même pour feindre d'y croire, il suivra le messager
et une fois que nous l'aurons chambré, le reste ira tout
seul. J'avais et j'ai encore pleine confiance dans votre
habileté, mon cher directeur, et je suis bien sûr que
l'affaire a été menée de main de maître. Il a avoué, hein ?

— Non pas. Il nie énergiquement et je suis obligé de
reconnaître qu'il se défend avec une certaine habileté.

Il a débuté, comme je m'y attendais, par soutenir
qu'il n'a jamais eu avec la princesse que des relations
d'affaires... scrupule de galant homme... il a même
refusé de me dire où il a passé la nuit du samedi au
dimanche, quoiqu'il dût bien se douter que je le savais.

Puis, lorsque je l'ai mis au pied du mur, en lui apprenant qu'on l'a vu tous les jours de cette semaine entrer
dans le pavillon et ouvrir les tiroirs d'un meuble, il a
compris qu'il serait maladroit de continuer à mentir, et
il est convenu que c'était lui qui avait loué et meublé la
maison pour y recevoir sa maîtresse.

Mais quand je lui ai déclaré qu'on l'accusait de l'avoir
tuée, il s'est récrié avec tant de force et tant de naturel
que je ne savais que penser.

— Il joue la comédie, parbleu ! et il la joue bien,
voilà tout. Mais se récrier n'est pas répondre. Comment
explique-t-il les recherches auxquelles il se livrait dans
les tiroirs ?

— Il dit qu'il espérait y trouver une lettre de la princesse qui avait, prétend-il, l'habitude d'envoyer sa femme de chambre y déposer des billets doux.

— Hum ! ce n'est pas fort ce qu'il a inventé là. Et les trois cent mille que votre agent, caché dans le cabinet de toilette, l'a vu empocher... qu'en dit-il ?

— Qu'il ignorait qu'ils fussent là, qu'il les a découverts, ce soir, par hasard, et qu'il les a emportés pour les mettre à l'abri des entreprises des voleurs.

— Cette fois, l'explication est pitoyable. Et vous n'avez pas manqué, j'en suis sûr, de lui en faire remarquer l'absurdité. En admettant que ce soit la princesse qui ait caché là ces billets de banque, Duroc n'avait pas le droit d'y toucher. Mais il sait fort bien que c'est lui-même qui les y a enfermés après le meurtre.

Ah ! j'ai eu joliment raison de les y laisser et d'organiser une surveillance dans l'intérieur du pavillon. Vous n'étiez pas de cet avis, mon cher directeur... vous ne vous croyiez pas assez sûr de vos agents pour leur confier la garde d'un dépôt de cette importance. Vous voyez maintenant que tout s'est bien passé et que mes prévisions se sont réalisées de point en point. Duroc a fini par emporter le magot, et avec une preuve comme celle-là contre lui, on ne trouverait pas en France un jury pour l'acquitter.

— Je n'ai jamais douté de votre clairvoyance, mon cher Piédouche, dit d'un air un peu pincé, le personnage décoré.

Il commençait à penser que ce précieux auxiliaire vantait un peu trop souvent ses lumières. Piédouche, comme on dit familièrement, tirait un peu trop la couverture à lui. Piédouche avait tout deviné, tout prévu, tout fait. Et ses supérieurs se trouvaient, à l'entendre, relégués au second plan.

— Je ne me flatte pas de ne jamais me tromper, reprit-il avec une feinte modestie, mais il m'est bien permis de constater que je me trompe très rarement. Voilà une affaire qu'au début on parlait d'abandonner, faute d'indices suffisants. Le troisième jour, je vous ai demandé jusqu'au 19 avril pour la débrouiller. Nous sommes aujourd'hui le 12 et je viens de vous livrer l'assassin.

— C'est-à-dire que nous tenons un homme contre lequel s'élèvent des charges très graves, mais nous n'avons pas de certitude absolue.

— On n'en a jamais qu'à la fin d'un procès criminel, sauf le cas de flagrant délit. Et je parierais volontiers qu'avant d'arriver en Cour d'assises, Duroc entrera dans la voie des aveux. C'est le seul moyen qui lui reste d'accrocher les circonstances atténuantes.

— J'espère comme vous qu'il s'y décidera, mais jusqu'à présent, il n'en prend pas le chemin. Quand je l'ai envoyé au Dépôt, il m'a parlé sur un ton... Il est allé jusqu'à me dire que l'affaire tournerait mal pour ceux qui le faisaient arrêter.

— Il a un aplomb extraordinaire. Mais je me charge de l'acculer de telle sorte qu'il ne trouvera plus d'échappatoires.

— Je le souhaite. Il n'en est pas moins vrai que l'enquête a été dirigée d'une façon insolite. Nous avons commencé par la fin.

— C'est ma méthode.

— Et votre méthode est excellente, on n'en doute pas, puisqu'on a consenti à l'appliquer. Je ne dois cependant pas vous cacher qu'on se préoccupe, en haut lieu, de la responsabilité que nous encourons en suivant vos conseils. Voilà un homme emprisonné sous une inculpation de meurtre accompagné de vol et nous ne sommes pas encore fixés sur l'identité de la victime.

— Quoi! vous doutez encore que le cadavre sans tête soit le cadavre de la princesse Yalta!

— Je voudrais savoir comment vous vous y prendrez pour prouver que c'est elle qu'on a décapitée. Nous aurions dû, en bonne règle, commencer par là. Il fallait interroger d'abord le mari de cette femme et surtout ses domestiques, puisque nous les soupçonnons d'être complices du crime.

— Au risque de nous tromper et de nous exposer à déconsidérer à tout jamais l'administration!... Ah! s'il s'était agi d'une femme quelconque, une erreur n'aurait pas eu de graves conséquences; mais une princesse que tout Paris connaît!... quelle chute si nous avions fait fausse route!... se serait-on assez moqué de nous!... Il y a des cas, mon cher directeur, où on ne doit agir qu'à coup sûr.

— Mais enfin, maintenant, que comptez-vous faire? J'ai mission de vous le demander.

— Vous m'accorderez bien que j'ai déjà fait quelque chose. Nous savons que le meurtre a été commis dans ce pavillon; nous tenons un homme qui y avait caché une somme énorme, qui venait tous les jours voir si cette somme y était encore, qui a fini par l'emporter, et qui de plus a dîné samedi avec la princesse Yalta dont il était l'amant.

— En effet, c'est beaucoup, mais cela ne suffit pas. En ce qui concerne la princesse, nous n'en savons pas plus long que le premier jour. Qu'est-elle devenue depuis le moment où elle a disparu? Que pensent de son absence le prince et les gens de sa maison?

— Je suis en mesure de vous renseigner, mon cher directeur. Je passe tous les jours deux heures avec le prince à jouer aux échecs, et Dominique, mon fidèle valet de chambre, a quitté mon service pour entrer au service de ce seigneur. A nous deux, nous tenons le maître et les valets.

— Bien. Qu'avez-vous appris?

— Le maître est convaincu que sa femme est partie subitement pour un château qu'elle a acheté dans le Finistère. Les valets font semblant de le croire. Mais son cocher, Stéphane, et son groom, Vacili, savent à quoi s'en tenir. C'est Stéphane qui conduisait le coupé et c'est Vacili qui portait le sac. Ils l'ont assassinée et pas pour rien, car ils roulent sur l'or. Je soupçonne du reste qu'ils ont été aidés par Xénie, la femme de chambre. Elle a disparu comme sa maîtresse, celle-là, et l'intendant Vladimir qui n'est pas dans le secret du crime croit que la princesse l'a emmenée avec elle en partant pour la Bretagne... mais, après le coup, elle a dû filer vers la Russie.

— Ce sont là des bruits... des cancans de domestiques... et rien de plus.

— Pardon, cher maître, Dominique entend parfaitement le russe et les coquins que je viens de vous nommer croient qu'il n'en sait pas un mot. Aussi ne se gênent-ils pas devant lui. Et en causant entre eux, il leur est arrivé, plusieurs fois, de faire allusion à une certaine promenade nocturne du côté de la rivière... le groom, Vacili, a même dit qu'au printemps l'eau de la Seine était plus chaude que celle de la Newa en été.

— Voilà des propos significatifs, j'en conviens. Ils nieront qu'ils les aient tenus, mais on trouvera d'autres preuves. Vous penserez comme moi que le moment est venu d'arrêter ces gens-là. L'instruction va forcément prendre une autre face, car aucun magistrat ne consentirait à s'en charger, si nous persistions dans des réticences qui ne sont plus de saison. Et quand on saura que Duroc a tué la princesse, l'affaire aura un retentissement énorme.

— Nous devons nous y attendre et je n'y vois plus d'inconvénients.

— Mais... vous serez forcé de paraître.

— J'en serais désolé et je n'en vois pas la nécessité. Je n'ai joué le rôle que dans la coulisse et il y a un intérêt d'ordre supérieur à ne pas me mettre en scène. Si mes jeunes amis de la Bourse qui m'ont servi, sans le vouloir, venaient à apprendre que je travaille pour vous, je serais immédiatement brûlé sur la place et je ne pourrais plus vous servir. Rien ne vous oblige à parler de moi. Duroc ne se doute pas que je l'ai surpris dans le pavillon et le prince me prendra toujours pour un Américain, passionné joueur d'échecs. Dominique aura soin de décamper avant que vous le fassiez citer et vous vous arrangerez pour ne pas le retrouver. Quant à vos agents, ils sont payés pour être discrets... d'ailleurs, il n'y en a que trois qui me connaissent et à ce propos, je dois vous dire que j'ai pris sur moi de renvoyer celui qui était de planton là-haut. La surveillance devient inutile, puisque l'oiseau est en cage.

— Demain matin, je ferai mettre les scellés sur les portes extérieures et je laisserai dans le passage un homme de garde.

— C'est tout ce qu'il faut. Et à présent que nous sommes d'accord sur tous les points, vous m'accorderez bien, mon cher directeur, que ce soir nous avons manœuvré avec une précision rare. J'étais venu par hasard assister à l'ouverture de l'Hippodrome. Je vois arriver Duroc avec sa sœur et son futur beau-frère. J'ai aussitôt l'intuition que nous touchons au dénouement. Un quart d'heure après, Duroc sort. Je savais où il allait, et je savais aussi que ce soir vous étiez au Cirque. J'envoie

le numéro sept vous avertir qu'il y aura du nouveau et
que je vous attends. Vous avez la complaisance de vous
déranger. Nous causons, et pendant que nous causions,
arrive le numéro six, qui me fait son rapport. Il venait
de voir Duroc mettre la main sur les billets de banque
cachés dans le tiroir. Je le réexpédie à son poste pour
y rester jusqu'à nouvel ordre. Justement, Duroc venait
de rentrer au théâtre. Je vous propose mon truc à deux
fins pour l'empoigner sans bruit. Vous acceptez mon
idée, vous donnez vos instructions à votre sous-chef, et
vous allez vous établir dans le cabinet du commissaire
de service. Je conduis votre subordonné dans la salle,
je lui désigne notre homme et je m'en vais au pavillon attendre le résultat... Il passe mon espérance, le
résultat...

— Oui, les chefs seront contents, je l'espère. Moi, je
ne le suis qu'à moitié... je vois un point faible... ce
maudit cadavre anonyme me chagrine... Nous ne serons
sûrs de rien, tant qu'il n'aura pas été reconnu, et il ne
peut pas l'être, puisque la tête manque.

— On la retrouvera et si on ne la retrouve pas, nous
nous en passerons. Le corps a été embaumé... le mari
nous aidera.

— Ah ! nos anciens n'auraient jamais marché sans
tenir ce qu'on appelait autrefois : le corps du délit.

— C'était le vieux jeu. Je suis fier d'en inaugurer un
nouveau.

— Vous ne doutez de rien, vous, Piédouche. Moi, je
me souviens d'un procès jugé en province, il y a une
trentaine d'années. Un petit propriétaire de campagne
fut accusé d'avoir tué sa servante qui avait disparu. Il
finit par avouer qu'étant ivre, il l'avait assommée d'un
coup de bâton et jetée, après, dans la rivière. On le
jugeait et les jurés allaient le condamner, quand la ser-

vante se présenta au président des assises. L'homme
avait rêvé ce qu'il avait raconté; et la fille qu'il battait
comme plâtre s'était tout bonnement sauvée dans une
ville située à cinquante lieues de là.

— C'est fort, mais si la princesse Yalta reparaissait,
ce serait plus fort encore. Rassurez-vous, mon cher
directeur, les morts ne reviennent pas et ma logique
vous a démontré que la princesse est morte.

Nous n'avons plus rien à faire ici. Allons-nous-en.
J'éprouve le besoin de jouer au whist à mon cercle pour
me délasser d'une soirée laborieuse. Mais qu'avez-vous
donc? Vous ne m'écoutez plus.

— Non, je regarde... Voyez donc là haut...

— Quoi?

— Cette lumière qui brille à travers les persiennes...
au premier étage. Il y a quelqu'un dans le salon.

— C'est vrai... il y a de la lumière, murmura Piédouche, un peu décontenancé. Votre agent sera rentré
par la petite porte. Vous savez bien que nous lui avons
fait faire une clef.

— Et pourquoi serait-il rentré, puisque vous l'avez
renvoyé, demanda le directeur.

— Il aura oublié quelque chose là-haut.

— Ce n'est pas une raison pour manquer à la consigne et il y manquerait doublement, car je lui ai
défendu d'éclairer l'appartement. Or je le connais.
C'est un ancien troupier qui exécute à la lettre les
ordres qu'on lui donne.

— Alors, ce n'est pas lui... si c'était...

— Qui donc?

— Le groom et le cocher. Ils se doutent peut-être
que Duroc a laissé de l'argent dans le pavillon et ils
viennent fouiller le meuble byzantin.

— Je croirais plutôt cela. Mais que faire?

— Monter, parbleu ! nous les prendrons la main dans le sac.

— S'ils se laissent prendre. Ils sont armés, sans doute.

— Moi aussi. J'ai dans ma poche un revolver à six coups. Je me charge de les tenir en respect, pendant que vous irez chercher la garde. Seulement, tâchons de les surprendre. Ils ne savent pas que nous sommes là et nous n'avons qu'à marcher sur la pointe du pied. Il y a un tapis dans l'escalier et je connais le chemin. Je passerai le premier. Vous n'avez donc rien à craindre.

— Oh ! je n'ai pas peur.

— Alors suivez-moi, mon cher maître, dit Piédouche, enchanté de l'occasion qui lui permettait de reprendre le commandement.

Ce dialogue s'était tenu à voix basse et du premier étage, on n'avait pas pu l'entendre. La porte du corridor était ouverte. L'escalier était au bout du corridor.

Piédouche marcha devant, comme il l'avait annoncé, et le chef se résigna, sans trop de peine, à former l'arrière-garde.

A mi-chemin, des bruits secs et répétés frappèrent leurs oreilles. On ouvrait et on refermait vivement des tiroirs, il n'y avait pas à s'y tromper.

De plus en plus convaincu qu'il allait avoir affaire aux domestiques russes, en train de visiter la cachette, Piédouche arma son revolver qu'il tenait à la main.

— Ils opèrent à la muette, à ce qu'il paraît, pensait-il. S'ils parlaient, j'aurais reconnu leurs voix. Après ça, il n'y en a peut-être qu'un... le groom probablement... il est plus malin que l'autre... tant mieux qu'il soit seul... ce sera plus vite fait, car il n'essayera même pas de se défendre... il sait qu'il ne serait pas de force.

En débouchant sur le palier, Piédouche qui croyait

déjà tenir son homme, eut comme un éblouissement et s'arrêta court.

A la clarté des cinq bougies d'un candélabre placé sur la cheminée, au fond du salon, il voyait debout devant le cabinet bysantin, et lui tournant le dos, une femme.

Elle était si occupée qu'elle n'avait rien entendu et qu'elle n'interrompit point ses recherches dans les tiroirs.

Piédouche s'arrêta, stupéfait.

Toutes ses conjectures s'en allaient en fumée, mais il ne se déconcertait pas pour si peu et l'amour-propre reprit bientôt le dessus.

— Que je suis sot! murmura-t-il; c'est la soubrette cosaque... c'est Xénie qui vient chercher les billets de banque... je savais bien qu'elle était de la bande... et nous allons la pincer... mais le revolver est de trop.

Il le remit dans sa poche, après l'avoir désarmé et il entra délibérément. Le chef suivit.

La femme se retourna et Piédouche recula de trois pas.

Il avait reconnu la princesse Yalta.

Impossible de la prendre pour un fantôme, ou une ressuscitée. Elle était en costume de voyage et on ne revient pas de l'autre monde avec un manteau de renard bleu sur les épaules et une toque de loutre sur la tête.

Elle ne broncha point d'ailleurs en se voyant surprise. Elle s'avança vers les deux hommes et elle leur dit d'un ton bref :

— Qui êtes-vous?... et que voulez-vous?... si vous venez pour voler, je vous préviens que mes gens sont à deux pas et voici de quoi les appeler.

Elle montrait un sifflet d'or qui pendait à son cou,

au bout d'une chaîne, et elle fit le geste d'ouvrir la fenêtre.

— Nous ne sommes pas des voleurs, balbutia Piédouche.

— Comment êtes-vous entrés ici? reprit-elle, plus hautaine que jamais.

L'agent supérieur, qui ne la connaissait pas, ne comprenait rien à cette scène. Il s'étonnait du changement d'attitude et de l'humilité du langage de Piédouche, mais il ne devinait pas la vérité, et croyant avoir affaire à une complice des assassins, il allait décliner sa qualité.

Piédouche, qui avait déjà eu le temps de se remettre et de concevoir un nouveau plan, lui donna un coup de coude pour l'avertir de se taire et prit aussitôt la parole.

— Pardon, madame, dit-il en ôtant son chapeau, je suis étranger, j'arrive à Paris, je me propose de louer ce pavillon et je venais le visiter avec monsieur qui en est le propriétaire et qui en a la clef. Nous sommes entrés par la porte de la cour.

— Ce pavillon n'est pas à louer, puisque je l'occupe, répliqua la princesse.

— Il a été loué pour six mois qui expirent dans quinze jours, et monsieur, pensant que la location ne serait pas renouvelée, a cru pouvoir m'amener avec lui pour me le montrer.

— A onze heures du soir! C'est violent, et je vous prie de sortir à l'instant même.

— C'est ce que nous allons faire, madame... croyez que pour ma part, je regrette vivement d'avoir été indiscret, sans le vouloir.

Ayant dit, Piédouche s'inclina et entraîna son compagnon qui faisait bien la plus singulière figure du monde.

10.

Il l'entraîna si bien et avec un tel air d'autorité, que le directeur abasourdi se laissa conduire jusque dans la rue sans lui adresser une question.

— M'expliquerez-vous enfin votre conduite demanda-t-il, dès qu'ils furent dehors.

— Ma conduite a été ce qu'elle devait être, répondit Piédouche. C'est la princesse Yalta, que vous venez de voir.

— Je commençais à m'en douter. Et je sais maintenant que penser de votre fameuse méthode. Vous ne m'y reprendrez plus à procéder par inductions.

— Tout le monde peut se tromper.

— Il n'est pas permis de se tromper en pareil cas. Vous nous avez mis dans une jolie situation! Voilà une femme qui se porte fort bien, et je viens d'envoyer en prison un garçon très honorable sous prévention de l'avoir assassinée. Encore dois-je me féliciter que les choses n'aient pas été plus loin... et je vais de ce pas le faire mettre en liberté.

— Vous auriez tort, mon cher directeur. Il n'a pas tué la princesse, c'est évident, mais il l'a volée. Vous en avez la preuve dans votre poche... et vous avez bien vu tout à l'heure qu'elle fouillait le meuble pour y chercher les billets de banque qu'elle y avait serrés.

— Je n'en sais rien.

— Mais vous savez du moins qu'on a tué quelqu'un dans le chauffoir de la salle de bains. Il ne s'agit plus que de savoir qui, et en l'état des choses, je pense que vous ferez bien de garder Duroc. puisque vous le tenez.

— C'est votre avis, mais vous trouverez bon que j'en réfère à mes chefs. Ils décideront. et je doute qu'ils approuvent le rôle que vous m'avez fait jouer dans cette affaire. Qu'est-ce que c'est, par exemple, que cette histoire ridicule imaginée par vous pour ex-

pliquer notre visite? Si vous croyez que la princesse a
été dupe de vos inventions, et qu'elle m'a pris pour le
propriétaire!

— Pourquoi pas? elle ne l'a jamais vu le propriétaire,
puisque c'est Duroc qui a loué le pavillon. Et il est exact
que la location expire à la fin du mois. En me présentant comme un étranger qui arrive à Paris et qui cherche
une maison, je savais bien ce que je faisais. J'ai dit au
prince que j'étais Américain, et puisque sa femme n'est
pas morte, je la rencontrerai chez lui.

— Vous comptez donc y retourner?

— Oui, certes! C'est là qu'est la clef du mystère. Stéphane et Vacili ont aidé quelqu'un à commettre un crime,
ce n'est pas douteux. Qui ont-ils aidé et qui ont-ils tué?
Je veux le savoir et je le saurai, quand ce ne serait que
pour ma satisfaction personnelle.

Tenez! les voici, les brigands.

Les deux policiers étaient arrivés au bout du passage,
et au coin de l'avenue Montaigne stationnait un coupé
de maître. Le cocher était sur le siège et le groom battait la semelle sur le trottoir.

— Il paraît que la princesse ne se défie pas d'eux, dit
ironiquement l'agent supérieur.

— Mais vous, mon cher maître, vous vous défiez de
moi, je le vois bien, répliqua Piédouche. Ça ne me
blesse pas et, ça m'étonne encore moins. Je viens de
faire un pas de clerc en me lançant sur une fausse piste.
Tant que je n'aurai pas réparé ma bévue, je ne vous
demanderai pas de me soutenir. J'agirai seul et sous ma
responsabilité. Relâchez Duroc ou gardez-le, peu m'importe. Je travaillerai quand même.

— Encore un plan!... S'il a le même succès que le
premier!...

— Non, je n'ai pas de plan. J'en aurai un dans quel-

ques jours, mais pour le moment, je ne vois pas clair
sur mon échiquier. Tout est à refaire, puisque le cadavre
sans tête n'est pas celui de la princesse. Mais ce cadavre
a été charrié par des gens à elle, et j'ai maintenant un
pied dans l'hôtel de la rue de Tilsitt. Dominique aussi.
Laissez-nous faire. Je vous jure que je prendrai ma
revanche.

— Je le souhaite et je crois pouvoir vous promettre
qu'on ne vous empêchera pas d'essayer. Mais, si on ins-
truit contre Duroc, à propos du vol des billets de banque,
il faudra bien interroger la princesse.

— On peut l'interroger sur le vol, sans l'interroger
sur le meurtre.

— Allez donc dire cela au juge instructeur!... vous
verrez comme il vous recevra.

— Je m'en garderai bien, Je connais ces messieurs
et je sais qu'ils ne nous aiment pas. Votre chef décidera,
mon cher maître. Je n'ai plus qu'une question à vous
adresser. Avec les billets de banque, Duroc vous a
remis son portefeuille; avez-vous examiné ce qu'il contient?

— Non. Pourquoi?

— Mais parce que vous pourriez y trouver des lettres
qui nous fourniraient une indication. Il est amoureux fou
de cette femme et les amoureux ne se séparent guère
des lettres d'une maîtresse adorée. Et la princesse lui
écrivait souvent, puisqu'il venait au pavillon pour voir
s'il n'y avait rien dans les tiroirs. On peut le croire,
maintenant qu'on sait qu'elle n'est pas morte.

— S'il y a des lettres dans le portefeuille, je ne devrais pas vous les montrer, après ce qui s'est passé ce
soir... mais il pourrait s'en trouver une qui éclaircirait
la question, et pour vous empêcher de commettre une
nouvelle sottise, il serait bon que vous en eussiez con-

naissance. Or je n'irai plus chez vous et je ne vous engage pas à vous présenter à la préfecture. Arrêtons-nous sous ce bec de gaz. L'inventaire sera bientôt fait.

Piédouche ne demandait pas autre chose, car il sentait qu'il ne pouvait plus compter sur le concours de la police officielle, et avant d'entrer en campagne sans alliés, il voulait du moins compléter les renseignements qu'il possédait déjà.

— Des bordereaux de liquidation... des cartes de visite... trois billets de cent francs et un de cinquante, dit l'agent supérieur ; il n'y a rien là qui vous intéresse... ah ! pourtant, voici un billet sur papier satiné...

— Et timbré d'une couronne fermée, interrompit Piédouche qui avait de bons yeux. C'est d'elle.

— Oui, et le poulet n'est pas tendre... lisez.

Piédouche lut après son chef et dit :

— Elle n'y va pas de main morte, cette Russe. Elle traite son amant de pauvre sot, elle lui reproche de ne pas l'avoir battue, et elle lui offre l'assurance de son mépris. Je la reconnais bien là. C'est un congé définitif et ce congé a dû être donné samedi dernier, puisqu'elle lui annonce qu'elle part.

— C'est probable. Qu'en concluez-vous pour ou contre Duroc ?

— Pour le moment, rien. J'ai besoin de me former une opinion, et de réfléchir avant de vous la donner. C'est bien assez de m'être trompé une fois.

— Comme vous voudrez, mon cher. Vous rentrez chez vous ?

— Je rentre à l'hôtel Meurice, où je loge maintenant sous le nom de Francis Disney. Vous voyez que je ne néglige rien pour tromper le prince Yalta.

— Moi, je vous quitte pour courir à la préfecture. Il n'est pas trop tôt et Dieu sait comment je vais me tirer de l'embarras où vous m'avez mis. Mais je ne vous en veux pas.

— Sans rancune, alors?

— Sans rancune, dit le chef en lui serrant la main.

Piédouche avait fait bonne contenance devant l'autorité, mais dès qu'il fut seul, il se laissa aller à un accès de colère.

— Ah! gredin, grommelait-il, tu me le payeras... ils n'oseront pas te lâcher et je prouverai que tu as volé. Quant à cette princesse qui se permet de reparaître pour me discréditer dans mon métier, je ne la tiens pas quitte, et sa résurrection lui coûtera cher.

Piédouche aurait mieux fait de s'en prendre à lui-même, mais la vanité blessée est aveugle.

Au moment où il jurait d'achever de perdre Éric Daroc, Edmond de Chemazé jurait de le sauver.

IV

Edmond de Chemazé avait eu fort à faire pour calmer Laure, lorsqu'il lui avait fallu la ramener à la maison.

Elle soupçonnait la vérité, et Edmond, qui savait à quoi s'en tenir sur la disparition d'Éric, aima mieux mentir que de la désespérer en lui avouant que son frère était arrêté.

Du fiacre où elle se tenait, de l'autre côté du boulevard de l'Alma, elle ne s'était pas très bien rendu compte de ce qui se passait devant la porte de l'Hippodrome, au moment où Éric en sortait, accompagné d'un monsieur.

Elle avait vu Edmond leur parler, mais rien de plus, et Edmond n'avait pas hésité à inventer une explication, la seule qui fût à peu près plausible.

Afin de la rendre plus vraisemblable, il s'était fait prier pour la donner, comme s'il eût craint de désoler Mlle Duroc, en confessant qu'Éric venait de quitter sa sœur et son ami pour obéir à un ordre de cette femme qui le dominait au point de troubler sa raison.

En débitant ce mensonge pieux, Edmond faisait, comme on dit, la part du feu. Il affligeait sa fiancée pour lui épargner une affliction plus terrible cent fois que celle qu'il lui causait.

Il comprenait bien que c'était là un expédient pro-

visoire et qu'avant peu il serait obligé d'en venir à des
aveux complets, mais il espérait que la détention d'Éric
ne se prolongerait pas.

L'énormité des crimes dont Éric était accusé, son
attitude, son langage en présence de l'agent qui l'arrêtait, tout cela faisait croire à Edmond qu'il s'agissait
d'une erreur judiciaire et que cette erreur serait bientôt
reconnue.

— On le relâchera au bout de vingt-quatre heures,
se disait-il, et pendant vingt-quatre heures, sa sœur
croira bien qu'il a été enlevé et séquestré par sa maîtresse.

Laure le crut, mais pas sans peine. Elle fit des
objections. Ce messager à mine grave qui était venu
aborder son frère sous le péristyle ne lui paraissait pas
avoir été envoyé par une femme, et cette espèce d'enlèvement dans une voiture de place l'inquiétait.

Elle se rappelait aussi les propos tenus dans la loge
voisine, et M. Piédouche lui semblait suspect.

Edmond s'était tiré de la comme il avait pu et, après
un voyage pénible, il avait quitté Mlle Duroc, à sa porte,
sous ce balcon où elle se tenait lorsque son frère les
avait fiancés.

Il la quitta en lui promettant de revenir le lendemain
et en la suppliant de ne pas s'inquiéter si Éric ne rentrait pas. Il lui laissa même entendre qu'il pourrait
bien rester quelques jours absent.

Et il s'éloigna, la tête en feu et le désespoir au cœur,
se jurant à lui-même de sauver son ami et se demandant ce qu'il allait faire pour le sauver.

Comment s'y prendre pour arriver jusqu'à lui? A
quelle porte frapper? Edmond n'avait qu'une idée très
vague des us et coutumes de la justice en pareil cas. Il

savait qu'Éric était arrêté, mais il ne savait pas où on l'avait mené.

Éric lui avait dit : on m'accuse de vol et d'assassinat. Il n'avait rien dit de plus et Edmond n'avait pas pu l'interroger. Il se rappelait bien la figure du monsieur qui était intervenu pour les séparer, et il se disait que ce personnage devait occuper un emploi à la préfecture de police, mais il ignorait son nom et d'ailleurs les bureaux de cette administration redoutable ne sont pas accessibles au premier venu, surtout la nuit. Il fallait donc attendre le jour et encore n'était-il pas certain qu'on voulût bien le renseigner sur le sort d'Éric et sur les faits qu'on lui reprochait.

En désespoir de cause, il songea à ce Piédouche qui apparaissait toujours aux heures des catastrophes, comme ces oiseaux de mer qui annoncent l'approche de la tempête. Éric, à l'Hippodrome, s'était plaint de le trouver sans cesse sur son chemin. Edmond se souvenait de l'étrange aventure dans laquelle cet homme avait joué un rôle bizarre, et se demandait si l'arrestation de son ami ne s'y rattachait pas, auquel cas M. Piédouche pouvait bien avoir contribué à le faire arrêter. Edmond l'avait vu rôder dans les couloirs de l'Hippodrome et coudoyer, en sortant de la loge de la baronne, un agent de police. Il en était donc, lui aussi, de la police et la qualité d'ancien diplomate qu'il prenait impudemment n'était qu'un masque.

Edmond était d'un cercle et n'y allait guère ; mais il savait que Piédouche s'y montrait à peu près tous les soirs, C'était justement l'heure où on l'y rencontrait. Et l'idée vint à Edmond d'aller l'y chercher, de l'interroger et de le mettre en demeure de s'expliquer sur le cas d'Éric Duroc, en le menaçant de le dénoncer comme espion, s'il refusait de répondre.

11

C'était jouer le tout pour le tout, car Piédouche pouvait se fâcher et faire du scandale, mais dans l'état d'esprit où il se trouvait, Edmond n'y regardait pas de si près.

Et, d'ailleurs, il cherchait à tromper son impatience, en occupant les heures qui allaient s'écouler avant qu'il pût agir.

Ce cercle n'était pas loin de la cité d'Antin et Edmond, pour y arriver, n'eut qu'à prendre la rue Halévy, à traverser la place de l'Opéra et à suivre le boulevard des Capucines, jusqu'à la rue Neuve-Saint-Augustin.

Lorsqu'il y entra, les salons étaient pleins, mais il savait où trouver son homme et il le trouva en effet suivant avec intérêt une partie de whist.

— Vous ici, cher monsieur, lui dit gracieusement Piédouche. C'est un événement, car on ne vous y voit jamais... et un événement heureux, car il m'est toujours agréable de vous rencontrer.

— Je viens tout exprès pour vous parler, répondit Edmond, d'un ton sec.

— Alors, parlez-moi tout de suite, car je suis inscrit comme rentrant à cette table et on va m'appeler dans cinq minutes.

— Ce que j'ai à vous dire ne doit pas être entendu.

— Alors, je vous suis, cher monsieur, pourvu que vous ne m'emmeniez pas trop loin.

— Dans l'embrasure de cette fenêtre... et je ne vous retiendrai pas longtemps.

Ils y allèrent et là, Piédouche reprit :

— Comme vous êtes ému ! que vous est-il donc arrivé? Avez-vous besoin de moi? Je suis tout à votre service.

— Éric Duroc vient d'être arrêté, dit Edmond en regardant fixement M. Piédouche.

— Arrêté! et pourquoi?

— C'est à vous que je le demande.

— A moi! mais, cher monsieur, comment voulez-vous que je le sache? Je vous ai laissé avec lui à l'Hippodrome et j'ignore ce qui s'y est passé après mon départ.

— Je suis convaincu que vous le savez parfaitement.

— Quelle est cette mauvaise plaisanterie?

— Je ne plaisante pas et je vais plus loin. Je suis convaincu que c'est vous qui l'avez fait arrêter.

— Est-ce que vous me prenez pour un commissaire de police?

— Non; mais je crois que vous fournissez des renseignements au préfet de police.

— En d'autres termes, que je suis un agent secret... un espion. Je devrais vous répondre vertement, mais c'est là un propos si extravagant que je ne veux pas le relever. J'aime mieux croire que vous n'êtes pas dans votre bon sens, et vous me permettrez de vous quitter. Nous reprendrons cette conversation quand vous serez plus calme.

— Non pas. Vous m'entendrez jusqu'au bout et je vais vous dire sur quoi je me fonde pour vous accuser de faire un métier qui n'a rien de commun avec la diplomatie. Ce soir, à l'hippodrome, vous êtes entré dans la loge de ces filles avec lesquelles vous deviez souper, il y a huit jours, et vous n'y êtes entré que pour attendre le retour de Duroc. Vous saviez sans doute où il était allé. Un instant avant qu'il rentrât, un homme de mauvaise mine, un mouchard, est venu prendre position dans le couloir et vous a fait des signes auxquels vous avez répondu. Puis, vous êtes parti et cet homme, quand vous êtes passé à côté de lui, vous a donné un coup de coude.

— En vérité, je crois rêver... et je n'ai rien à vous répondre.

— Je ne puis pas vous y forcer, mais je vous préviens que, si vous ne me donnez pas satisfaction, je dirai dès demain à tous mes amis de la Bourse ce que je viens de vous dire. Je leur raconterai aussi ce que vous nous avez prié de taire, Julien Fresnay et moi... je leur raconterai l'histoire de la découverte du cadavre décapité... je la leur raconterai telle qu'elle s'est passée, et quand on saura que vous vous êtes arrangé pour rester seul à côté de ce cadavre, avec les sergents de ville que nous vous avons envoyés, je pense que l'opinion sera fixée sur votre compte, et que chacun vous tournera le dos.

Piédouche avait soutenu sans broncher ce colloque menaçant, et il ne se pressa point de répondre à l'ultimatum qu'Edmond lui posait.

— Monsieur, dit-il après un silence, je crois que vous auriez tort d'ébruiter cette affaire à laquelle vous avez été mêlé autant que moi... et si je puis vous empêcher de commettre une imprudence que vous regretteriez plus tard, je ne demande pas mieux que de vous satisfaire... quand je saurai quelle espèce de satisfaction vous attendez de moi.

— Je veux savoir où on a conduit Duroc.

— Mais je suppose qu'on l'a conduit, comme tous les gens qu'on arrête, au Dépôt de la préfecture.

— Et où se trouve cette prison?

— Elle est enclavée dans les bâtiments du Palais de Justice et je crois qu'on y entre par la cour de la Sainte-Chapelle.

— Si vous le croyez, c'est que vous en êtes sûr. Maintenant, à qui dois-je m'adresser pour voir mon ami?

— Vous m'embarrassez beaucoup. J'ignore de quoi

M. Duroc est accusé et si son affaire est déjà entre les mains du juge d'instruction. Dans ce cas-là, vous devriez demander une autorisation à ce magistrat qui pourrait vous la refuser.

— Je ne m'exposerai pas à un refus. Vous devez connaître des agents supérieurs à la préfecture de police.

— Si je voulais me souvenir de l'étrange imputation que vous m'avez jetée à la figure, je devrais vous répondre que je n'en connais aucun. Mais je crois que vous vous êtes laissé emporter par un mouvement de colère causé par l'arrestation de votre ami, et j'oublie ce que vous m'avez dit. Je m'intéresse du reste beaucoup à M. Duroc, et si je pouvais lui être utile, je le ferais très volontiers. Je m'empresse donc de vous indiquer un chef de division de la préfecture, avec lequel j'ai eu autrefois quelques relations. C'est un excellent homme, et en raison des fonctions qu'il occupe, il pourra, je pense, vous renseigner. Présentez-vous de ma part, il vous recevra. Il s'appelle M. Jolras, et vous le trouverez dans son cabinet, à partir de dix heures du matin.

— Fort bien, dit Edmond. Je verrai ce que vaut votre recommandation... et je n'en ai plus qu'une à vous adresser. Personne ne sait encore que Duroc est arrêté... personne que ceux qui l'ont fait arrêter. Et je ne veux pas qu'on le sache. Je me charge d'expliquer son absence à ses camarades et à l'agent de change qui l'emploie. Je compte que vous vous tairez et je vous préviens que, si vous parlez, je parlerai.

Sur cette conclusion, Edmond tourna le dos à M. Piédouche qui s'en alla tranquillement rejoindre ses partners au whist.

Le prétendu diplomate avait reçu cette averse sans changer de visage, mais il avait mesuré la grandeur du danger et pour y parer, il n'avait pas hésité à donner

l'adresse de celui qu'il appelait familièrement : mon
cher maître ou mon cher directeur.

— Qu'est-ce que je risque? se disait-il. Jolras ne me
trahira pas. Il sait bien qu'il aura encore besoin de
moi. Jolras donnera de l'eau bénite de cour à ce garçon, et il est trop du métier pour lui parler de la princesse Yalta. L'important, c'était de calmer le sire de
Chemazé, qui pourrait me faire beaucoup de tort en
bavardant. Mais je ne mettrai plus les pieds au cercle.
Ce n'est pas la place de Francis Disney, citoyen américain, car des gens de la connaissance du prince pourraient m'y rencontrer. Diable! le descendant des rois
de Crimée me mettrait à la porte, et je tiens à finir ma
besogne mieux que je ne l'ai commencée. L'algarade
que je viens de subir m'avertit que je dois renoncer à
faire mon whist ici jusqu'à ce que j'aie livré à Jolras
le véritable assassin de la femme sans tête.

On apprend tous les jours dans notre métier.

Pendant que Piédouche se consolait ainsi d'avoir
obtempéré aux sommations d'Edmond, l'ami d'Éric
regagnait son entresol de la rue Saint-Georges.

On croira sans peine que, s'il se coucha, il ne dormit
guère.

A sept heures, il était debout, et à dix heures précises,
il arrivait à la Préfecture de police où il demandait
M. Jolras au premier planton qu'il rencontra.

— Suivez le couloir, lui répondit ce soldat, et adressez-vous au garçon de bureau.

— Bon! se dit Edmond, il paraît que M. Jolras
occupe ici un poste important, puisqu'il est connu
même des soldats de planton. Il est vrai que ce soldat
est de la garde de Paris qui fait habituellement le service de la Préfecture.

Il prit le couloir, suivant l'indication qu'il avait reçue

et après quelques détours, il arriva dans une antichambre où siégeaient trois garçons de bureau au lieu d'un.

Il s'adressa au plus âgé qui, après l'avoir toisé, lui dit qu'à cette heure-là, M. Jolras ne recevait que les personnes munies d'une lettre d'audience.

— Je n'en ai pas, répondit Edmond, mais je viens de la part de M. Piédouche.

— Connais pas! répliqua le garçon de bureau d'un ton médiocrement poli.

— M. Jolras connaît, lui. Et vous allez me faire le plaisir de lui répéter ce nom. Si vous refusiez, vous pourriez vous en repentir, car j'écrirais à votre chef pour lui dire comment vous vous acquittez de votre devoir.

Ce langage fit de l'effet; ce n'était pas celui d'un solliciteur, et les serviteurs administratifs n'obéissent qu'aux gens qui parlent haut.

L'homme en livrée disparut derrière un battant mobile, et ses deux camarades daignèrent se lever.

Ils commençaient à prendre Edmond pour un personnage.

Celui-ci s'était étonné d'abord que le nom de Piédouche ne lui ouvrit pas toutes les portes, mais, à la réflexion, il comprit pourquoi.

Le soi-disant diplomate en retraite ne devait pas se montrer dans les bureaux, car il n'entretenai avec la préfecture que des relations occultes.

Un instant après, le garçon revint et dit en s'inclinant :

— M. Jolras attend monsieur.

Edmond entra d'un pas délibéré et se trouva face à face avec un homme qu'il reconnut aussitôt.

C'était celui qui accompagnait Duroc à la sortie de l'Hippodrome et qui l'avait fait monter en fiacre.

Il avait devant lui une table chargée de papiers et il regardait Edmond avec des yeux inquisiteurs.

Évidemment, il se souvenait de l'avoir déjà vu et il se demandait dans quelles circonstances.

— A quoi dois-je l'honneur de votre visite, monsieur? demanda-t-il en indiquant du geste un siège placé près de son bureau.

— Vous ne le devinez pas? dit l'ami d'Éric en s'asseyant.

— Pas le moins du monde. Vous vous êtes recommandé de M. Piédouche et j'ai pensé qu'il vous avait chargé de me faire une communication. Mais je vous préviens que je n'ai pas de temps à perdre. Veuillez donc vous expliquer.

— Je m'appelle Edmond de Chemazé. Je suis l'ami et je serai bientôt le beau-frère de M. Éric Duroc que vous avez arrêté, hier soir.

— Ah!... je vous remets maintenant, c'est vous qui l'attendiez sur le boulevard et qui lui avez parlé...

— Oui, c'est moi.

— Et vous venez de la part de M. Piédouche!...

— Je conçois que cela vous surprenne et ce n'est pas de son plein gré qu'il m'a donné votre nom et qu'il m'a autorisé à se servir du sien pour arriver jusqu'à vous. J'ai dû pour l'y contraindre le menacer de publier partout qu'il est attaché à la police secrète.

— Vous vous trompez, monsieur. Je connais M. Piédouche, mais...

— Je ne me trompe pas et la preuve, c'est qu'il a fait ce que je lui demandais. J'observe d'ailleurs ses manèges depuis huit jours, et je suis fixé sur son compte. J'ai été mêlé à une aventure dont vous êtes informé... le cadavre d'une femme qu'un homme déguisé en charbonnier portait à la rivière... et à ce propos, M. Piédouche a dû vous parler de moi... j'ai, de plus, acquis hier soir la certitude que c'est lui qui a préparé l'arrestation de M. Duroc.

Si accoutumé qu'il fût à cacher ses impressions, M. de Jolras ne put dissimuler la contrariété que ce début lui causait. Sa figure se rembrunit et il se mit à tracasser un couteau à papier qui se trouvait sous sa main.

— Enfin, monsieur, dit-il, vous n'êtes pas venu ici, je suppose, dans le but de me soumettre vos appréciations sur un homme que je tiens pour très honorable. Que me voulez-vous?

— Je veux voir mon ami et vous pouvez m'y autoriser.

— Je n'ai pas ce pouvoir, monsieur, et je l'aurais, qu'il me serait impossible d'accéder à votre désir.

Le juge d'instruction n'a pas encore statué sur la suite à donner aux poursuites et c'est à lui seul qu'il appartient de décider si M. Duroc doit être mis au secret.

— Quand statuera-t-il?

— D'ici à trois jours, aux termes de la loi.

— Et vous croyez que, pendant trois jours, je resterai dans l'incertitude où je suis!... que je laisserai une jeune fille qui sera bientôt ma femme pleurer son frère qu'on lui a arraché violemment, à la sortie d'un théâtre, sans donner les motifs de cette arrestation!

— M. Duroc les connaît.

— Sa famille a le droit de les connaître aussi, afin de l'aider à prouver que l'accusation portée contre lui est absurde. Nous ne sommes pas en Russie... nous sommes en France.

— Il me semblait que, devant moi, avant de monter en voiture, votre ami vous avait dit...

— Qu'on l'accusait d'avoir volé et assassiné. Oui, il a dit cela. Mais ce n'est pas assez. Volé quoi? assassiné qui? Ce n'est pas, je suppose, la femme que M. Piédouche a trouvée dans un sac, samedi dernier.

M. Jolras ne put réprimer un mouvement nerveux en entendant Edmond de Chemazé rappeler indirectement l'énorme bévue de Piédouche. Il se demandait si ce jeune homme voulait faire allusion à cette erreur grave d'une police qui ne devrait jamais se tromper, puisqu'elle prétend que l'Europe nous l'envie.

Et depuis la veille, il était fort perplexe sur le cas de Duroc. Il en avait référé à ses chefs et le maintien de l'arrestation avait été décidé, mais ce n'était là qu'une décision provisoire. La justice allait suivre maintenant son cours régulier et l'affaire éclater au grand jour de la publicité.

La princesse Yalta devait forcément être mise en cause et on était fondé à se demander si Duroc n'avait pas dit la vérité en déclarant qu'il n'avait pris les billets que pour les mettre à l'abri des voleurs. De l'assassinat, il ne pouvait plus être question puisque la princesse vivait, ou du moins il ne s'agissait plus que de rechercher les assassins de la femme décapitée, et assurément Duroc n'en était pas.

Aussi M. Jolras maudissait-il l'idée qu'il avait eue de se fier au coup d'œil légendaire de Piédouche et de se prêter à l'essai de sa méthode infaillible.

En l'état des choses, il sentait bien qu'il ne pouvait pas opposer la raideur officielle à l'ami d'un inculpé que le juge allait peut-être faire mettre en liberté, faute de preuves.

Il était même assez disposé à lui tendre la perche jusqu'à un certain point, c'est-à-dire à lui livrer quelques renseignements sur la situation de Duroc, sans lui dire tout, et en laissant de côté tout ce qui se rapportait à l'affaire du cadavre sans tête.

— Monsieur, reprit-il, après un assez long silence, je pourrais me dispenser de répondre à des questions qui ressemblent un peu trop à des sommations. Mais, je sais que vous êtes un homme honorable et je comprends la douleur que vous cause la mésaventure de votre ami. Je dis la mésaventure, parce qu'il a beaucoup exagéré en caractérisant l'accusation qui pesait sur lui et parce qu'il se justifiera, on peut encore l'espérer, du seul crime qu'on lui impute. Il n'a tué personne, j'en suis bien convaincu.

— Mais vous croyez qu'il a volé, dit amèrement Edmond. C'est pis encore. Un meurtrier est moins méprisable qu'un voleur. Et Duroc qui pourrait commettre un meurtre dans un moment de colère est incapable même d'une indélicatesse. Sa probité est proverbiale à la Bourse où, depuis six ans qu'il y travaille, des millions ont passé par ses mains.

— Je sais cela... je sais aussi que M. Duroc a une maîtresse, depuis quelques mois.

— Eh bien ! quand cela serait ?

— Cette maîtresse, qu'il ne m'appartient pas de vous nommer, est fort riche et il était chargé de ses affaires. Il avait loué, pour la recevoir, un pavillon dans une rue déserte... tout près de l'Hippodrome.

— Et il y est allé hier soir ?

— Il y est allé... pas pour y rencontrer sa maîtresse... ils étaient brouillés et elle avait quitté Paris.

Edmond n'ignorait rien de tout cela, et il attendait la suite avec anxiété.

— Pourquoi y allait-il ?... c'est ce qu'il n'a pas pu expliquer d'une façon satisfaisante. Mais un agent qui était en surveillance dans ce pavillon l'a vu.

— Un agent ! on espionnait Duroc !... et pourquoi ?...

est-il donc défendu d'avoir des rendez-vous avec une femme ?

— Défendu par la loi, non... mais les maris ont des droits...

— Alors, ce serait le...

— Croyez-en ce qu'il vous plaira, mais soyez certain qu'un agent a vu M. Duroc prendre dans le tiroir secret d'un meuble où elle était cachée une liasse de billets de banque.

— S'il l'a prise, c'est qu'elle lui appartenait. Et c'est pour ce seul fait que vous l'avez jeté en prison !

— Oui... après l'avoir interrogé. J'ai été prévenu immédiatement. J'étais à l'Hippodrome et M. Duroc y était revenu. Je l'ai fait appeler et vous me rendrez cette justice que j'y ai mis des formes.

— Eh ! bien, que vous a-t-il dit ?

— Que la somme avait été oubliée là par sa maîtresse... il ne pouvait pas soutenir qu'elle était à lui, car il s'agissait de trois cent mille francs...

— Duroc n'a jamais menti... et quelle que soit l'explication qu'il vous a donnée d'un fait que jusqu'à présent je ne m'explique pas, cette explication est vraie.

— Peut-être... mais elle n'est pas vraisemblable. Il prétend qu'il ignorait que cet argent fût là et que l'ayant découvert par hasard, il l'a pris pour le remettre à la personne qui l'y avait déposé.

— Et vous trouvez que ce n'est pas vraisemblable !

— Prenez garde que cette personne avait rompu avec lui — nous en avons la preuve par une lettre trouvée dans son portefeuille — qu'elle était en voyage et qu'il ne savait pas quand elle reviendrait... ni même si elle reviendrait jamais.

— Et vous l'avez arrêté, sans autre information... vous n'avez même pas interrogé cette femme !

— Que pourrait-elle nous apprendre ? M. Duroc avoue les faits. Elle n'est pas à même de juger de ses intentions, et il est peu probable qu'elle se décide à porter plainte, car elle serait obligée de déclarer qu'elle avait avec lui des relations intimes... et elle est mariée.

— Mais enfin vous serez obligé, vous, de l'entendre. Vous ne pouvez pas faire le procès à Duroc sans appeler comme témoin sa maîtresse, que vous l'accusez si légèrement d'avoir volée.

— Je ne sais pas comment procédera le juge d'instruction. Je puis seulement vous assurer qu'il usera de tous les ménagements que comporte la situation.

— Le premier de tous les ménagements, c'est de rendre la liberté à un innocent.

— Il n'est pas impossible qu'une ordonnance de non-lieu intervienne. Lorsqu'il peut éviter un scandale sans manquer à ses devoirs, un magistrat est toujours heureux d'arrêter une affaire.

— Et en attendant cette ordonnance de non-lieu problématique, Duroc est en prison !... et s'il y reste, demain, tout Paris saura qu'il y est... il faudra bien qu'on sache aussi pourquoi il y est et la honte de cette femme sera publique.

— Le fait est, murmura M. Jolras, que si elle était instruite du danger qui la menace, elle interviendrait sans doute... et il lui serait bien facile d'excuser M. Duroc... elle n'aurait qu'à dire, par exemple, qu'elle l'avait chargé de prendre cette somme pour la lui envoyer... ou seulement qu'elle le croit incapable d'avoir voulu se l'approprier.

— Eh bien ! pourquoi tardez-vous à l'interroger ?... Si elle n'est pas à Paris, on saura où elle est et avec un coup de télégraphe...

— Je vous ai dit, monsieur, tout ce que je pouvais

vous dire, interrompit M. Jolras, en se levant pour marquer que l'audience était finie. C'est aux amis de M. Duroc à faire le reste.

Edmond salua et sortit.

Il avait compris que ce policier lui indiquait, sans se compromettre, la meilleure marche à suivre pour tirer de peine le malheureux frère de Laure.

Évidemment, le sort d'Éric était entre les mains de cette princesse Yalta qui lui avait fait tant de mal.

Mais où la trouver ?

Edmond de Chemazé en était resté aux confidences que Duroc lui avait faites en revenant des Champs-Élyséee à la cité d'Antin, après le souper interrompu.

Depuis cette nuit, si mal commencée et si heureusement terminée — pour lui du moins — Edmond n'osait pas interroger Éric sur ses affaires de cœur; il s'abstenait même de prononcer devant lui le nom de la princesse Yalta, de peur de le blesser en lui rappelant un fâcheux souvenir.

Il ignorait donc si elle était encore en voyage.

On ne voyait plus comme autrefois sa voiture déboucher à trois heures sur la place de la Bourse, mais ce n'était pas une raison pour qu'elle ne fût pas rentrée à Paris. Brouillée avec Éric, elle n'avait plus de motif pour venir l'attendre à la sortie, après le coup de cloche qui annonce la clôture des opérations.

Se montrait-elle au Bois, conduisant elle-même son duc, attelé de deux merveilleux trotteurs? Éric, qui n'y allait jamais, n'en savait rien, et il était plutôt porté à croire que non, parce que ses camarades, Julien Fresnay et autres, ne parlaient plus d'elle, comme ils le faisaient à chaque instant, avant qu'elle s'éclipsât.

Ces messieurs allaient partout et s'ils l'avaient rencontrée quelque part, ils n'auraient pas manqué de le raconter sous la colonnade ou dans les bureaux de l'agent.

Edmond n'avait ni le temps ni le désir de se renseigner auprès d'eux. Il lui semblait plus simple et plus sûr de se transporter rue de Tilsitt, et de demander au portier de l'hôtel si la princesse Yalta était de retour.

M. Jolras venait de lui donner un conseil indirect qu'il était décidé à suivre.

Cette femme n'avait qu'un mot à dire pour que Duroc fût mis en liberté, et quelle que fût l'anthipathie qu'elle lui inspirait, Edmond avait résolu de lui demander de déclarer la vérité.

La question était d'arriver jusqu'à elle et, si elle était absente, de savoir où on pouvait lui écrire.

Démarches délicates, s'il en fut, surtout la dernière, car on ne traite pas une affaire de ce genre par dépêche télégraphique et, même de vive voix, il était difficile de la mener à bien.

Mais Edmond n'avait pas le choix des moyens et il pressentait vaguement que l'absence de la princesse avait pris fin. Les réticences de Jolras lui donnaient à penser qu'elle était rentrée.

Et il importait beaucoup de s'en assurer le plutôt possible, avant que le bruit de l'arrestation de Duroc se répandit dans le monde qu'il fréquentait.

Edmond commença par prévenir, autant qu'il était en lui, les commentaires auxquelles allait donner lieu l'absence forcée de son ami. Il courut chez l'agent de change, il lui annonça que Duroc, se trouvant indisposé, ne paraîtrait pas à la Bourse, que peut-être même il garderait la chambre pendant quelques jours et que lui, Chemazé, se chargerait de le remplacer auprès de ses clients.

Cet arrangement ne souffrit aucune difficulté et Edmond eut la satisfaction de constater que la nouvelle qu'il voulait cacher n'était encore connue de personne.

M. Piédouche n'avait pas parlé et on pouvait compter qu'il ne parlerait pas.

Mais, pour jouer convenablement son rôle de suppléant d'un ami malade, Edmond était obligé d'aller à la Bourse, et de différer par conséquent de quelques heures sa visite à l'hôtel de la rue de Tilsitt.

Ainsi fit-il, en se disant, pour se consoler de ce retard, que si la princesse était à Paris, assurément, elle ne recevait pas le matin... surtout des gens qu'elle ne connaissait pas.

A la Bourse, tout se passa fort bien. On ne s'y inquiéta guère des absents et on ne lui demanda pas de détails sur la maladie subite de Duroc.

M. Piédouche n'y parut pas, contrairement à son habitude, et à trois heures et demie, Edmond débarrassé de ses affaires et délivré d'un premier souci, put s'acheminer vers la place de l'Étoile.

Il y alla à pied, afin de se donner le temps de la réflexion, et il eut tout le loisir de méditer sur les renseignements fournis par M. Jolras.

Ce policier de haut vol n'en avait pas dit beaucoup, mais il en avait dit assez pour qu'Edmond pût préparer ses batteries, en prévision du cas où il réussirait à aborder ce jour-là l'insaisissable princesse.

Avec une femme de ce caractère, tout dépendait évidemment de la façon d'engager l'affaire, et c'eût été une faute que d'invoquer sa pitié. La lettre qu'elle avait écrite à son amant pour le congédier prouvait assez qu'elle n'avait pas de cœur et que l'exposé des malheurs d'Éric la laisserait insensible, si touchant qu'il pût être. C'était à son orgueil qu'il fallait s'adresser, en lui annonçant carrément que le procès de Duroc allait la perdre de réputation, si elle n'arrêtait pas les poursuites.

La grande difficulté pour Edmond, c'était de préciser des faits qu'il ne connaissait qu'imparfaitement.
Cette histoire de billets de banque oubliés dans un tiroir
et pris par Duroc l'inquiétait. Il se souvenait que, le
samedi, Éric avait remis à la princesse trois cent mille
francs, juste la somme qu'on l'accusait d'avoir volée et
qu'il avait rapporté le reçu. Par quel hasard inexplicable cette somme s'était-elle retrouvée dans la maison où les amants se rencontraient, avant d'avoir
rompu, et où, selon toute apparence, la princesse n'a-
vait plus remis les pieds depuis la nuit de la séparation ?
Edmond ne savait même pas où elle était située cette
maison mystérieuse. Comment la désigner ? Comment
présenter l'aventure d'Éric surpris par un agent et
comment dire ce que faisait là cet agent : qui l'y avait
placé ?

Jolras avait presque laissé entendre que cet agent
avait été aposté par le prince, mais Edmond n'en croyait
rien. L'indifférence du prince à l'endroit de sa femme
était de notoriété publique.

Si ce n'était pas le Prince, c'était donc la police qui
surveillait la maison des rendez-vous. Dans quel but ?
elle ne pouvait pas prévoir que Duroc y commettrait un
vol. Était-ce en cherchant l'assassin de la femme décapitée qu'elle avait mis la main sur un voleur ? Fallait-il
rattacher l'arrestation d'Éric à l'histoire du sac voituré
dans un coupé conduit par un cocher russe ?

Edmond, faute d'indications premières, était hors
d'état de résoudre ces problèmes compliqués, et il courait grand risque de faire fausse route en s'embarquant
dans des détails inutiles.

Après avoir longuement réfléchi, il s'arrêta au seul
parti qui convint à sa loyauté. Il résolut, s'il avait
le bonheur d'être mis en présence de la princesse, de

lui dire ce qu'il savait et rien de plus, d'attendre qu'elle
répondit, avant de pousser les choses plus loin, et de
s'inspirer de ses réponses pour découvrir le point qui la
touchait davantage.

Edmond pensait que la ligne droite est toujours le
plus court chemin pour arriver au but, même quand
on a affaire à une femme altière, capricieuse et insensible.

Il en était là lorsqu'il entra dans la rue de Tilsitt et
son cœur battait plus fort que le cœur de Piédouche
n'avait battu le jour où ce diplomate de la Préfecture
de police jouait son va-tout, en essayant de se présenter chez le prince sous le nom de Francis Disney.

La principale crainte d'Edmond était d'apprendre
que la princesse n'avait pas reparu à Paris, car il n'espérait guère que ses gens consentiraient à lui dire où
elle était allée, et alors même qu'ils le lui auraient dit,
son absence aurait compliqué fortement la situation.

Éric ne pouvait pas attendre.

La grille de l'hôtel était ouverte, et le portier en
grande livrée se tenait près de la grille, dans l'attitude
d'un soldat qui s'apprête à présenter les armes au
souverain qui va sortir de son palais.

Edmond en s'approchant, aperçut dans la cour un duc,
une de ces élégantes voitures découvertes qu'on attelle
de deux chevaux et que le maître conduit lui-même,
le domestique occupant le siège placé à l'arrière de
l'équipage.

Edmond le reconnut sur-le-champ ce duc. Il l'avait
vu souvent mené par la princesse et il ne douta plus
qu'elle fût là, car il n'admettait pas que dans une maison montée sur un pied royal, le prince se servît des
voitures de sa femme.

L'équipage, du reste, attendait devant le perron de

l'aile droite et Edmond se souvenait d'avoir entendu dire à Éric que c'était là qu'habitait la princesse.

Les chevaux de la race Orloff piaffaient d'impatience et rongeaient leurs mors. Un groom, planté devant eux sur ses jambes écartées, les tenait en respect en les regardant, un groom de petite taille, à la mine insolente.

— Mme la princesse Yalta est-elle de retour? demanda Edmond au portier colossal.

La question était formulée de telle sorte que ce préposé aux admissions devait se dire : Voilà un monsieur qui est en relations avec la princesse, puisqu'il sait qu'elle vient de faire un voyage. Aussi répondit-il poliment :

— Oui, monsieur, depuis hier; mais Mme la princesse va sortir dans un instant.

— Je le vois, reprit Edmond sans se déconcerter, mais si vous lui faites passer ma carte, j'espère qu'elle voudra bien me recevoir avant de partir.

Il l'avait préparée cette carte ; il la tenait à la main et il se mit en devoir d'y écrire au-dessous de son nom celui d'Éric Duroc.

Le portier hésitait visiblement à transmettre le message, mais il se souvenait de la première visite de Piédouche qui n'avait certes pas l'air aussi comme il faut que M. de Chemazé, et qui était entré le jour même dans la familiarité du prince, puisqu'il revenait quotidiennement faire sa partie d'échecs.

La princesse ne jouait pas aux échecs, mais elle n'avait d'autre règle que sa fantaisie et il lui arrivait assez souvent d'accueillir des gens qui ne payaient pas de mine comme Edmond.

Le timbre vibra pour appeler un valet de pied. Mais ce fut la princesse elle-même qui apparut sur le perron, en grande toilette de promenade, gantée jusqu'au coude, relevant d'une main sa jupe de façon à laisser voir un pied d'une petitesse inouïe et la naissance d'une jambe fine chaussée d'un bas de soie fleur de pêcher brodé d'une guirlande de roses noires.

Son visage pâle paraissait un peu fatigué, mais ses yeux brillaient du même éclat, et ils tombèrent sur Edmond parlementant avec le concierge.

Elle fronça le sourcil, puis se ravisant, elle fit un signe à ce portier qui épiait ses ordres et qui s'empressa de dire au jeune homme :

— Entrez, monsieur, Mme la princesse vous appelle.

Edmond ne se fit pas prier pour profiter de l'occasion inespérée qui s'offrait à lui.

Il s'avança vivement et se découvrit avant de monter le perron. Il tenait à aborder son ennemie avec la courtoisie d'un homme du monde et il allait prononcer la phrase d'introduction qu'il avait préparée, mais elle lui dit en le dévisageant :

— Vous êtes M. Edmond de Chemazé ?

— Vous me connaissez ! s'écria-t-il.

— Je vous ai vu souvent à la Bourse et un de vos amis m'a dit votre nom.

— Je viens de la part de cet ami.

— Quoi ! de la part de M. Duroc. Que me veut-il ? demanda sèchement la princesse.

— Je vais vous le dire, si vous voulez bien m'accorder un instant d'entretien. Je vois que vous allez sortir, et je n'abuserai pas de votre condescendance.

— Eh bien, parlez !

— Ici, c'est impossible.

— Pourquoi ? Je n'ai pas de secrets avec M. Duroc.

— J'ai à vous apprendre des choses que vous ignorez.

— Et votre ami n'a pas osé venir lui-même. Il a bien fait. Je ne l'aurais pas reçu.

— C'est pour cela que je me suis présenté à sa place.

— Et vous vous flattez que je consentirai à entendre son ambassadeur ?

— Je crois que vous regretteriez de ne pas m'avoir entendu.

La princesse regarda Edmond avec une fixité si persistante qu'il baissa les yeux. Il eut l'impression qu'elle l'examinait comme elle aurait examiné un cheval pour savoir s'il était digne de lui appartenir.

— Soit ! dit-elle, je consens à vous écouter, mais pas chez moi. Je vais au Bois, et je m'y promènerai pendant une heure. Montez dans ma voiture. Nous aurons tout le temps de causer. Je vous ramènerai ici et alors, vous serez libre d'aller rejoindre M. Duroc.

En se préparant à aborder la princesse, Edmond avait tout prévu — tout, excepté l'invitation qu'elle lui adressait à brûle-pourpoint et qu'il ne pouvait pas accepter.

Monter dans la voiture de cette mondaine à outrance, de cette grande dame décriée, se montrer avec elle au Bois de Boulogne, à l'heure où tout Paris élégant s'y promène, s'afficher ainsi, lui qui dans trois semaines allait épouser Laure, c'eût été manquer de respect à sa fiancée et s'exposer à de fâcheux commentaires.

Que ne diraient pas les demoiselles du tour du lac et les remisiers en rupture de bureau? Irrégulières et gommeux d'occasion, tous connaissaient la Russe et ne se priveraient pas de raconter qu'après avoir congédié Duroc, elle venait d'enlever l'ami intime de son dernier amant.

— Excusez-moi, madame, dit-il d'un ton ferme. On m'attend.

— Je comprends, répliqua dédaigneusement la princesse; vous craignez de vous compromettre. Comme il

vous plaira, monsieur. Il ne me plaît pas, à moi, de
retarder ma promenade pour vous recevoir.

— Je reviendrai.

— Vous pouvez vous en dispenser, ma porte vous
serait fermée. Dites à celui qui vous envoie qu'il n'y a
plus rien de commun entre nous et que je l'ai déjà
totalement oublié.

Edmond pâlit. Il sentait bien que s'il en restait là,
Éric était perdu. L'occasion ne se représenterait plus
d'intéresser à son sort l'altière moscovite, car elle ne
pardonnerait jamais au défenseur du prisonnier l'affront
qu'il lui faisait en refusant de l'accompagner au Bois.

Il se demandait s'il avait le droit, pour des motifs de
convenances personnelles, de négliger la seule chance
de salut qui restât à son ami, et si son devoir ne l'obli-
geait pas, au contraire, à surmonter ses répugnances
pour tenter de le sauver.

Qu'importait, après tout, qu'on le vît une fois avec la
princesse? Il était de force à imposer silence aux médi-
sants, et d'ailleurs leurs propos n'arriveraient pas jusqu'aux oreilles de la chaste jeune fille qui vivait loin
de ce monde interlope. Et si, par impossible, elle venait à apprendre qu'il s'était montré en mauvaise
compagnie, ne serait-il pas à même de lui expliquer
pourquoi il avait dû subir cette dure nécessité. Il comptait bien, du reste, ne pas recommencer; il était fermement résolu à en finir ce jour-là avec la princesse
Morphine, et ce tête-à-tête en plein air était peut-être
moins dangereux qu'un entretien à huis-clos, car il la
croyait capable de toutes les extravagances.

Ses perplexités se reflétaient sur son visage, et elle
lui dit en le regardant d'un air moqueur :

— Décidez-vous, je vous prie. Mes chevaux s'impa-
tientent et je ne changerai pas de résolution. Si vou-

tenez à me parler, venez. Si vous n'y tenez pas, laissez-moi partir et ne revenez plus. C'est à prendre ou à laisser.

Edmond fit un effort sur lui-même et répondit, le plus courtoisement qu'il put :

— Je suis à vos ordres, madame.

— A la bonne heure ! dit-elle. Je vous en aurais beaucoup voulu, si vous aviez refusé, car je n'admets pas qu'on résiste à mes caprices... M. Duroc a dû vous le dire. Et vous verrez, par la suite, qu'il vaut mieux m'avoir pour amie que pour ennemie.

La déclaration était nette, mais ce n'était pas le moment d'y répondre.

Edmond suivit la princesse qui descendait lentement les marches du perron et prit place à côté d'elle dans la voiture.

Elle avait déjà les rênes en main et le groom, après avoir reçu d'elle un ordre en langue russe, était allé se percher à l'arrière, sur le siège, d'où il dominait sa maîtresse.

Les chevaux partirent au pas relevé, tournèrent à gauche et après avoir dépassé l'Arc-de-Triomphe, enfilèrent au grand trot l'avenue du Bois de Boulogne.

Un cocher de profession ne les aurait pas menés plus magistralement. Cette frêle princesse avait un poignet de fer et un coup d'œil plus sûr que celui de M. Piédouche.

— Vous êtes le meilleur ami d'Éric, dit-elle brusquement.

— Son meilleur ami et bientôt son beau-frère, répondit Edmond qui tenait à se mettre en garde tout d'abord contre les tentatives de séduction.

Il se souvenait du regard qu'elle lui avait lancé sur le perron. Mais il remarquait qu'elle appelait encore

Duroc par son petit nom et il pensait que c'était bon signe.

Il ne connaissait pas la Princesse.

— Ah ! vous allez épouser sa sœur, dit-elle avec une froideur affectée. Elle est jolie. C'est une beauté à la française.

Edmond eut le courage de ne pas renvoyer ce trait qui l'avait blessé au cœur.

— Puisque vous êtes si lié avec M. Duroc, et puisque vous venez de sa part, reprit-elle, vous êtes au courant de la situation. Vous savez qu'il était mon amant et qu'il a cessé de l'être.

Edmond n'en revenait pas de l'entendre parler ainsi, alors que le groom était à portée d'entendre. Mais il se dit que sans doute ce groom ne comprenait que le russe.

Cependant il fallait répondre.

— Je l'ai su seulement lorsque vous veniez de rompre, dit-il.

— Samedi dernier, alors. C'est samedi, à minuit, qu'il a reçu le congé que je lui ai donné.

— Je l'ai rencontré au moment où il venait de le recevoir.

— Vraiment?... c'est singulier... on dirait un présage... et comment prenait-il cette rupture qu'il ne prévoyait pas ?

— Il était au désespoir.

— Je le reconnais bien là. J'aurais compris qu'il me maudit, mais se désoler comme un enfant qu'on a privé de dessert !...

— Il avait le malheur de vous aimer.

— Ah ! vous croyez donc qu'on est malheureux quand on m'aime !

— Je crois qu'on peut souffrir cruellement de vous perdre. Éric a failli en mourir.

— Mais il n'en est pas mort. Il espère encore que je le reprendrai et je suppose qu'il vous envoie m'offrir sa soumission. Je l'avais bien jugé. Il n'a pas de sang dans les veines.

Edmond était révolté. Il se contint pourtant, et il jugea qu'il était temps de laisser là les préliminaires pour aborder la question grave.

— Ce n'est pas lui qui m'envoie, dit-il. Il ignore même que je me suis présenté chez vous aujourd'hui.

— Alors c'est de votre propre mouvement et sans le consulter que vous vous êtes constitué son avocat. Vous êtes jeune, monsieur. Les raccommodements ne se traitent pas par intermédiaire et vous vous êtes donné là une étrange mission.

— Il ne s'agit pas de faire rentrer en grâce auprès de vous Éric Duroc. Il s'agit de le sauver.

— Le sauver de quoi? Est-ce qu'il est malade?

— Il a été arrêté cette nuit.

— Arrêté!... et pour quel motif?

— On l'accuse d'avoir volé une somme de trois cent mille francs... qui vous appartient.

La princesse fit un mouvement si vif que les deux chevaux se cabrèrent. Mais elle fut prompte à leur rendre la main et à reprendre son sang-froid.

— Ah! dit-elle; voilà qui est curieux. Comment est-ce arrivé? Contez-moi donc ça.

— Cette somme avait, paraît-il, été oubliée par vous dans une maison où vous vous rencontriez avec Éric.

— Je m'explique maintenant pourquoi je ne l'y ai pas retrouvée. Mais comment sait-on que c'est M. Duroc qui l'a prise? Ce n'est pas moi qui l'ai accusé.

— Depuis votre départ, cette maison était surveillée.

— Par qui?

— Je l'ignore. Les agents qui y étaient cachés, y avaient-ils été envoyés par la police, ou par le prince Yalta?... vous êtes plus à même que moi de répondre à cette question.

— Et j'y réponds. Mon mari ne s'occupe pas plus de moi que je ne m'occupe de lui.

— Alors, c'est donc la police qui surveillait la maison. Des agents y sont entrés, s'y sont embusqués et ont vu Éric prendre des billets de banque dans le tiroir d'un meuble. On l'a suivi... et on l'a arrêté à la sortie de l'Hippodrome, où il était venu me rejoindre... après m'avoir quitté sans me dire où il allait. Cette maison est sans doute tout près de là.

— Oui, tout près. A quelle heure a-t-on arrêté votre ami? demanda la princesse, visiblement préoccupée.

— A onze heures.

— C'est bizarre. Et qu'a-t-il dit aux gens qui l'arrêtaient?

— Qu'il ignorait que cet argent fût là, que l'ayant trouvé par hasard il ne pouvait pas le laisser à la discrétion du premier venu et qu'il l'avait emporté pour vous le rendre.

— Je ne le réclamerai pas. Alors, il m'a nommée?

— Non, madame. Il a dit que cet argent était à sa maîtresse; rien de plus.

— Mais, comme tout Paris sait que sa maîtresse, c'était moi...

— Je crois que la police le sait. Mais ce n'est pas Éric qui le lui a appris. Et c'est précisément parce qu'elle le sait que je viens vous...

— Qu'elle le sache, peu m'importe. Seulement, je me demande pourquoi elle surveillait ce pavillon.

— Je me le suis demandé aussi et je ne comprends

pas plus que vous. Mais je me préoccupe surtout des suites de cette affaire et je pense que vous êtes aussi intéressée que moi à l'étouffer.

— Pourquoi, s'il vous plaît? Vous êtes l'ami de M. Duroc, vous allez être son beau-frère; le déshonneur qui l'atteindrait rejaillirait sur vous. Mais, moi, je ne suis plus sa maîtresse.

— Vous oubliez trop vite que vous l'avez été, dit Edmond indigné. La police a plus de mémoire que vous. Vous vous en apercevrez.

— Vous voulez dire que je serai interrogée. Eh bien! je répondrai... Que répondrai-je? Je n'en sais rien encore. S'il me plaît de nier, je nierai. J'en serai quitte pour perdre une somme à laquelle je ne tiens pas du tout.

— Si vous niiez, madame, vous seriez accablée par l'évidence. En disant la vérité, vous éviterez de figurer dans un procès criminel et vous sauverez un homme que vous avez aimé.

— Que j'ai aimé, dites-vous? Qu'en savez-vous? Mais, alors même que je l'aurais aimé, comment pourrais-je le sauver?

— Il vous suffirait d'aller trouver l'homme qui a cette affaire en main... de lui déclarer que vous répondez de la probité d'Éric Duroc et que vous ne doutez pas qu'il n'eût l'intention de vous remettre cet argent, ou de vous le renvoyer, s'il ne devait pas vous revoir. L'accusation tomberait aussitôt et vous ne subiriez pas le supplice de comparaître comme témoin devant une Cour d'assises. Votre nom ne serait pas imprimé dans tous les journaux de France et d'Europe.

— Le bruit ne m'effraie pas. Quant au supplice dont vous me menacez, je saurai m'y soustraire en quittant Paris.

— Et peu vous importe qu'un innocent soit condamné ! car Éric le sera, si vous ne venez pas à son secours. Il sera flétri publiquement, alors que d'un mot vous pourriez le faire mettre en liberté, ce soir.

— Alors, vous espérez que je vais aller trouver un chef de police et lui faire ma confession... en revenant du Bois et en votre présence... car je ne le connais pas et vous seriez obligé de me présenter... vous ne craignez donc pas qu'on dise que vous êtes mon amant?

Cette fois, Edmond n'y tint plus et il allait laisser éclater sa colère, lorsqu'un incident vint faire diversion.

Les chevaux avaient franchi la grille du Bois et ils allaient tourner la pointe du lac pour gagner la route de Longchamps, lorsqu'une victoria débouchant d'une allée latérale se jeta à la traverse.

La princesse n'eut que le temps d'obliquer à gauche et elle eut besoin de toute sa présence d'esprit et de toute son adresse pour éviter le choc. Elle l'évita, mais il y eut un moment critique et des cris de frayeur partirent de la victoria qui était occupée par deux femmes qu'Edmond reconnut aussitôt, car le danger était à peine passé qu'elles se retournèrent pour le regarder en ricanant.

— Vous connaissez ces filles, lui demanda Mᵐᵉ Yalta, d'un air sec.

— Je les ai vues une fois.

— Moi, je les vois tous les jours au Bois et elles me connaissent fort bien. Vous voilà compromis.

Edmond étouffait de rage. Il savait bien que Lucie Travers et la baronne de Lugos iraient colporter partout qu'elles l'avaient rencontré en voiture à côté de cette princesse qui lui faisait horreur, et il désespérait de l'intéresser au sort de son ami.

— Celles-là savent qu'Éric était votre amant, dit-il

d'une voix sourde; et, puisque vous n'avez pas pitié
de lui, elles ne tarderont pas à savoir que votre amant
a été accusé d'assassinat et de vol.

— Quoi! d'assassinat aussi! s'écria la princesse en
regardant Edmond entre les yeux.

— Oui, madame, d'assassinat aussi, répondit brusquement Edmond. C'est lui-même qui me l'a dit au moment où il venait d'être arrêté.

— Voilà une accusation qui n'a pas le sens commun,
s'écria la princesse. Pour tuer quelqu'un, il faut être
doué d'une certaine énergie et Duroc est un agneau.
Et puis, qui donc aurait-il tué? il n'a pas·d'ennemis. Il
aurait pu avoir envie de me tuer, moi, quand je lui ai
signifié que je ne voulais plus de lui; mais vous voyez
que je suis vivante... et très vivante, je vous le jure.

Elle n'avait pas besoin de l'affirmer. Jamais sa figure
pâle n'avait été plus animée, jamais ses yeux n'avaient
brillé d'un plus vif éclat, jamais ses mains nerveuses
n'avaient mieux contenu l'ardeur des chevaux à demi
sauvages qu'elle gouvernait sans effort; ses cheveux
couleur d'or volaient au vent, sa taille mince se cam-
brait. Toute sa personne vibrait de la tête aux pieds.

— Je ne sais pas de quel meurtre on l'accusait, reprit
Edmond. Je ne sais même pas si on a persisté à l'accuser
d'un meurtre, car l'homme qui l'a arrêté hier et que
j'ai vu ce matin ne m'a parlé que du prétendu vol des
billets de banque. Peut-être a-t-on reconnu qu'on s'était
trompé.

— Mais, au fait, j'avais disparu, sans dire où j'allais.
Les gens de la police ont pu s'imaginer que Duroc
s'était débarrassé de moi... et ils auront appris cette
nuit que j'étais revenue à Paris... Si j'avais deviné, ce
serait drôle.

— Vous trouvez, madame? répliqua Edmond qui ne

12.

se possédait plus. L'honneur et la vie d'un homme
menacés par suite d'une erreur qu'il ne tiendrait qu'à
vous de faire cesser, c'est très drôle en effet, et je conçois que vous preniez plaisir à prolonger cette situation
si éminemment comique.

— Comme vous vous enflammez! Ah! vous sentez
vivement, vous! Ce n'est pas Duroc qui s'emporterait
ainsi pour défendre un ami.

— Ne l'insultez pas. Contentez-vous de l'abandonner.

— Qui vous prouve que je suis décidée à l'abandonner? Je viendrai peut-être à son secours... quand je saurai à quoi m'en tenir sur le cas où il s'est mis.

— Vous savez bien qu'il n'a pas volé.

— Comment le saurais-je? J'avais oublié ces billets de
banque dans le tiroir d'un meuble. En rentrant à Paris,
je me suis souvenue que je les y avais laissés et je suis
allée les chercher. Ils n'y étaient plus. J'ai pensé qu'un
voleur était entré et les avait pris. Je n'aurais pas
déposé de plainte, je vous prie de le croire. Mais voilà
que vous m'apprenez que votre ami a jugé à propos de
les emporter. Dans quelle intention? Je l'ignore, puisque je ne l'ai pas vu.

— Vous doutez de sa probité!... C'est trop fort...
et je...

— Vous voulez descendre? demanda la princesse, en
éclatant de rire. Prenez garde! si vous m'infligiez cette
humiliation, en plein Bois de Boulogne, je me vengerais sur votre ami... je me vengerais en le laissant où il
est.

— Ce serait une infamie.

— Je ne trouve pas. Rien ne m'oblige à répondre de son
honnêteté. Je pourrais me borner à raconter les faits
sans les apprécier. Vous allez me dire encore que je serais
compromise si l'affaire avait des suites. Je vous répète

que, dans ce cas-là, j'aviserais, et que ma réputation n'a rien à redouter. Je ne me suis jamais cachée
d'avoir pris ce garçon pour amant. Et je n'étais pas
tenue d'ouvrir une enquête sur sa moralité avant de me
lier avec lui.

— Et... comme vous ne craignez rien, vous allez le sa-
crifier. Vous n'avez donc pas de cœur?

— Encore des injures!... Êtes-vous bien sûr que je
les mérite?

— Prouvez-moi le contraire en faisant ce que je vous
demande.

— Êtes-vous bien sûr que je suis incapable d'aimer
quelqu'un avec passion, avec frénésie... comme j'aurais
voulu être aimée et comme je ne l'ai jamais été... Ne
me parlez pas d'Éric... il a eu du goût pour moi... Je
le tenais par les sens et par la vanité... il a été désolé
de me perdre... mais je serais encore sa maîtresse si
j'avais trouvé en lui l'homme que je cherchais... et que
je cherche toujours... un homme qui ne vivrait que
pour moi et qui oublierait tout pour me suivre... Il n'a
rien oublié, lui, ni sa sœur, ni ses amis, ni ses intérêts...
il est resté commis d'agent de change, quand il aurait
pu fuir avec moi au bout du monde... Et lorsqu'il a vu
enfin que j'étais lasse de son amour à l'eau de rose, il
s'est mis à entreprendre des pèlerinages au pavillon où
j'avais eu la faiblesse de lui donner des rendez-vous! Je
parierais qu'il y allait toutes les nuits se lamenter sur
mon absence.

— Vous le lui reprochez!

— C'est lui qui doit se le reprocher maintenant, dit
la princesse avec un sourire équivoque.

— En effet, il est cruellement puni de vous avoir
adorée.

— Il fallait m'adorer autrement.

— Que vouliez-vous donc qu'il fît?

— Ce que je ferais, moi, si un homme me traitait comme je l'ai traité. Celui-là, je le tuerais.

— Si je vous disais qu'il a pensé à vous tuer... qu'après vous avoir longtemps attendue dans cette maison où vous lui aviez promis de revenir, il est allé vous guetter à la porte de votre hôtel, un revolver à la main. Il comptait que vous sortiriez et il était résolu à vous brûler la cervelle.

— Vraiment?... voilà qui me réconcilie un peu avec lui. Mais il s'est calmé vite; et l'idée ne lui est pas venue de mettre le feu au pavillon où tout lui parlait de moi, A sa place, moi je l'aurais brûlé de fond en comble.

— Enfin, madame, dit Edmond avec impatience, que dois-je attendre de vous? Duroc est en prison, et s'il y reste seulement trois jours, il est perdu, alors même que la justice abandonnerait l'accusation. Si vous refusez de lui venir en aide, je n'ai pas de temps à perdre pour tâcher de le tirer de peine sans vous.

— Pas sans moi, répliqua doucement la princesse Yalta. Vous ne me comprenez donc pas, grand enfant que vous êtes; vous ne voyez donc pas que si je m'amuse à récriminer contre ce pauvre garçon, c'est afin de vous montrer que j'aurai quelque mérite à le secourir, puisqu'il m'est devenu indifférent. Vous plaidez si bien sa cause, que je serais impardonnable de ne pas la faire gagner à un avocat si convaincu et si sympathique.

— Alors, vous verrez aujourd'hui ce chef de division e la préfecture, ce M. Jolras, qui n'attend que votre témoignage pour rendre la liberté à mon ami?

— Il vous a dit cela?

— Pas positivement. Mais il me l'a laissé entendre.

— Quel homme est-ce?

— Il m'a paru froid, mais plutôt bienveillant.

— Bon! mais au physique?

— Il peut avoir cinquante ans; il est de taille moyenne, assez gros, le visage plein et rasé comme il convient à un administrateur.

— Un ruban à sa boutonnière?

— Non, une rosette de diverses couleurs. Il doit être officier de plusieurs ordres étrangers.

— Ah! murmura la princesse, en hochant la tête. En quoi consistent ses fonctions?

— Je ne sais pas au juste. Mais je suis sûr qu'il occupe à la préfecture un emploi assez élevé.

— C'est probable, s'il a le pouvoir que vous lui supposez. Comment le connaissez-vous?

Edmond hésita à répondre. Il ne se souciait pas de parler de ses relations avec M. Piédouche.

— Vous ne l'avez certainement pas rencontré dans un salon, insista la princesse, il ne va pas dans le monde où vous allez.

— C'est lui qui a arrêté Duroc, et qui l'a fait monter dans un fiacre pour l'envoyer au dépôt. J'étais là. J'ai demandé le nom de ce personnage à un gardien de la paix; ce matin, je me suis présenté à son cabinet et il m'a reçu.

— Cela semblerait indiquer, en effet, qu'il est bien disposé. Mais, dites-moi... hier soir, est-ce qu'il a accompagné M. Duroc en prison?

— Non, madame. Il est parti de son côté et je ne l'ai pas suivi.

— Vous avez peut-être eu tort.

— Pourquoi?

— Parce que vous auriez vu où il allait. Voulez-vous que nous rentrions à Paris? Le bois commence à se peupler. C'est l'heure où les habitués arrivent et j'ai horreur des habitués.

C'était vrai. Les voitures affluaient et les cavaliers aussi, sans parler des promeneurs à pied qui profitaient d'une belle journée de printemps pour se faufiler, sans se mettre en dépense, parmi les heureux de ce monde, et pour saluer des gens à équipages sans les connaître.

Peu importe à ces messieurs que le salut soit rendu. pourvu qu'on les voie saluer.

Edmond avait déjà recueilli quelques coups de chapeau à lui dédiés par des camarades et appuyés de sourires moqueurs qui l'exaspéraient.

Il avait même croisé des douairières de sa connaissance qui, du fond de leurs landaus armoriés l'avaient regardé d'un air étonné.

En revanche, personne ne saluait la princesse. Un titre et des millions ne suffisent pas, quoi qu'en disent des écrivains mal renseignés, pour conférer à une étrangère ses entrées dans le noble faubourg.

Le Paris qui se respecte ne se jette pas, comme on le prétend, à la tête des dévoyées opulentes.

Les *tendresses* à la mode l'auraient volontiers saluée comme étant des leurs. mais elles n'osaient pas.

Edmond ne demandait donc qu'à se dérober à l'exhibition qu'il avait dû subir par dévouement pour son malheureux ami.

— Rentrer à Paris! s'écria-t-il. Je n'osais pas vous le demander. Vous savez maintenant pourquoi je suis venu. Puis-je espérer que vous voudrez bien maintenant faire dès aujourd'hui la démarche qui sauvera Duroc?

— Je ne vous le promets pas, mais je vous engage à ne pas désespérer et si vous voulez bien prendre le thé chez moi, ce soir à dix heures, vous saurez tout ce que j'aurai fait dans la journée, dit tranquillement la princesse.

Edmond comprit. Elle lui mettait encore une fois le marché à la main et la liberté d'Éric valait bien que son ami subît les conditions de cette femme,

— J'y serai, madame, dit-il en s'inclinant.

— Très bien. Vous ne vous repentirez pas d'avoir accepté. Mon thé est excellent et j'aurai peut-être une bonne nouvelle à vous apprendre. Mais il faut que je me hâte si je veux vous la rapporter. Dans sept minutes, nous serons rue de Tilsitt.

Tout en parlant, la princesse tournait, sans accrocher, au milieu d'un encombrement de véhicules de toute sorte et lançait vers Paris ses incomparables trotteurs, qui partirent à fond de train.

Le retour fut silencieux. Edmond songeait à l'engagement qu'il venait de prendre, et déjà il en était presque à regretter de l'avoir pris. La princesse avait sans doute d'autres sujets de préoccupation, car elle ne dit pas un mot jusqu'au moment où sa voiture entra dans la cour de son hôtel.

Un homme qui venait d'entrer dans la cour se rangea vivement pour éviter d'être écrasé, et ôta non moins vivement son chapeau.

Edmond, en le voyant, fit un geste de surprise. Il avait reconnu Piédouche. Et Piédouche ne tenait probablement pas à être reconnu, car il fit aussitôt volte-face et après avoir laissé passer l'équipage, il se dirigea au pas accéléré vers le grand perron placé au fond de la cour, le perron par lequel on arrivait aux appartements du prince.

La princesse qui l'avait reconnu aussi pour l'avoir, à minuit, chassé du pavillon, arrêta ses chevaux sur place, et appelant le portier d'un signe impératif :

— Quel est ce monsieur? demanda-t-elle.

— Un Américain qui s'appelle M. Francis Disney.

— Que vient-il faire ici ?

— La partie d'échecs de Son Altesse Monseigneur le
prince Yalta.

Le descendant des Khans de Crimée se faisait donner
de l'Altesse par ses gens.

— Ah ! dit la princesse en poussant ses chevaux vers
son perron, à elle.

Puis, s'adressant à Edmond :

— D'où connaissez-vous ce gentleman transatlan-
tique ?

Edmond hésita. Il se demandait s'il fallait dire la
vérité. Piédouche en se présentant sous un faux nom
ne pouvait avoir que de mauvais desseins. Contre qui ?
Edmond pensa que c'était contre Duroc, et il se décida
à avertir la princesse qui paraissait avoir pris le parti
de son ancien amant, injustement accusé.

— Cet homme n'est pas américain, dit-il ; cet homme
est un espion et je le soupçonne d'avoir préparé l'arrestation d'Éric.

— Moi, j'en suis sûre, répondit froidement la princesse, et je me charge de lui. Merci, monsieur. Et à ce
soir.

Edmond, abasourdi, salua et s'éloigna. Piédouche
était déjà dans le vestibule de l'hôtel.

V

Piédouche avait été reçu comme de coutume par le prince, qui ne pouvait plus se passer de lui, mais il n'était pas content.

Rencontrer à la porte de l'hôtel la princesse qu'il avait surprise la veille dans le pavillon et Edmond de Chemazé qui le soupçonnait maintenant d'être de la police, c'était trop de déveine. Le diable s'en mêlait, et les savantes combinaisons du plus diplomate des policiers étaient en grand danger d'avorter par suite d'incidents qu'il ne pouvait pas prévoir.

Les plans les mieux combinés sont toujours à la merci d'un hasard.

— M'a-t-elle reconnu, se disait-il en saluant jusqu'à terre le descendant des rois de Crimée, qui était ce jour-là un peu plus ivre que d'habitude. Évidemment, oui, car elle m'a regardé d'un certain air. Ah ! j'ai été bien inspiré en me présentant cette nuit comme un étranger récemment arrivé à Paris. Si elle interroge le portier, ce Suisse Moscovite lui dira que je suis Américain et elle croira que je n'ai pas menti.

Mais le péril n'est pas là. Toute la question est de savoir si le Chemazé, qui m'a fort bien reconnu aussi, lui a dit mon vrai nom... Pourquoi m'aurait-il trahi ?

13

Il y a entre nous une trève tacite, depuis que je l'ai adressé à Jolras, et il a tout intérêt à me ménager pour que je ne nuise pas à son ami.

Comment se trouvait-il avec cette Morphine qui semble être revenue tout exprès pour déranger mon jeu? Aurait-il deviné qu'elle est à même de sauver Éric? Jolras est bien capable de le lui avoir dit, s'il l'a vu ce matin, comme je n'en doute pas... oui, c'est cela... Chemazé a couru chez elle pour lui demander d'intervenir en faveur du prisonnier et elle l'a enlevé dans sa voiture, à seule fin de le compromettre. Elle aime le changement, et d'ailleurs elle en a assez de Duroc; la lettre que M. Jolras m'a fait lire dans l'avenue Montaigne prouve bien qu'elle ne veut plus de ce garçon... elle s'est mis en tête de lui donner Edmond de Chemazé pour successeur... il est fort bien de sa personne, ce gentilhomme Angevin, et il se laissera aimer... par dévouement pour son futur beau-frère. Tant mieux ! il me laissera tranquille et je n'aurai plus à m'occuper de ces deux boursiers. Qu'on lâche Duroc ou qu'on le garde, je m'en moque, puisque ce n'est pas lui qui a tué la femme sans tête.

Ceux qui l'ont tuée habitent ici, dans cet hôtel. J'en connais déjà deux : le cocher Stéphane et le groom Vacili. Il ne s'agit plus que de savoir qui elle était et à qui ils ont obéi en la tuant. Je le saurai... il faut que je le sache et que je les livre tous à la justice, si je veux me réhabiliter aux yeux de l'administration. Et je n'ai pas de temps à perdre. En avant, les grands moyens !

Tout en raisonnant ainsi, Piédouche avait pris place devant la table de jeu et rangeait les pièces sur l'échiquier.

Le prince, alourdi et somnolent, le regardait faire et ne disait pas un mot.

Le Prussien et le Moldo-Valaque n'étaient pas là. Leur maître, sans les licencier définitivement, leur avait donné un congé illimité et comme ils ne tenaient qu'à leurs appointements, ils attendaient, sans se chagriner, que l'Américain reprît le chemin du Nouveau-Monde.

Le Prince n'avait pas encore pu le battre, ce champion des États-Unis, et son ambition était de le vaincre au moins une fois, pour se donner le plaisir de le jeter à la porte après l'avoir vaincu, car il le détestait. Il l'accueillait bien pour l'engager à revenir, mais il ne lui pardonnait pas sa supériorité aux échecs, et s'il le retenait, c'était uniquement dans l'espoir de lui infliger une défaite.

Par malheur, il ne prenait pas le chemin de le gagner. Il buvait beaucoup afin de s'exciter au combat, et plus il buvait, plus il commettait de fautes.

Piédouche, qui craignait de le décourager, en était venu à régler son jeu de façon à allonger les parties et à lui laisser prendre quelques avantages. Il comptait même lui offrir un jour ou l'autre l'indicible satisfaction de triompher par un *mat* dont il ne manquerait pas de s'attribuer tout l'honneur et qu'il ne devrait qu'à la complaisance de son adversaire.

Piédouche qui devinait tant de choses, n'avait pas deviné que son hôte comptait rester sur ce premier succès.

Il se demandait même si le moment n'était pas venu de perdre volontairement pour s'ancrer tout à fait dans les bonnes grâces de ce seigneur capricieux.

Piédouche avait plus que jamais besoin de prendre pied dans cet hôtel où il voulait mener rapidement une enquête difficile.

— Je suis à vos ordres, mon Prince, dit-il de sa voix la plus insinuante, et j'ai le pressentiment qu'aujour-

d'hui vous allez me gagner. Je me suis couché tard
cette nuit et je ne me sens pas *en forme* comme disent
les sportsmen, en parlant d'un cheval qui paraît en
mauvaise condition sur le champ de courses.

— Moi, je ne me suis pas couché du tout, grommela
le prince, pour se préparer une excuse, en prévision
d'une défaite inévitable.

— Oserai-je, avant de commencer, vous rappeler
que vous devez me présenter à la princesse?

— Quand elle sera à Paris, c'est convenu.

— Elle est de retour. Je viens de l'apercevoir dans
la cour de l'hôtel en voiture découverte. Je n'avais pas
l'honneur de la connaître, même de vue, mais votre
portier m'a dit que c'était elle... j'en étais sûr, d'ailleurs... une autre femme n'aurait pas si grand air.

— Vous êtes mieux informé que moi. J'ignorais qu'elle
fût revenue de voyage... et je vais m'en assurer, dit
le prince en agitant une sonnette.

Un valet de chambre entra et ce valet de chambre,
c'était Dominique, digne et compassé, comme il convient à un domestique de grande maison.

Il s'arrêta à trois pas de la table de jeu, dans la position du soldat sans armes; pas un muscle de son visage
rasé ne bougeait, mais en dépit de sa raideur de com-
mande, il trouva le moyen de décocher à Piédouche
une œillade qui signifiait : il y a du poisson dans nos
filets; ou quelque chose d'approchant.

— Allez de ma part demander si la princesse est
chez elle, lui dit son maître.

— Mᵐᵉ la princesse vient de rentrer à l'hôtel, répondit Dominique.

— Alors, annoncez-lui que je la verrai dans une
heure et que je la prie de m'attendre.

Dominique, en valet bien appris, s'inclina et sortit à reculons.

— Je vais payer ma dette en vous présentant, reprit le prince, mais je vous préviens encore une fois qu'après la présentation, vous vous tirerez d'affaire comme vous pourrez. Je ne répondrai pas de vous, attendu que je ne vous connais que comme joueur d'échecs, et d'ailleurs je suis avec ma femme dans des termes tels que je ne veux rien lui demander. Elle fait ce qui lui plaît. Moi aussi. Et s'il plaisait à l'un de nous de se priver de l'honneur de votre compagnie, l'autre n'y trouverait pas à redire.

Voyons maintenant si vous jouerez toujours avec le même bonheur. Hier, je tenais la partie lorsqu'une distraction me l'a fait perdre.

— Tu gagneras celle-ci, ivrogne, se disait Piédouche, et je saurai bien confesser ta femme.

Le combat s'engagea et, dès les premiers coups, le prince prit le dessus. Un *gambit* hardi qu'il avait souvent essayé sans succès réussit cette fois au-delà de ses espérances.

S'il eût été plus lucide, il aurait bien vu que Piédouche négligeait avec intention les parades les plus élémentaires et que la mollesse de sa défense était préméditée; mais l'orgueil et l'alcool l'aveuglaient à ce point qu'il crut devoir ce commencement de succès à la supériorité de ses combinaisons.

Piédouche résistait juste assez pour entretenir son noble adversaire dans cette illusion, et chacune de ses fautes était un chef-d'œuvre d'habileté, car rien n'est plus difficile pour un joueur que de perdre sans avoir l'air de le faire exprès.

En moins de vingt minutes, les *noirs* qui lui étaient échus se trouvèrent dans une situation désespérée. Il n'y avait plus pour sauver leur *Roi* qu'un de ces tours de force dont le faux diplomate était coutumier.

Et le prince, haletant d'espérance et de joie, redoublait d'attention pour garder son avantage et porter le dernier coup à son ennemi aux abois. Ses yeux gris étincelaient de méchanceté, et Piédouche qui l'observait à la dérobée fut frappé de l'expression que sa physionomie avait prise. Le Tartare perçait sous le boyard civilisé.

— Cet être là ne se gênerait pas plus pour tuer un homme que pour tuer un chien, pensait Piédouche. On m'avait bien dit à Pétersbourg qu'il était sujet à des accès de férocité, mais je croyais que le séjour de Paris l'avait calmé. Je me trompais. C'est encore un sauvage.

— A vous, citoyen, ricana le prince. Votre *roi* est en échec... je devrais dire votre président, puisqu'on ne tolère pas les rois dans votre République. Tirez-le de là, si vous pouvez. Cette fois, je crois que je vous tiens, mon cher *yankee*.

— Je ne me rends pas encore, murmura le rusé policier, pour surexciter la vanité de son vainqueur.

Et il joua un coup qui ne pouvait pas empêcher sa défaite, mais qui devait la retarder.

Il était placé de telle sorte qu'il tournait le dos à la porte par laquelle on entrait dans la galerie, et le prince, attentif à son jeu et penché sur l'échiquier, ne levait pas les yeux.

— Bonjour, Sacha, dit une voix de femme. Tu m'as fait prévenir que tu voulais me voir. Que me veux-tu?

Le prince se redressa; Piédouche se retourna et se leva vivement. La princesse était derrière lui; il n'avait pas entendu le bruit de ses pas amorti par l'épaisseur du tapis.

— Je veux te présenter monsieur, répondit le prince

d'un ton railleur. Tu vas me demander pourquoi? C'est pour payer un pari que j'ai perdu aux échecs.

— Qui est monsieur? reprit Nadèje, froide et hautaine comme toujours.

— Il va te le dire lui-même. Moi, je n'en sais trop rien.

Piédouche souffrait. On humiliait sa diplomatie, et il ne voulut pas rester sous le coup de cet affront.

— Madame, dit-il, en tâchant d'être digne, je suis sir Francis Disney, de Baltimore.

— Baltimore est aux États-Unis. Pourquoi vous intitulez-vous : sir? C'est un titre et il n'y a pas de titres dans votre pays. La loi les y a défendus. Si vous êtes vraiment sir, vous n'êtes pas Américain.

Piédouche rougit jusqu'aux oreilles. Il n'avait pas songé à ce détail, et il s'était trahi comme le singe de la fable qui prenait un nom de port pour un nom d'homme.

— Je voulais dire : M. Francis Disney, balbutia-t-il.

Puis, se remettant un peu :

— Si j'ai sollicité, madame, l'honneur de vous être présenté, c'est que depuis quelques jours je fais régulièrement la partie du prince et que je voulais ne pas être confondu avec les joueurs à gages que j'ai remplacés... momentanément.

— Si vous n'avez pas d'autre motif...

— Pas d'autre, madame, répondit Piédouche, en lançant à Nadèje un regard dont elle saisit parfaitement la signification.

C'était comme une mise en demeure de le mieux traiter si elle souhaitait qu'il se tût sur leur rencontre dans le pavillon.

— Eh! bien, c'est fait, dit-elle en souriant à demi. Vous voilà présenté.

— Pas comme j'aurais voulu l'être, répliqua hardiment Piédouche.

— Je ne vous empêche pas d'entrer chez moi... quand vous aurez achevé votre partie.

— Oui, finissons-la, s'écria le Prince.

— Finissons-la, puisque madame le permet, murmura Piédouche en s'asseyant; ce ne sera pas long, du reste. Je vais être *mat* au quatrième coup.

— Non, au troisième. Jouez, je vous prie,

— Vous avez raison. Je n'ai plus que deux cases pour y placer mon roi. Après le coup prochain, je n'en aurai plus qu'une, et après le coup suivant, je n'en aurai plus du tout.

Mon Prince, je m'avoue vaincu.

— Enfin! je vous en ai donc gagné une!

— Vous m'en gagnerez bien d'autres.

— Non. Celle-ci est la dernière. Il me suffit de vous avoir battu une fois... et je ne vous retiens pas, sir Francis, ricana l'altesse moscovite, en appuyant sur le mot : *sir*.

Piédouche comprit. On le chassait et cette expulsion le contrariait encore plus qu'elle ne le blessait. Adieu l'enquête et la réhabilitation, si on lui fermait la porte de l'hôtel.

Il comptait sur le mari pour le soutenir et le mari se tournait contre lui. A sa grande surprise, la femme prit son parti.

— Venez chez moi, dit-elle; je ne veux pas que vous gardiez un mauvais souvenir de notre maison.

Sacha, ajouta-t-elle, en s'adressant à son mari qui se versait un verre d'eau-de-vie pour arroser sa victoire. un mot seulement avant que j'emmène monsieur.

Sacha, en russe, est le diminutif d'Alexandre, et ce

petit nom d'amitié n'était pas prononcé d'un air tendre, il s'en fallait de beaucoup.

— Qu'as-tu fait, pendant mon absence, de ma femme de chambre Xénia, demanda sèchement la princesse Morphine.

A ce nom de Xénia, Piédouche dressa les oreilles comme un cheval de troupe qui entend sonner la charge.

Il s'en était déjà préoccupé de cette camériste moscovite. Lorsqu'il en était encore à croire qu'Éric Duroc avait payé des gens pour tuer sa maîtresse, il soupçonnait que Xénia était du complot. Mais depuis la résurrection de la princesse Morphine, il se demandait ce que Xénia était devenue et si elle n'avait pas quitté la France pour échapper aux recherches de la police. Le crime aurait été commis à son profit et sous ses yeux par le groom et le cocher qu'elle aurait payés pour la débarrasser d'une rivale. Xénia était belle, disait-on. Xénia pouvait bien avoir un amant, puisque la princesse lui donnait l'exemple. Et Xénia était d'un pays où on ne recule pas devant un meurtre pour se venger d'une trahison.

Mais Piédouche commençait, et pour cause, à se défier de la sûreté de ses conjectures. Aussi bénissait-il la grande dame qui, en interpellant son mari, allait peut-être éclaircir le mystère de la disparition de sa femme de chambre favorite.

— Xénia? dit le prince, avec un mauvais sourire. Tu ne me l'a pas donnée à garder.

— Tu l'as vue depuis mon départ, reprit impérieusement la Princesse. Il est impossible que tu ne l'aies pas vue. Je lui avais défendu d'entrer chez toi, mais elle n'aura pas osé te désobéir. Réponds, qu'en as-tu fait?

— Tu ne l'as donc pas emmenée avec toi?

— Non, et j'ai eu tort de la laisser à ta merci.

13.

— Oh ! à ma merci !... je sais que tu ne peux pas te passer d'elle et je n'ai jamais songé à te la prendre, quoi qu'elle m'appartienne. Elle est née sur mes terres où son père était serf.

— Le servage est aboli et nous sommes en France. Xénia est libre et tu n'avais pas le droit de la forcer à te servir.

— Tu l'y forces bien, toi, à te servir et tu ne te gênes pas pour la battre quand tu n'es pas contente d'elle. Moi, je n'ai jamais eu à m'en plaindre et je l'ai toujours bien traitée. Elle est jolie, cette fille ; elle me plaît.

— Prends garde, Alexandre Ivanovitch ; je ne souffre pas qu'on me brave... et si tu t'avisais de toucher à Xénia...

— Tu la chasserais. Eh bien, elle ne serait pas embarrassée pour se replacer... et elle gagnerait à changer de condition... car elle est lasse d'être maltraitée, je le sais. Elle m'a confié ses chagrins.

— Ah ! tu avoues que tu l'as vue.

— Non... elle est venue quelquefois se plaindre à moi des corrections que tu lui appliquais... mais l'autre jour, je l'ai fait appeler... je m'ennuyais... et mon intendant Vladimir m'a dit qu'elle était partie. J'ai pensé que tu l'avais emportée dans tes bagages.

— Tu sais fort bien que je suis partie seule. C'est un de tes cochers qui m'a conduite à la gare. Tu avais pris le mien... tu avais pris aussi mon groom et mon coupé de nuit.

— Ce n'est pas vrai.

— Stéphane me l'a dit ce matin pour s'excuser de ne pas s'être trouvé là lorsque j'ai eu besoin de lui.

— Il a menti. Il était sans doute au cabaret. A ta place, je le ferais rosser d'importance.

— Il ne s'agit pas de cela. Où est Xénia? Tu dois le savoir.

— Je sais qu'elle n'est pas chez moi. Si elle y était entrée, je ne l'aurais pas gardée si longtemps. Mes fantaisies ne durent qu'un jour. Et si vraiment elle a disparu, c'est qu'elle aura trouvé un monsieur pour l'enlever et lui faire un sort. Pourquoi pas? à Paris, parmi les filles à la mode, il n'y en a pas une qui la vaille.

— C'est ton dernier mot, Alexandre Ivanovitch, dit la princesse, pâle de colère. Tu n'as pas d'autres explications à me donner?

— Ma foi, non, répliqua le prince d'un air railleur. Est-ce que je me suis jamais inquiété de savoir où tu vas... et qui tu vois? Il n'aurait tenu qu'à moi d'interroger Xénia et je ne l'ai pas fait, quoique je sois sûr que tu n'as rien de caché pour elle.

— C'est bien. Je sais, moi, ce qu'il me reste à faire. Adieu.

— Adieu, Nadèje. Prie donc M. Disney de t'apprendre les échecs. C'est un jeu calmant.

Le soi-disant Disney, pendant ce colloque orageux, s'était tenu discrètement à l'écart comme il convient à un gentleman qui assiste, malgré lui, à une querelle de ménage, mais il n'avait pas perdu un mot de la conversation, et les propos qu'il venait d'entendre l'avaient mis dans un état de surexcitation indicible.

Des perspectives nouvelles s'ouvraient devant lui. La lumière se faisait enfin et il ne doutait presque plus que le cadavre sans tête fût le cadavre de Xénia assassinée... par qui? par Stéphane et Vacili, c'était évident, mais probablement par ordre du prince Yalta qui, n'osant pas s'attaquer à la princesse, s'était vengé sur la complice des débordements de sa femme.

Ce despote alcoolisé était bien capable d'avoir con-

damné à mort une malheureuse créature qu'il considé-
ait comme étant son esclave, sous prétexte qu'elle était
venue au monde avant l'ukase impérial qui a affranchi
es serfs.

Peut-être aussi l'avait-il punie de s'être révoltée
contre le droit du seigneur qu'il prétendait exercer sur
sa personne.

Et, pour comble de chance, Piédouche se trouvait
en passe de recueillir les confidences de la princesse
irritée. Elle lui avait fait signe de la suivre et il pouvait
espérer que chez elle, hors de la présence du prince,
elle se laisserait aller à des récriminations dont il comptait bien tirer parti.

On peut croire qu'il ne se fit pas prier pour lui obéir,
après avoir salué le prince qui ne lui rendit pas son
salut.

Elle le conduisit à travers des salons dorés comme
ceux de l'appartement de Louis XIV, au palais de Versailles; des salons immenses, avec des plafonds peints
par des maîtres qui y avaient représenté des triomphes
mythologiques et des apothéoses.

A chaque porte, se tenait un valet de pied, chamarré
de galons et taillé comme l'Hercule Farnèse.

Le prince et la princesse étaient bien gardés.

— Trop de serviteurs, se disait Piédouche. C'est à ne
plus s'y reconnaître. Heureusement, je sais quels sont
ceux d'entre eux qui ont fait le coup et Dominique
veille. On les coffrera quand on voudra.

Au bout de cette enfilade de pièces majestueuses, il
entra dans le logement particulier de la princesse Morphine.

Là, au contraire, tout était sacrifié à la fantaisie et il
se trouva dans un boudoir dont l'ameublement oriental

lui rappela aussitôt la chambre capitonnée du pavillon où Duroc recevait sa maîtresse.

Il y avait des divans partout et des curiosités byzantines comme on n'en voit pas souvent à l'Hôtel des Ventes.

La princesse lui indiqua un siège bas, s'accouda nonchalamment sur une pile de coussins brodés, alluma une cigarette de tabac turc et lui dit, sans préambule aucun :

— Ce n'est pas la première fois que nous nous rencontrons.

— En effet, balbutia Piédouche, interloqué par ce début, lorsque le prince a bien voulu me présenter, j'avais déjà eu l'honneur de vous voir. Vous entriez à l'hôtel en voiture découverte, au moment où je traversais la cour.

— Je ne vous parle pas de cela. Vous m'avez vue cette nuit, et je pense que vous vous en souvenez.

— Oui, si vous permettez que je m'en souvienne. Si, au contraire, il vous plaît que j'oublie, j'oublierai, répondit adroitement Piédouche qui avait déjà repris son sang-froid et qui voulait voir où la dame allait en venir.

— Pas de phrases, je vous prie. Vous êtes entré, je ne sais comment, dans une maison où je me trouvais. Qu'y veniez-vous faire?

— J'ai eu l'honneur de vous le dire, cette nuit. J'arrive d'Amérique et je suis descendu provisoirement à l'hôtel Meurice. Comme je me propose de passer un ou deux ans à Paris, j'ai songé à louer une maison dans le quartier des Champs-Élysées qu'habitent beaucoup de mes compatriotes. On m'en a indiqué une. Je suis allé trouver le propriétaire qui m'a offert de me la montrer...

— Entre onze heures et minuit, alors qu'il savait fort bien que cette maison était encore occupée... c'est très naturel. Et... vous a-t-il dit à qui il l'avait louée?

— Je ne le lui ai pas demandé. J'ai cru que c'était à vous.

— Bon! vous ne me connaissiez pas. Mais maintenant que vous savez qui je suis, croyez-vous encore que j'ai loué ce pavillon?

— Pourquoi ne le croirais-je pas?

— Alors, vous le croyez. Dans quel but pensez-vous que j'ai loué?

— C'est une question que je ne me suis pas encore posée et que je ne me poserai jamais. Faites-moi l'honneur, madame, de me prendre pour un homme bien élevé. Je ne serais qu'un goujat si je cherchais à deviner le secret d'une femme.

— Je n'ai pas de secrets. C'est mon amant qui a loué la maison pour m'y recevoir.

— Vous me rendrez cette justice, madame, que je n'ai pas provoqué cette confidence. Je suis d'ailleurs incapable d'en abuser.

— Peu m'importe que vous en abusiez. Vous venez de voir dans quel termes je suis avec mon mari... et tout Paris connaît mon amant

— En ma qualité d'étranger, j'ignore ce que savent les parisiens, dit évasivement Piédouche, qui se demandait à quoi tendaient ces aveux inattendus et qui serrait son jeu afin de ne pas trop s'avancer.

— Étranger!... vous!... allons donc! répliqua la princesse. Je ne connais pas votre véritable nom, mais je suis sûr que vous ne vous appelez pas Disney et que vous êtes Français.

— Bon! se dit Piédouche, ce gredin de Chemazé m'a dénoncé. Je lui revaudrai ça!

Et il reprit tout haut, sans trop se déferrer :

— Oserai-je vous demander, princesse, sur quoi vous vous fondez pour m'accuser d'imposture?

— Sur le témoignage d'un homme qui vous connaît parfaitement et qui était avec moi tout à l'heure... dans ma voiture... il s'appelle Edmond de Chemazé et il est l'ami intime de mon amant, M. Éric, qui a été arrêté cette nuit.

Piédouche ne broncha point. Il s'attendait à cette botte et avant de chercher à la parer, il voulait savoir jusqu'à quel point la princesse était informée.

— M. de Chemazé affirme que c'est vous qui avez fait arrêter son ami, reprit-elle en le regardant fixement.

— Voilà une imputation contre laquelle il m'est difficile de me défendre, en l'absence de ce monsieur.

— Je vous accuse aussi, moi. Justifiez-vous, si vous pouvez.

— Pouvez-vous bien croire, princesse, à une calomnie absurde ! Il ne vous manque plus que de me soupçonner d'être la police.

— Vous en êtes. Voulez-vous que je vous dise comment s'appelle ce prétendu propriétaire qui vous accompagnait cette nuit ? Il se nomme M. Jolras ; Il occupe un emploi assez élevé à la Préfecture de police et c'est lui qui a envoyé M. Duroc en prison. Vous voyez que je suis bien informée. Soutiendrez-vous encore que vous êtes citoyen des États-Unis?

Piédouche resta muet.

— Faut-il, reprit la princesse Yalta, que je vous apprenne pourquoi M. Duroc a été arrêté ? Vous le savez fort bien, mais je tiens à vous montrer que je suis au courant des détails de cette étrange aventure. Un de vos espions l'a vu prendre dans le tiroir d'un meuble

une somme de trois cent mille francs qui m'appartient.
Est-ce bien cela?

Piédouche fit attendre sa réponse, quoiqu'il l'eût préparée.

— Pardon, princesse, dit-il, après un silence, mais...
si vraiment vous me prenez pour un agent de police,
comment se fait-il donc qu'au lieu d'avertir le prince
Yalta qui m'aurait jeté à la porte, vous m'ayez amené
ici... chez vous. C'est un honneur dont je suis très flatté
et que vous ne feriez assurément pas à un espion.

— Je vous ai amené ici pour vous interroger.

— Sur quoi, princesse?

— Je veux savoir pourquoi l'agent qui a surpris
M. Duroc, se trouvait dans le pavillon? Etait-ce mon
mari qui vous avait payé pour l'y mettre?

— La police en France n'est pas aux ordres des particuliers.

— Mais elle n'agit qu'à bon escient. Quel intérêt
avait-elle à surveiller la maison où je me rencontrais
avec mon amant? Est-ce qu'elle soupçonnait qu'on y
fabriquait de la fausse monnaie?

— Je ne crois pas.

— Ou qu'on y assassinait les gens?

— Peut-être, répondit Piédouche qui jugeait que le
moment était venu de démasquer ses batteries.

— Enfin, vous vous décidez à dire la vérité. Ainsi,
on a cru. . on croit peut-être encore qu'un meurtre a été
commis. J'avais deviné... et je suis à peu près sûre
qu'on a accusé M. Duroc de m'avoir tuée. Elle est donc
bien bête, votre police?

— Toutes les polices peuvent se tromper, princesse.
Votre absence a sans doute été la cause de l'erreur.

— Alors, il suffit qu'une femme soit absente et qu'on
ne sache pas où elle est allée...

— On avait probablement d'autres indices.

— Mais maintenant que je suis revenue, on doit être fixé sur la valeur de ces suppositions ridicules.

— Il est certain du moins que ce n'est pas vous, princesse, qu'on a assassinée.

— Alors, pourquoi vous êtes-vous introduit chez mon mari sous un faux nom... et sous prétexte de faire sa partie d'échecs?... Vous allez me répondre que c'était avant mon retour. Mais pourquoi êtes-vous revenu aujourd'hui, après avoir constaté cette nuit que je me portais à merveille? Est-ce que vous le soupçonnez d'avoir tué quelqu'un?

Le moment critique était arrivé pour Piédouche. Les faux-fuyants n'étaient plus de saison. Il venait d'avouer à peu près qu'il appartenait à la police secrète. Il fallait maintenant s'expliquer catégoriquement et préciser une accusation.

Contre qui? Contre le prince que sa femme venait de malmener à propos de Xénia, la suivante disparue. L'idée d'un meurtre commis par ce boyard avait germé tout à coup dans le cerveau de Piédouche, pendant que la princesse réclamait sa favorite avec une violence extraordinaire, et Piédouche, selon son invariable habitude, avait déjà bâti sur cette donnée tout un échafaudage de raisonnements.

Il se disait : Yalta connaît les écarts de sa noble épouse, et il les tolère parce qu'il ne peut pas faire autrement. Elle est quatre fois plus riche que lui, et s'il s'avisait de divorcer, il y perdrait. Mais il a voulu lui donner une leçon, et il s'en est pris à cette pauvre diablesse de femme de chambre qui servait les amours illégitimes de sa maîtresse, et qui refusait peut-être de se prêter aux caprices de son maître. Il a résolu de la supprimer, et il a mis à la supprimer un raffinement de cruauté qui sent le Russe d'une lieue.

Il a fait empoigner Xénia, après le départ de la princesse; on l'a traînée de force dans ce pavillon des rendez-vous et on l'y a exécutée, comme on exécute quelquefois les condamnés sur le théâtre de leur crime.

Et pour que rien ne manquât à cette parodie des exécutions légales, ils l'ont bel et bien décapitée. Il eût été plus simple de la pendre, mais le prince ne voulait pas que le cadavre fût reconnu et il a donné l'ordre de lui couper la tête. Elle doit être enfouie quelque part dans l'hôtel, cette tête, et en cherchant bien, on l'y trouvera. La princesse nous y aidera peut-être. Cette fille lui était chère, à plus d'un titre, et elle exècre le prince autant qu'elle le méprise. En la poussant un peu, j'obtiendrai d'elle des révélations précieuses. La question est de savoir jusqu'où elle voudra s'avancer. C'est une fine mouche, et avec elle il faut jouer serré.

— Eh! bien, parlerez-vous, lui demanda-t-elle brusquement. M'expliquerez-vous dans quel dessein vous avez essayé de prendre pied dans cet hôtel et pourquoi vous êtes consterné d'en avoir été chassé, comme vous venez de l'être par mon mari?

Oh! pas de protestations, s'il vous plaît. Je sais, à n'en pas douter, que vous êtes attaché à la police, et cela m'est parfaitement indifférent. Je n'ai pas de préjugés et si vous me renseignez sur le point qui m'intéresse, je vous récompenserai largement.

— Encore faudrait-il me l'indiquer, ce point, murmura Piédouche.

— Ma femme de chambre a disparu. Pensez-vous qu'on l'a tuée?

— Je pense que si on a tué quelqu'un, ce ne peut être qu'elle.

— Voilà une réponse qui ne vous compromettra guère, mais elle ne me suffit pas. J'en veux de plus nettes, et je vais vous mettre sur la voie. Vous saviez que j'étais la maîtresse de M. Duroc, que je le voyais dans une maison d'un passage qui va de l'avenue Montaigne à la rue de Marbeuf, et que, la nuit de samedi à dimanche, je ne suis pas rentrée chez moi. Vous en avez judicieusement conclu que mon amant m'avait assassinée.

Hier, je reviens à Paris, après une absence de huit jours ; je n'y trouve plus Xénia, que j'y avais laissée, et j'apprends que personne ne l'a vue depuis samedi soir. J'ai interrogé mon mari devant vous, et vous venez d'entendre comme il m'a répondu.

— Il se peut qu'il ait deviné la vérité. Votre femme de chambre était fort jolie, paraît-il, et à Paris, une jolie fille est exposée à bien des tentations.

— Qui n'ont jamais tenté Xénia. Il n'a tenu qu'à elle d'être la maîtresse du prince, je le sais. Il lui a offert des monceaux d'or pour la séduire... il lui a même offert de l'épouser. La loi russe admet le divorce.

— Et elle a refusé !

— Je le crois... ou du moins, je n'ai pas de raisons d'en douter.

— Alors, ce serait donc pour la punir de ses refus...

— Que le prince l'aurait fait assassiner. Prouvez-moi cela et je me charge de la venger.

— Je suis hors d'état de le prouver et même je ne le crois pas. C'est à peine si j'ai des soupçons.

— Mais vous pouvez les vérifier ces soupçons.

— C'est bien difficile. Cependant, si vous daigniez m'éclairer sur les circonstances dans lesquelles cette personne a disparu...

— Les voici : samedi dernier, après la Bourse M. Duroc est venu m'apporter une somme que me de-

vait mon agent de change, et n'ayant pas le temps de
faire appeler mon intendant pour la lui remettre, je
l'ai enfermée dans une aumônière que j'accroche à ma
ceinture et que je ne quitte presque jamais. Je suis
allée dîner avec M. Duroc.

— Oui, à Asnières.

— Vous êtes bien informé, à ce que je vois. Après le
dîner, nous sommes revenus à Paris et vers neuf heures
nous entrions ensemble dans le pavillon. Ma voiture et
mes gens m'attendaient au coin de la rue Marbeuf.

— Duroc a déclaré à M. Jolras que vous l'aviez quitté
à la porte.

— Il a menti. Je suis entrée avec lui et comme je
pensais rester jusqu'au jour, j'ai retiré de mon aumônière les billets qui me gênaient et je les ai serrés dans
un compartiment secret du meuble où il les a trouvés.

— Vous les avez serrés en présence de Duroc?

— Non. Il était à ce moment-là dans le cabinet de
toilette et je ne crois pas qu'il m'ait vue. C'est bien par
hasard que, plus tard, il les a découverts.

Dix minutes après, une querelle violente s'élevait
entre nous. Cela arrivait souvent et toujours pour le
même motif. Il refusait de me suivre en Russie où je
voulais l'emmener. Cette fois, je suis partie exaspérée
et dégoûtée de sa pusillanimité, oubliant les trois cents
mille francs et me jurant de l'oublier lui-même. Je suis
rentrée ici, je lui ai écrit une lettre pour lui signifier que
je ne le reverrais de ma vie, je l'ai remise à Xénia avec
ordre de la porter le lendemain au pavillon...

— Duroc l'a reçue. On l'a saisie dans son portefeuille,
lorsqu'on l'a arrêté.

— Xénia l'a-t-elle portée, comme je le lui avais commandé, ou la lui a-t-on prise, et celui qui l'a prise
l'a-t-il envoyée par la poste, je l'ignore... ce que je sais

fort bien, c'est que Xénia m'attendait dans ma chambre à coucher, qu'elle a préparé mon sac de voyage, et que je l'ai laissée chez moi...

— Vous êtes donc partie cette même nuit?

— Oui, j'ai pris le train du Havre, à minuit et demi. Je ne voulais pas attendre au lendemain et c'était le seul. J'ai dû me faire conduire à la gare par un cocher de mon mari. Le mien et mon groom qui m'avaient ramenée à l'hôtel n'étaient déjà plus là.

— C'est bon à savoir et à retenir, pensa Piédouche.

— Xénia m'a suppliée de lui permettre de m'accompagner, reprit la princesse. On eût dit qu'elle avait le pressentiment d'un malheur. Je n'ai pas écouté sa prière, et je m'en repens, car Dieu sait ce qu'il est advenu d'elle.

— Mais, à votre retour, vous avez dû interroger vos gens... votre concierge, entre autres...

— Mes gens n'ont rien vu. Xénia a dû sortir par la porte d'un escalier dont elle avait la clef... un escalier qui donne directement dans la rue de Tilsitt.

Piédouche hochait la tête et se taisait.

— Me permettrez-vous, princesse, dit-il après un court silence, de vous demander quelle est la première idée qui vous est venue, après avoir constaté cette étrange disparition?

— Je n'ai pas de comptes à vous rendre, répliqua la princesse avec humeur; c'est vous qui me devez des explications, et je les attends.

— Elle ne veut pas dénoncer son mari, pensa Piédouche. C'est assez naturel. Maintenant, dois-je lui dire ce que je sais, ou du moins une partie de ce que je sais?... Pourquoi pas, après tout? Ça l'excitera peut-être à parler et je serai toujours maître de m'arrêter sur le chemin glissant des confidences.

— Votre police a-t-elle eu connaissance qu'un meurtre ait été commis à Paris, depuis une semaine? reprit Nadèje.

— Oui, madame. Et on sait que ce meurtre a été commis dans le pavillon du passage.

— Comment le sait-on?

— Le pavillon a été visité du haut en bas et on a trouvé dans le chauffoir de la salle de bains, des traces de sang, quoique le carreau ait été lavé avec soin par le meurtrier... ou plutôt par les meurtriers, car ils étaient plusieurs. La victime a été bâillonnée et garrottée sur une chaise dont il n'est resté que des débris... on a arraché la paille et gratté le bois qui devaient être imprégnés de sang... et j'ai acquis la presque certitude que la malheureuse ainsi liée a été décapitée... d'un coup de sabre probablement.

— C'est épouvantable, murmura la princesse, qui avait pâli en écoutant ces horribles détails.

— Et c'est une femme qu'on a traitée de la sorte!

— Mais, heureusement, rien ne prouve que cette femme soit Xénia.

— Non... et même jusqu'à présent personne n'avait songé à elle.

— Naturellement, puisque vous avez cru que c'était moi. Je comprends d'où est venue l'erreur. On se figurait que mon mari, ayant appris que je le trompais, et s'attribuant le droit de haute justice qui n'existe plus, même en Russie, m'avait livrée à un bourreau de son choix. Vous ne connaissez pas le prince. Il mettrait le feu à une ville pour satisfaire un de ces caprices, et la mort d'une créature humaine n'est rien à ses yeux, mais il n'oserait pas porter la main sur moi. Je suis son égale et même quelque chose de plus. Mes ancêtres étaient au siège de Kasan, sous Ivan le Terrible, alors que les

siens commandaient en Crimée de misérables hordes de
Tartares.

— Mais Xénia n'avait pas d'ancêtres, puisqu'elle était
fille de serfs, murmura Piédouche.

— Il n'y a qu'une chose que je ne comprends pas,
reprit la princesse, sans relever cette insinuation très
claire. Je ne comprends pas pourquoi la police s'est
avisée de visiter le pavillon.

— Votre liaison avec Duroc était connue... on savait
que vos rendez-vous se donnaient là... et votre absence
inexpliquée...

— Vous ne dites pas tout. Il doit y avoir une autre
raison.

Piédouche hésita un peu, mais il se décida à faire un
pas de plus dans la voie des aveux.

— C'est vrai. Une histoire racontée par des filles,
dans un souper, a été répétée à un commissaire.

— Des filles?

— Oui, madame. De celles qui ont un train et un
hôtel. Une Hongroise, récemment arrivée à Paris, qui
s'intitule la baronne de Lugos... et une vieille garde
nommée Lucie Travers.

— Je les connais de vue et je viens de les rencontrer
au Bois. Qu'ont-elles donc dit?

— La nuit du samedi au dimanche, vers trois heures
du matin, en venant souper dans un restaurant des
Champs-Elysées, elles ont vu s'arrêter près du Palais de
l'Industrie un coupé attelé d'un cheval qu'elles prétendent être russe et conduit par un cocher barbu,
comme le sont les cochers de votre pays.

— Eh bien! quand le cheval et le cocher seraient
Russes?

— Ah! voilà!... c'est que de ce coupé, elles ont vu

descendre un homme vêtu comme un charbonnier
portant un sac sur son dos.

— C'est absurde. Elles ont inventé cela.

— Elles jurent que non et que cet homme s'e
dirigé vers la Seine.

— Et vous en avez conclu qu'il allait y jeter
cadavre. C'est aller un peu vite et jusqu'à ce qu'on
repêché ce cadavre, il serait sage de douter de l'exac
tude d'un récit qui fait honneur à l'imagination de c
créatures.

— On n'a pas eu la peine de repêcher le cadavr
L'homme qui le portait l'a abandonné au bord de la
vière près du pont des Invalides. Cet homme a été re
contré sur le quai par trois messieurs qui ont eu la c
riosité de savoir ce qu'il y avait dans son sac. Ils allaie
l'aborder pour le lui demander. Mais il s'est enfui, apr
s'être débarrassé de son fardeau pour courir plus vit
Ces messieurs lui ont donné la chasse et il ne leu
a échappé qu'en sautant à l'eau. S'y est-il noyé? J'e
doute, quoiqu'on ne l'ait pas vu reparaître.

— Mais alors ils ont ouvert le sac?

— Oui, princesse. Et ils y ont trouvé le corps d'un
jeune femme emmailloté dans des feuilles de plomb.

— Quelle horreur! s'écria la princesse, très émue
Mais alors on doit savoir qui elle est. Il n'y avait qu'
l'exposer. Quelqu'un l'aurait reconnue.

— Non, madame; personne ne l'aurait reconnue. L
tête manquait.

— Oh!... c'est à n'y pas croire.

— Ce n'est que trop réel. Le corps a été embaumé e
si jamais la tête se retrouve, on arrivera peut-être
établir l'identité. Mais je commence à croire que cett
tête a été détruite par un procédé quelconque... brûlé
peut-être.

La princesse jeta sa cigarette et se leva. Piédouche dut se lever aussi, quoiqu'il espérât bien que l'audience n'était pas finie.

Il comptait l'amener à formuler contre son mari, dans un accès de colère, une accusation directe.

— Monsieur, lui dit-elle tout à coup, vous m'apprenez une affreuse histoire, mais vous n'avez pas encore répondu à ce que je vous ai demandé. Comment cette lugubre découverte a-t-elle suggéré à la police l'idée de visiter le pavillon?

Piédouche s'était trop avancé pour s'arrêter. Il alla jusqu'au bout.

— Princesse, dit-il, le corps portait de nombreuses traces de piqûres de morphine.

— Des piqûres de morphine!... eh bien!... quel rapport?... Ah! j'y suis, dit la dame en riant d'un rire saccadé. On aura su que j'ai l'habitude de me piquer avec de la morphine pour calmer des douleurs névralgiques auxquelles je suis sujette, et on en a conclu immédiatement que ce cadavre était le cadavre de la princesse Yalta.

Voilà, convenez-en, une conclusion hasardée.

— Les piqûres, répondit Piédouche, n'étaient qu'un premier indice... un indice que les indiscrétions de ces filles sont venues ensuite corroborer... le coupé attelé d'un cheval russe et conduit par un cocher russe... l'homme qui en est sorti portant un sac est évidemment celui qu'on a poursuivi sur la berge de la Seine et qui s'est jeté à l'eau... on s'est informé et on a appris qu'il y avait à Paris une grande dame étrangère que, dans son pays, on surnommait la princesse Morphine... excusez ma franchise, vous m'avez demandé la vérité... je vous la dis.

— Je ne vous en veux pas. Continuez.

14

— Alors on a pensé à vous, madame. Votre liaison avec Duroc n'était pas un mystère. Vous veniez tous les jours le chercher à la Bourse, et à partir de samedi, vous avez cessé d'y venir. On s'est renseigné à l'hôtel de la rue de Tilsitt. Vous en êtes sortie, la nuit du samedi au dimanche, et vous n'y êtes pas rentrée. Vos gens disaient que vous étiez en voyage, mais on a cru qu'il vous était arrivé malheur. Et toutes les recherches ont été dirigées dans le sens de cette hypothèse qui, plus tard, s'est trouvée fausse.

— Je comprends. Arrivez au pavillon. Comment l'a-t-on trouvé? Et pourquoi a-t-on supposé que le meurtre avait été commis là et pas ailleurs.

— On a accusé Duroc, dès le premier moment. C'était assez naturel. On le savait jaloux de vous et les crimes inspirés par la jalousie ne sont pas rares. On a pensé qu'à la suite de ce dîner que vous aviez fait ensemble, une querelle s'était élevée entre vous... et on ne se trompait pas, puisque vous avez rompu avec lui ce soir-là. Cette querelle devait s'être dénouée dans la maison où vous vous rencontriez habituellement. Découvrir l'endroit où se trouvait cette maison, c'était le pont aux ânes pour une police bien faite. Trois jours après le meurtre, un agent supérieur la visitait avec soin, constatait que le chauffoir avait été inondé de sang et organisait immédiatement une surveillance.

C'est ainsi que Duroc a été pris empochant la somme oubliée dans un meuble et ce n'était pas la première fois qu'il venait au pavillon du passage. Il y entrait tous les jours depuis votre départ.

— C'est vous même, avouez-le, qui avez fait tout cela.

— Ce n'est pas moi qui l'ai arrêté, mais j'ai préparé son arrestation. Pourquoi m'en cacherais-je, au point où nous en sommes?

— Alors c'est à vous que ces créatures ont raconté l'histoire du charbonnier sortant d'un coupé de maître ?

Piédouche fit un signe affirmatif.

— Et c'est vous aussi qui avez rencontré cet homme sur le quai, qui lui avez donné la chasse et qui avez ouvert le sac ?

— C'est moi, seulement je n'étais pas seul.

— Vous étiez escorté par des agents subalternes, je le pense bien.

— Non, madame. Si je me suis mêlé de cette affaire, c'est tout à fait par hasard. Je sortais d'un bal de charité avec deux messieurs que je connais... des jeunes gens de la Bourse... lorsque j'ai aperçu un individu habillé comme un charbonnier et pliant sous le poids d'un gros sac... ce transport nocturne m'a paru suspect...

— Des jeunes gens de la Bourse, dites-vous ?

— Des camarades de Duroc. Aussi, me suis-je bien gardé de leur faire part de mes conjectures. Ils se seraient empressés de l'avertir... l'un d'eux surtout.

— Edmond de Chemazé, qui va épouser la sœur d'Éric et que vous avez vu tout à l'heure dans ma voiture, n'est-ce pas ?

— Oui, princesse. Il m'a dénoncé à vous ; je puis bien le dénoncer à mon tour. L'autre est un M. Julien Fresnay qui a eu le bon sens de ne pas s'occuper des suites de cette aventure et de n'en parler à personne. Celui-là ne sait pas que Duroc est arrêté.

— Mais l'autre sait maintenant que vous êtes de la police.

— Il s'en doute, mais il n'en est pas sûr. Il est venu me faire une scène à mon cercle et pour le calmer, je l'ai adressé à un des grands chefs de la préfecture, à Jolras qui, je suppose, lui aura conseillé de venir intercéder auprès de vous pour Duroc. Jolras doit être d'avis de faire mettre en liberté ce jeune homme, et ce n'est pas moi qui m'y opposerai, car depuis que j'ai eu l'honneur de vous voir, j'ai acquis la conviction qu'il est innocent même du vol... à plus forte raison du meurtre.

Ce discours était une invite, Piédouche avait intérêt à savoir ce que la princesse pensait de la culpabilité de Duroc, afin de l'amener ensuite à accuser son mari, mais elle s'abstint d'exprimer son opinion sur le cas de son ancien amant.

— C'est donc grâce à vous que le public ne s'est pas occupé de cette femme décapitée, dit-elle en regardant avec une certaine bienveillance le soi-disant diplomate.

— Grâce à moi seule, madame. Je me flatte d'avoir agi avec une prudence que beaucoup de mes collègues n'auraient pas eue. J'ai senti qu'un éclat serait très préjudiciable à des personnes aussi haut placées que le sont le prince et la princesse Yalta et j'ai obtenu qu'on temporisât. Je m'en félicite d'autant plus qu'on n'était pas sur la bonne piste. L'arrestation de M. Duroc est un malheur facile à réparer.

— Ainsi, depuis huit jours, vous n'avez rien fait pour découvrir l'assassin?

— Nous croyions le tenir et nous attendions.

— Alors, vous n'avez pas interrogé mes domestiques?

— Pas encore. J'avais des raisons particulières pour ne pas m'adresser à eux.

— Je les devine vos raisons. Vous pensez qu'ils ont aidé le meurtrier.

— J'ai eu en effet cette idée, mais je me suis contenté de les observer.

— Et afin de ne pas les perdre de vue, vous vous êtes introduit chez le Prince qui vient de vous mettre à la porte. Qu'allez-vous faire maintenant?

Piédouche baissa le nez et son visage se rembrunit.

Il comptait interroger la princesse et c'était elle qui le mettait sur la sellette.

— Observer encore, observer toujours, répondit-il évasivement.

— Vous vous imaginez donc que je vais continuer à vous recevoir ? demanda-t-elle d'un air méprisant.

— Non, princesse, je ne me flatte pas que vous me ferez cet honneur. Mais, j'ose espérer qu'avant de me renvoyer, vous voudrez bien me donner quelques indications pour m'aider à découvrir les scélérats qui ont coupé la tête à votre femme de chambre. Elle vous était dévouée et vous la regrettez, puisque vous avez exprimé le désir de la venger.

— Il faudrait d'abord que je fusse certaine que c'est elle qu'on a tuée.

— Me permettrez-vous de vous demander s'il est à votre connaissance qu'elle eût recours habituellement aux piqûres de morphine ?

— Je n'en sais rien. Il est possible qu'elle fît comme moi. Elle était très nerveuse. L'instrument dont je me servais et le poison étaient à sa disposition. Mais si elle en eût fait usage, elle se serait bien gardée de me le dire.

— Le corps enfermé dans le sac était couvert de marques sur l'origine desquelles il est impossible de se méprendre, au dire des médecins qui l'ont examiné. Et ce corps, vous seule peut-être, Princesse, vous pourriez la reconnaître, dit audacieusement Piédouche. On l'a embaumé, et si vous vouliez...

— Moi ! s'écria la Russe, que j'aille m'infliger cet affreux spectacle ! Vous êtes fou. A quoi bon, d'ailleurs, puisque vous ne pourriez pas me montrer le visage de Xénia.

14.

— Les extrémités sont d'une finesse extraordinaire...
Les mains surtout sont très reconnaissables pour qui les
a vues une fois, et il y a deux grains de beauté sur
l'épaule gauche... Mais je comprends votre répugnance, madame, et je n'insiste pas... Il ne me reste
donc qu'à continuer à procéder comme j'ai procédé
jusqu'à présent... nous ferons de la politique expec-
tante. Elle est à la mode en ce moment.

— En attendant, vous faites de l'esprit. Parlez-donc
sérieusement et expliquez-moi votre plan, si tant est que
vous en ayez un.

— J'ai du moins une opinion très arrêtée.

— Exposez-la moi.

— D'abord, je ne doute plus que le corps ne soit
celui de Xénia. D'autres que vous, princesse, le recon-
naîtront peut-être quand le moment sera venu, mais
nous n'en sommes pas là.

Ensuite, je crois fermement que Xénia a été assassinée par des gens de votre maison.

— Qu'entendez-vous par ces mots : des gens de ma
maison.

— Des domestiques. Les vôtres devaient être jaloux
de la préférence que vous lui accordiez. Peut-être aussi
l'un d'eux lui avait-il fait la cour et lui en voulait-il
parce qu'elle ne daignait pas correspondre à sa flamme.
Ils ont profité de votre absence pour mettre à exécu-
tion un complot abominable.

Et je m'explique assez bien comment ils s'y sont pris.
Ils savaient qu'elle allait souvent seule au pavillon.
Vous lui aviez précisément commandé cette nuit-là d'y
porter une lettre. Ils l'auront suivie et ils l'auront surprise. Tout était préparé... absolument comme dans
l'affaire du crime du Chatou... qu'ils ont perfectionné
d'ailleurs, puisqu'ils ont coupé et fait disparaître la tête

de la victime... Peut-être aussi croyaient-ils que Xénia avait sur elle cet argent que vous veniez d'oublier dans un meuble.

— Il m'est arrivé souvent de lui confier de très grosses sommes. Alors, vous pensez que mes gens... il est vrai que mon groom et mon cocher n'étaient pas là quand j'ai eu besoin d'eux pour me conduire à la gare...

— Et votre cocher vous a dit ce matin que le Prince l'avait fait appeler... vers minuit, je crois... le crime a dû être commis un peu plus tard... il est vrai que le Prince affirme que votre cocher a menti.

— Le Prince!... alors, ce serait donc lui qui... non, c'est impossible... il exécrait cette pauvre Xénia, mais il n'aurait pas osé.

— Vous indiquez là une supposition que je ne me permettrais pas de mettre en avant. Votre mari est au-dessus du soupçon comme vous l'êtes vous-même, et je ne songe point en ce moment à l'accuser. Dans tous les cas, ce serait prématuré. L'avenir... un avenir très prochain, nous fournira des éclaircissements.

— S'il avait fait cela, dit la princesse, en se parlant à elle-même, je ne chercherais pas à le sauver du châtiment qu'il aurait mérité.

— Nous nous en prendrons exclusivement aux domestiques suspects. Leurs démarches et leurs conversations seront surveillées. Mais on ne s'assurera de leurs personnes qu'à bon escient. Nous ne voulons pas nous tromper deux fois.

— Et s'ils avouaient qu'ils ont été payés par mon mari pour égorger Xénia?...

— Alors, madame, le prince serait arrêté. Devant la justice française, tous les hommes sont égaux.

— C'est bien... me promettez-vous de ne rien faire sans me prévenir? En revanche, je vous promettrai, moi,

de ne pas répéter au Prince ce que vous venez de me
dire.

— C'est convenu, madame.

— Allez, monsieur, je ne vous retiens plus, dit la
princesse, en pesant sur un timbre électrique.

Un valet de pied parut; elle lui dit quelques mots en
russe, et elle congédia d'un geste royal Piédouche, qui
sortit de l'hôtel beaucoup plus satisfait qu'il ne l'était
en y entrant.

— L'affaire est dans le sac, se disait-il en se dirigeant
à grands pas vers l'avenue des Champs-Elysées; oui,
dans le sac, comme le joli petit corps de Xénia... tiens!
c'est un mot... parbleu! j'ai bien le droit de faire des
mots pour rire un peu, car je suis content de moi... et
s'ils ne sont pas contents à la Préfecture, ils seront difficiles. Voilà une bévue noblement et proprement
réparée.

Le Prince a fait assassiner par Stéphane et Vacili la
favorite de sa femme, c'est clair comme le jour, et
nous aurons un joli procès. Pourvu que l'ambassade
russe n'intervienne pas pour étouffer l'affaire?... Non,
ces Yalta ne sont pas en odeur de sainteté dans leur
pays et leur gouvernement les laissera se débrouiller
comme ils pourront. Et la princesse ne reculera pas
devant le scandale pour venger sa favorite... Je connais
les femmes et je mettrais ma main au feu que celle-là
verrait guillotiner son mari sans broncher. Ce serait la
peine du talion qu'on lui appliquerait, à ce sauvage, et
il ne l'aurait pas volé.

Je vais m'entendre avec Jolras. On commencera par
empoigner Stéphane et Vacili. Ils ne se feront pas prier
pour *manger le morceau*, et quand ils auront dénoncé
leur maître, on le coffrera, sans respect pour les rois de
Crimée, ses ancêtres. Il ne se doute de rien, car cette

excellente Morphine se gardera bien de l'avertir. Par exemple, si elle compte que je la tiendrai au courant de ce que nous ferons, elle se trompe. J'ai promis, mais ces promesses-là n'engagent à rien.

Bon ! mais j'y pense... et Duroc?... Ma foi ! je vais conseiller à Jolras de le lâcher, quand ce ne serait que pour nous débarrasser de cet Edmond de Chemazé qui est venu se fourrer dans nos jambes.

Sur cette conclusion, Piédouche sauta dans un fiacre qui passait et se fit conduire à la Préfecture.

VI

En quittant la princesse, Edmond de Chemazé s'en était allé tout droit cité d'Antin.

Il n'avait plus rien à faire à la préfecture, car il savait bien que M. Jolras ne l'autoriserait pas à voir Éric et il lui tardait de rassurer Laure qu'il avait quittée la veille en lui promettant de revenir le lendemain.

Elle devait l'attendre avec impatience, car la journée tirait à sa fin, et peut-être l'accusait-elle déjà d'indifférence, ou tout au moins de négligence.

La promenade au Bois l'avait mené jusqu'à cinq heures passées et il s'était engagé à revenir le soir, à dix heures, prendre le thé chez la princesse.

Il le regrettait déjà cet engagement pris un peu à la légère, mais il n'y pouvait pas manquer, sous peine d'irriter cette femme qui tenait entre ses mains le sort de Duroc.

Il lui restait donc à peine le temps de s'entretenir avec sa fiancée qui n'espérait plus qu'en lui, et cet entretien ne l'inquiétait pas beaucoup moins que le rendez-vous de Mme Yalta.

Que dire à la sœur du prisonnier? Fallait-il continuer à soutenir qu'Éric avait été enlevé par une femme, ou avouer la vérité, en l'assaisonnant d'assurances consolantes?

Edmond inclinait à prendre ce dernier parti, car il lui paraissait difficile de tromper longtemps sa fiancée sur la cause de la subite disparition d'Éric, et de plus, il ne doutait pas que la princesse ne témoignât en faveur de son ancien amant. Il ne tenait qu'à elle de prouver qu'il était innocent et tout annonçait qu'elle était disposée à lui venir en aide, sinon le jour même, du moins à très bref délai.

Restait à savoir à quel prix elle mettrait ce service et de ce côté Edmond n'était pas tranquille, mais il se croyait de force à se défendre contre les tentations de séduction qu'il prévoyait.

Et en attendant l'entrevue décisive avec la princesse Morphine, il pouvait bien confesser à Mlle Duroc que son frère, victime d'une méprise, avait été conduit au dépôt d'où il allait bientôt sortir, Laure devait apprendre tôt ou tard qu'il y était entré, car Éric n'était pas homme à lui cacher son aventure, lorsqu'elle aurait pris fin. Mieux valait qu'elle sût dès à présent à quoi s'en tenir.

Edmond la trouva tout en larmes, et aux premiers mots qu'il lui dit pour essayer de la calmer, elle l'interrompit en lui demandant :

— D'où venez-vous?

La question était embarrassante et l'amoureux se garda bien d'y répondre catégoriquement.

— Pardonnez-moi d'avoir tant tardé dit-il. J'ai dû remplacer Éric, à la Bourse, et j'ai été retenu chez l'agent de change... j'avais à mettre en règle les opérations que j'ai faites pour son compte.

— Vous aussi, vous me trompez, murmura la jeune fille.

— Je vous jure que, depuis hier, je ne me suis occupé

que d'Éric, s'écria le fiancé, tout surpris de la tournure que prenait cette conversation à laquelle il s'était si longuement préparé.

Laure s'en prenait à lui, au lieu de s'informer de son frère. Que s'était-il donc passé et que voulait-elle dire en lui reprochant de la tromper ?

— Vous venez du Bois de Boulogne, où vous vous promeniez en voiture avec une femme, reprit Laure en le regardant fixement.

— Comment savez-vous cela ? demanda Edmond, stupéfait.

— Lisez ! dit-elle, en lui tendant un papier.

Il le prit et il vit que c'était un feuillet arraché d'un carnet de poche, un feuillet qu'on avait plié en quatre, après y avoir écrit au crayon ces quatre lignes :

« Avertissez donc votre frère que votre amoureux lui a *levé* sa princesse. En ce moment, elle promène Edmond, dans son *duc* autour du lac. »

— C'est une infamie ! s'écria-t-il, et je devine qui l'a commise.

— Ce billet vient d'être remis au concierge par un cocher qui conduisait deux femmes.

— Deux coquines que vous avez entendues hier soir, à l'Hippodrome, où elles occupaient une loge à côté de la nôtre. Les propos qu'elles tenaient n'étaient que la préface de l'ignoble dénonciation qu'elles vous envoient. Elle ne nous ont pas pardonné, à Éric et à moi, de les avoir quittées dès le début d'un souper où Julien Fresnay m'avait entraîné. Et elles se vengent en me calomniant.

— Comment savez-vous que ce sont ces femmes qui m'ont écrit ?

— Je les ai rencontrées...

— Au Bois de Boulogne! Et elles vous ont vu...

— Avec une étrangère dont Éric s'est follement épris,
c'est vrai. Mais vous ne me soupçonnez pas, je l'espère.
de m'occuper d'elle, et si je vous disais pourquoi j'ai
consenti à monter dans sa voiture...

— Dites-le.

— J'étais allé chez elle pour lui parler d'Éric... je l'ai
trouvée dans la cour de son hôtel, et elle n'a consenti
à m'entendre qu'à condition que je l'accompagnerais.

— Lui parler d'Éric! Elle ne l'a donc pas emmené
comme vous l'affirmiez hier soir?

— Je m'étais trompé.

— Non; vous me trompiez. Mon frère n'est pas
rentré. Je ne l'ai pas revu, depuis qu'il m'a quittée à la
sortie de l Hippodrome, et vous saviez qu'il ne reviendrait pas aujourd'hui, puisque vous vous êtes chargé de
faire ses affaires. Où est-il?

— Il a été arrêté... par erreur.

— Arrêté! alors, cet homme qui l'a abordé sous le
péristyle...

— Était un commissaire de police... et il n'a pas cru
pouvoir relâcher Éric immédiatement... il l'a emmené...

— En prison! mon frère est en prison! sanglota la
jeune fille.

— Il en sortira demain... peut-être ce soir... et
excepté moi, pas un de ses amis ne sait qu'il y est.

— De quoi l'accuse-t-on?

— De crimes auxquels personne ne croirait, si jamais
cette aventure s'ébruitait. On l'a accusé d'abord d'avoir
assassiné une femme qu'assurément il n'a jamais vue.

— Et c'est sur cette accusation absurde qu'on l'a
traité comme le dernier des malfaiteurs!

— On l'accusait aussi d'avoir volé.

15

— Ah ! c'est le comble ! Et vous me cachiez ce malheur épouvantable !

— J'espérais qu'il serait mis en liberté ce matin et que vous ignoreriez toujours cette triste histoire. Mais, je vous le jure encore, l'erreur a été reconnue... il va être relâché... seulement, il y a des formalités à remplir.

— Des formalités pour rendre justice à un innocent !...

— Une déposition à recueillir et qui va être faite par la personne qu'on suppose avoir été volée.

— Et cette personne, c'est...

— La princesse qui s'est emparée du cœur d'Éric et qui nous a tant fait souffrir. Elle m'a promis de déclarer elle-même qu'elle croyait votre frère incapable de s'approprier une somme d'argent qu'elle avait oubliée dans une maison où ils se rencontraient et qu'il a emportée pour la lui rendre.

— Et vous croyez à sa promesse !... Souvenez-vous donc qu'elle s'est fait un jeu de troubler sa raison, de l'arracher à sa sœur et à ses amis, de le pousser à sa perte. Cette femme n'a pas de cœur. Elle n'aura pas pitié de lui.

— Je ne compte pas sur son cœur. Mais elle est intéressée à le sauver. Si l'affaire avait des suites, son nom serait gravement compromis... elle est mariée.

— Nommez-la donc. C'est cette Russe qui venait le chercher jusqu'à la Bourse... Un jour que j'étais allée attendre Éric, je l'ai vu partir avec elle... et j'ai entendu dire autour de moi qu'elle avait des millions et que mon malheureux frère jouait sa réputation d'homme d'honneur, en s'affichant ainsi avec elle.

— Il l'a jouée peut-être, mais il ne l'a pas perdue... et l'affreuse mésaventure qu'il vient de subir le guérira de la fatale passion qu'une créature indigne lui avait inspirée.

— Elle ne réparera jamais le mal qu'elle nous a fait...
et si elle consent à répondre de l'innocence d'Éric, c'est
pour reprendre possession de lui et pour le torturer
encore.

— Non... elle ne l'aime plus.

— Elle ne l'a jamais aimé. Et c'est à ce monstre que
vous êtes allé demander grâce !

— Je ne lui ai pas demandé grâce. Je l'ai menacée,
au contraire, et c'est à mes menaces qu'elle a cédé.

— Ou qu'elle a feint de céder, pour se donner le plaisir de vous compromettre, vous aussi. Elle y a réussi,
puisque ces filles vous ont vu avec elle, dit Laure avec
amertume. Il me manquait cette douleur... il ne vous
manque plus que de revoir cette méchante femme.

Edmond baissa les yeux et ne répondit pas. Il sentait
bien que la pauvre enfant avait raison de lui reprocher
sa promenade au Bois, en mauvaise compagnie, et il
se prenait à douter des intentions de la princesse Morphine.

— Jurez-moi que vous ne la reverrez pas, lui dit la
jeune fille.

— Même si j'y étais forcé pour sauver Éric? demanda
Edmond en rougissant.

— Vous avouez-donc enfin qu'elle vous a imposé des
conditions.

— Elle m'a demandé de revenir pour m'apprendre
le résultat de la démarche qu'elle va faire auprès d'un
homme qui a le pouvoir de rendre la liberté à votre
frère.

— Et... vous irez?

— Oui... si vous ne me défendez pas d'y aller.

— Vous êtes maître de vos actions. Mais je veux tout
savoir. Qui donc mon frère était-il accusé d'avoir assassiné?

— Je crois qu'on l'accusait d'avoir assassiné la princesse Yalta. C'est vous dire que son innocence est déjà reconnue. La princesse avait quitté Paris sans qu'on sût où elle était. Elle a reparu et l'accusation est tombée d'elle-même.

— Et c'est sur le seul fait de l'absence de la princesse qu'on se basait pour l'accuser?

— Je ne l'affirmerais pas. J'ai su que récemment on a trouvé au bord de la Seine le cadavre d'une femme, et j'ai eu la pensée que la police avait cru que ce cadavre était celui de la princesse.

— Comment a-t-on pu s'y tromper! Tout Paris la connaît.

— Pardonnez-moi d'entrer dans des détails horribles... ce corps avait été complètement dépouillé de ses vêtements et... la tête manquait.

— C'est étrange, murmura la jeune fille, en mettant la main sur son front, comme on fait quand on cherche à se rappeler un souvenir envolé.

— Qu'importe, du reste, reprit Edmond, que cette histoire se rattache ou non à la méprise qu'Éric a payée si cher? Le commissaire m'a dit lui-même qu'il n'était plus question de cette accusation ridicule.

— Le commissaire qui a arrêté Éric?

— Lui-même.

— Vous l'avez vu?

— Ce matin, et c'est lui qui m'a conseillé de me présenter chez la princesse Yalta. J'ai pu aborder ce monsieur, grâce à la recommandation que j'ai arrachée à un homme qui n'a pas peu contribué à l'arrestation d'Éric... L'homme que vous avez vu hier dans la loge de ces drôlesses.

— J'en avais le pressentiment. Sa figure m'inspirait

une antipathie que je ne m'expliquais pas... Sans doute,
il était venu là pour espionner mon frère?

— J'en suis convaincu, quoiqu'il nie énergiquement
sa connivence avec la police. Nous avons, Éric et moi, le
malheur de le connaître, parce qu'il fréquente la Bourse
où il se fait passer pour un ancien diplomate. Je l'ai
menacé de le dénoncer, s'il refusait de m'indiquer le
moyen d'arriver jusqu'à ce chef supérieur qui m'a reçu
aujourd'hui et il me l'a indiqué, tout en protestant que
je me trompais sur son compte... ce qu'il y a de singulier, c'est qu'au moment où j'ai rencontré la princesse
dans la cour de son hôtel, il entrait, lui, chez le prince.

— Oui, c'est singulier, murmura Mlle Duroc, qui
depuis un instant, semblait s'absorber dans ses pensées.

— J'ai prévenu la princesse que cet homme était un
espion, reprit Edmond, et elle m'a répondu : j'en suis
sûre et je me charge de lui.

— Et elle habite près de la place de l'Étoile, je crois,
demanda Laure, toujours distraite.

— Oui, rue de Tilsitt.

— C'est bien, quand vous reverrai-je ?

— Vous me renvoyez !

— Je désire être seule. Revenez avec Éric. A quelque
heure que soit, vous me trouverez, si vous me le rame-
nez. Et Dieu veuille que ce soit cette nuit !

C'était un congé en bonne forme que Mlle Duroc signifiait à Edmond de Chemazé, qui n'était pas en situa
tion de réclamer.

Il s'était mis dans son tort en se montrant publiquement avec la princesse Yalta et pour se faire pardonner
cette promenade compromettante, il n'avait qu'à tirer le
malheureux Éric des griffes de la police.

Laure le lui disait en termes assez clairs et l'autorisait

ainsi, peut-être sans le vouloir, à retourner chez la Princesse qui pouvait d'un mot sauver son amant en s'épargnant à elle-même une grosse humiliation.

— Je vous demande vingt-quatre heures, dit Edmond à sa fiancée, et je vous supplie de croire que, si je vous ai offensée, c'est la fatalité qui en est cause. Je ne pouvais pas prévoir que cette femme me forcerait à monter dans sa voiture.

— Ne vous justifiez pas, répliqua vivement la jeune fille. Je ne doute ni de votre amitié pour mon frère, ni de votre amour pour moi. Je souhaite seulement que vous ne vous berciez pas d'illusions et je vous préviens que j'agirai de mon côté. Nous ne serons pas trop de deux pour délivrer Éric.

Edmond allait insister, mais d'un geste elle lui imposa silence, et il sortit sans oser ajouter un seul mot.

Il n'osa pas non plus se demander ce que Mlle Duroc allait faire pour venir au secours de son frère. Elle ne pouvait rien pour le prisonnier et la déclaration qu'elle venait de lancer n'était sans doute qu'un propos en l'air, l'expression d'un désir violent plutôt que l'annonce d'un projet sérieux et mûrement réfléchi.

D'ailleurs, quoiqu'elle fît, il comptait bien la gagner de vitesse, puisqu'il espérait en finir, le soir même, avec la princesse.

Il lui restait quelques heures à employer avant d'aller au rendez-vous qu'elle lui avait donné. C'était juste le temps de rentrer pour faire sa toilette du soir et de dîner dans le premier restaurant venu, car il ne mangeait pas chez lui, ayant toujours vécu en garçon, moins par économie que par indifférence. Les détails de ménage l'ennuyaient.

Il habitait rue Saint-Georges, à deux pas de la cité d'Antin, dans un modeste appartement, et il n'avait pour le servir qu'une vieille bonne qu'il avait fait venir du fond de la province où il était né et où il possédait quelque bien.

Il allait sortir de la maison de Duroc, lorsqu'à son grand étonnement, il vit, arrêté devant la porte, un superbe landeau à huit ressorts, attelé de deux chevaux magnifiques et conduit par un cocher en livrée éblouissante.

Deux valets de pied aussi galonnés que le cocher se tenaient debout sur le trottoir et un peu à l'écart, pendant que le maître, à demi couché dans la voiture, parlementait avec le concierge, mandé sans doute par un des domestiques.

L'équipage faisait sensation dans la Cité et quelques habitants curieux étaient sortis pour l'admirer.

— J'ai l'honneur de répéter à monsieur que M. Duroc n'est pas chez lui, disait le concierge, sa calotte grecque à la main.

— Ça m'est égal. Il faut que je lui parle et je veux qu'on me le trouve, répondait le personnage qui menait ce train royal.

— Je ne demanderais pas mieux que d'aller le chercher, mais je ne l'ai pas vu depuis hier et je ne sais pas où il est.

Monsieur, qui est son ami et qui descend de chez lui le sait peut-être, ajouta le portier en désignant Edmond qui était resté là, cloué sur place par la stupeur, quand il avait entendu prononcer le nom de Duroc.

— Eh bien ! alors, venez ici, vous ! cria le monsieur, du haut des coussins où il trônait.

Edmond, rouge de colère, s'avança, écarta rudement l'obséquieux gardien de la loge, et dit à l'homme qui l'interpellait :

— Pour qui me prenez-vous donc, je vous prie?

— Pour un ami du sieur Duroc, parbleu !

— Le sieur Duroc vous vaut bien ; moi, je m'appelle Edmond de Chemazé et je ne tolère pas les insolences. Vous me rendrez raison de celles-ci. Votre carte.

Le monsieur, sans s'émouvoir, tira de sa poche un papier, le déplia, et, après y avoir jeté les yeux :

— Edmond de Chemazé, rue Saint-Georges, 43 ; c'est bien ça.

— Que signifie ?...

— Ne vous fâchez pas et montez dans ma voiture.

— Moi ! que je monte...

— Parfaitement. Je me proposais d'aller chez vous, si je ne rencontrais pas votre ami. Nous irons ensemble.

— Pourquoi faire ?

— J'ai à vous parler de choses qui vous intéresseront.

— Je ne parle pas aux gens que je ne connais pas.

— C'est vrai, au fait !... vous ne me connaissez pas... mais vous connaissez certainement mon nom. Je suis le prince Yalta.

La foudre tombant aux pieds d'Edmond ne l'aurait pas plus atterré que cette simple énonciation d'un nom et d'un titre. Comment le mari de la princesse Morphine connaissait-il l'existence et l'adresse d'Éric Duroc et d'Edmond de Chemazé ? Que pouvait-il leur vouloir ? Et quel parti prendre ? Accepter ou refuser cette étrange invitation ? La question se posait au fiancé de Laure, comme elle s'était déjà posée, lorsque la princesse l'avait mis en demeure de l'accompagner au Bois de Boulogne. Seulement, le cas n'était pas le même et l'amoureux Edmond ne risquait pas de se compromettre en se laissant voir dans le landau du prince.

— J'ai à vous parler de ma femme, reprit tranquillement ce seigneur étonnant.

A cette déclaration, Edmond n'y tint plus. C'était la clé de tous les mystères que lui offrait là le descendant des rois de Crimée; car assurément, au cours de l'entrevue proposée par ce boyard, il allait être question des crimes qu'on imputait à Duroc et de son arrestation. Rejeter l'invitation, c'eût été manquer une occasion qui ne se représenterait plus.

— Je vous emmènerais bien chez moi, reprit le prince, mais les gens de ma femme nous verraient et ils iraient l'avertir. Chez vous, nous ne serons pas dérangés et c'est plus près. Montez donc, mon cher.

Ce : « mon cher » fit tressaillir le gentilhomme angevin qui n'était point accoutumé à ces dédaigneuses familiarités de grand seigneur, et comme il hésitait encore :

— Montez, que diable ! insista le mari débonnaire. Je n'ai pas de mauvais desseins contre vous, je vous le jure. Vous m'inspirez plutôt de la sympathie et vous en aurez la preuve quand vous aurez entendu ce que j'ai à vous dire.

Edmond avait peur que Laure ne se mit au balcon et n'assistât d'en haut à ce nouvel enlèvement. Il céda pour mettre fin à la scène qui se jouait à la porte de sa fiancée.

Un des valets de pied ouvrit la portière, et l'ami de Duroc prit place à côté du prince sans articuler un seul mot.

A peine était-il assis, que l'attelage partit comme un trait. Le valet de pied avait reçu l'adresse d'Edmond et l'avait probablement transmise au cocher qui n'attendait qu'un coup de sifflet pour rendre la main à ses chevaux.

Le prince commandait au sifflet, sous prétexte que jadis il avait servi dans la marine russe.

15.

Au moment où l'équipage débouchait dans la rue de Provence, une voiture fermée arrivait devant l'entrée de la Cité et Edmond, qui s'était tourné de façon à ne pas regarder le prince, crut apercevoir à travers la glace de cette espèce de berline assez mal tenue deux têtes qu'il connaissait bien : celle de Piédouche et celle du chef de division Jolras.

Sa première pensée fut de se demander : où vont-ils? Serait-ce chez Duroc?

Leur voiture s'était arrêtée pour laisser passer le huit-ressorts. Edmond se retourna et vit qu'au lieu d'entrer dans la Cité, elle continuait à suivre la rue de Provence derrière le landau princier qui eut tôt fait de la distancer.

La rencontre ne lui sembla pas moins bizarre. Il ne s'attendait guère à retrouver au centre de Paris Piédouche qu'il avait vu deux heures auparavant traverser la cour de l'hôtel de la rue de Tilsitt. Mais l'entretien qui se préparait le préoccupait bien davantage et, comme les deux policiers n'avaient pas fait mine de le reconnaître, il avait oublié cet incident, lorsqu'il arriva rue Saint-Georges.

Le prince, lui, n'avait rien vu. Il fumait une cigarette énorme et il suivait des yeux les bouffées de fumée qu'il envoyait au ciel.

— C'est là que vous demeurez? demanda-t-il, lorsque le landau s'arrêta devant la porte d'une maison d'apparence convenable.

— Oui, à l'entresol, dit Edmond, qui était déjà sur le trottoir.

— Tant mieux. Je me figurais que c'était sous les toits. Nadèje chante volontiers le refrain de Béranger :

Dans un grenier qu'on est bien à vingt ans!

Edmond s'abstint de relever cette boutade, qui lui donnait cependant un aperçu des surprises que le prince lui réservait. Il le conduisit à son appartement, il l'y fit entrer, s'asseoir et il prit un siège en face de lui, tout cela sans desserrer les dents.

— C'est propre chez vous, dit le prince, après avoir regardé autour de lui. Je crois même, Dieu me pardonne, que vous avez des objets d'art. Vous êtes donc à votre aise?

— Que vous importe? répliqua sèchement Edmond.

— Oh! rien... seulement, j'aurais préféré que vous fussiez pauvre, parce que vous vous seriez décidé plus facilement.

— Je ne comprends pas... et je suppose que vous n'êtes pas venu ici pour me parler de ma fortune.

— Non. Je viens vous parler de ma femme, je vous l'ai déjà dit.

— Je comprends encore moins.

— Vous êtes cependant fort bien avec elle, puisque, aujourd'hui même, elle vous promenait au Bois.

Edmond tombait de son haut. Était-ce donc une scène de jalousie que venait lui faire ce Russe qui passait à bon droit pour être le plus insouciant des maris.

— Qui vous a dit cela? demanda-t-il froidement.

— Des gens qui vous ont vus ensemble et qui ont pris la peine de m'avertir. Ils m'ont écrit du pavillon d'Armenonville et ils ont ajouté à leur lettre des indications intéressantes... par exemple, votre adresse... et l'adresse de votre ami, M. Éric Duroc...

Edmond comprit, cette fois. Évidemment, les deux coquines qu'il avait rencontrées au Bois s'étaient empressées de le dénoncer au prince, et après avoir remis la dénonciation au portier de l'hôtel Yalta, elles s'étaient avisées d'ajouter une infamie à cette mauvaise action.

Le billet au crayon que Laure avait reçu devait avoir été griffonné dans la victoria, par Lucie Travers, en descendant l'avenue des Champs-Élysées.

Jusqu'où étaient allées ces créatures en signalant au prince la présence d'Edmond dans la voiture de sa femme? C'est ce que l'ami d'Éric ne savait pas encore. Mais, quoi qu'il en fût, il eût été puéril de mentir.

— Je n'ai pas de motif pour me cacher d'avoir accompagné au Bois de Boulogne Mme la princesse Yalta, dit-il. C'est elle-même qui m'y a invité. J'étais venu pour la voir. Elle allait sortir en voiture et...

— Oh! ne vous excusez pas. Nadèje est bien libre de voiturer ceux qui lui plaisent. Et ne me donnez pas d'explications. Je n'en ai pas besoin. Je suis suffisamment renseigné... sauf sur un point. Je voulais pour l'éclaircir m'adresser de préférence à votre ami M. Duroc. Je me suis donc présenté chez lui et je ne l'ai pas rencontré, vous en êtes témoin. Heureusement, vous vous êtes trouvé là. Vous vous êtes nommé et vous avez bien voulu m'accorder un entretien qui me dispensera peut-être de recourir à M. Duroc.

Ces préliminaires n'éclairaient pas Edmond qui restait dans une incertitude inquiétante, mais qui aimait mieux se taire que de poser des questions maladroites. Il voulait, comme on dit, voir venir.

— Il faut que je vous rassure tout d'abord sur mes intentions, continua le prince avec un calme parfait. Vous vous imaginez peut-être que je viens vous chercher querelle.

Edmond fit un signe de dénégation.

— Je n'en ai jamais eu la pensée, car, tout compte fait, je suis votre obligé et je voudrais m'acquitter envers vous.

Edmond ouvrait de grands yeux. Il n'y était plus du tout.

— Mais avant de vous expliquer de quelle façon je compte vous prouver ma gratitude, j'ai à vous poser une question à laquelle je vous prie de répondre franchement.

— Parlez! dit Edmond, de plus en plus intrigué.

— Lequel, de vous ou de M. Éric Duroc, est en ce moment l'amant de la princesse Yalta?

Posée par le mari de la princesse Morphine, cette question pouvait passer pour un comble de cynisme, à moins qu'elle ne cachât un piège.

Le Russe espérait peut-être arracher à Edmond de Chemazé l'aveu d'une liaison qu'il feignait de connaître et qu'il en était seulement à soupçonner.

Quoi qu'il en fût, Edmond n'était pas obligé de répondre, et il jugea que, pour éviter de s'expliquer, il n'avait rien de mieux à faire que de se fâcher.

— Vous vous moquez de moi, je pense, dit-il sèchement. Si vous êtes venu ici pour me mystifier, je ne suis pas disposé à le souffrir, et je n'en entendrai pas davantage.

— Bon! dit le prince sans s'émouvoir, je comprends vos scrupules. Un galant homme n'avoue jamais qu'il est l'amant d'une femme... surtout quand c'est le mari qui l'interroge. Mais je vais vous mettre à l'aise. Apprenez que je sais, à n'en pas douter, que, depuis plusieurs mois, M. Éric Duroc est du dernier bien avec ma femme. Comment ne le saurais-je pas, lorsque tout Paris le sait? Elle a pris plaisir à s'afficher avec lui. Elle va le chercher à la Bourse, elle le reçoit chez elle... je crois même qu'elle l'emmène quand elle voyage...

— Si vous croyez avoir à vous plaindre de M. Duroc, pourquoi vous adressez-vous à moi?

— Parce que je ne suis pas sûr que le règne de M. Duroc dure encore. Les personnes qui m'ont écrit prétendent que vous lui avez succédé depuis quelques jours, et maintenant que je vous connais, je ne m'étonne pas que vous l'ayez remplacé, car on me l'a montré une fois, et vous êtes mieux que lui.

Edmond fit un geste de dégoût. L'impudence de ce mari le révoltait.

— Oh! ne me jugez pas sans me connaître, reprit le Prince qui lisait sur le visage du jeune homme. Je ne suis pas Français, moi, et je ne me gouverne pas d'après les principes des gentilshommes civilisés. Je suis un sauvage de race royale. Le Czar dont les ancêtres ont dépouillé les miens m'a marié, sans me consulter, quand j'avais vingt ans, à une de ses plus riches sujettes, et m'a rendu une petite partie de mes biens, à condition que j'épouserais une femme que je n'avais jamais vue. J'aurais refusé si j'avais su ce qu'elle valait. Je l'ai appris, depuis, à mes dépens, et j'ai réglé en conséquence mes rapports avec elle.

Il a été convenu que nous quitterions la Russie, et qu'elle vivrait à sa guise en me laissant vivre à la mienne. Elle a usé et abusé de la liberté que je lui laissais. Mais c'était à charge de revanche, et elle vient de déchirer le pacte conclu entre nous. Elle est venue aujourd'hui me faire une scène à propos d'une fille qui la sert et qu'elle me reproche de lui avoir enlevée. Je l'ai reçue comme elle le méritait. Mais ce n'est pas assez. Je vais me séparer d'elle définitivement.

— Vos querelles ne me regardent pas et je ne devine pas dans quel but vous venez me les raconter.

— Il est possible que je m'adresse mal et quand je serai sûr que M. Duroc n'a pas rompu avec Nadèje, j'irai lui répéter ce que je vais vous dire, ne sachant pas encore à quoi m'en tenir sur ce point important.

Je suis résolu à demander le divorce et je l'obtiendrai

certainement. J'obtiendrai même, je l'espère, que ma femme soit privée du droit d'administrer sa fortune et de jouir de ses revenus. Le scandale a été tel que les tribunaux russes m'accorderont cette compensation. Mais j'ai encore pitié de cette folle et je lui offre un moyen d'éviter la ruine. Qu'elle parte, après s'être engagée par écrit à ne jamais rentrer en Russie ni en France, et je m'engagerai, moi, à la laisser tranquille. Elle ira vivre en Amérique, en Turquie ou aux Indes, peu m'importe, pourvu que je n'entende plus parler d'elle.

— Il m'importe encore moins, à moi, et je ne comprends pas où vous voulez en venir.

— A vous prier, vous ou votre ami, de lui signifier mon ultimatum.

— Ah ! c'est trop fort, et je...

— Laissez-moi achever. Vous me répondrez ensuite. Je ne veux pas revoir ma femme ; je ne veux même pas lui écrire. Mes ordres sont donnés. Elle n'entrera plus chez moi et je ne recevrai pas les lettres qu'elle pourrait m'écrire. Tout est fini entre elle et moi. Et j'exige que d'ici à vingt-quatre heures, elle ait quitté l'hôtel.

Or, je la connais et je sais qu'elle ne partira pas seule. Il lui faut quelqu'un à torturer et elle ne cédera qu'aux instances de son amant du jour. Cet amant, je pensais que c'était M. Duroc, lorsque j'ai reçu la lettre qui m'apprend que vous venez de le remplacer dans ses bonnes grâces. Je suis allé cependant chez votre ami et le hasard a fait que je vous ai rencontré à sa porte. Je n'ai pas le temps de courir après lui. C'est donc à vous que j'expose la situation. Vous le préviendrez ou vous agirez sans lui, comme il vous plaira.

Ce que je vous demande c'est de faire en sorte que la

princesse soit informée de ma résolution irrévocable. Vous lui conseillerez de m'obéir et vous ajouterez que, si elle refuse, elle ne tardera pas à s'en repentir... vous pourrez même ajouter que je ne vous empêche pas de la suivre dans son exil doré.

— Assez, monsieur, dit Edmond en se levant. Vous m'insultez et je ne tolérerai pas que vous m'insultiez plus longtemps. Sortez! mes témoins seront chez vous dans une heure.

— Épargnez-vous la peine de me les envoyer. Je ne les recevrais pas, dit nonchalamment le prince. Puisque vous le prenez sur ce ton, je m'en vais. Mais retenez bien ceci : s'il arrive malheur à Nadèje, c'est vous qui l'aurez voulu... car je vous ai proposé un moyen de la sauver et vous n'avez pas jugé à propos de m'écouter.

Ayant dit, le prince se leva aussi et il allait gagner la porte, quand un coup de sonnette résonna dans l'appartement.

Edmond tressaillit. Il n'attendait pas de visite et il était dans une disposition d'esprit à s'inquiéter du moindre incident. Rien ne pouvait lui déplaire davantage que d'être surpris causant avec le prince Yalta, et il hésitait à ouvrir.

— Qu'attendez-vous? lui demanda ce mari philosophe. Qui vous empêche de recevoir? Il y a plusieurs pièces dans votre appartement. Laissez-moi ici. Je m'engage à ne pas chercher à voir la personne qui va entrer... alors même que ce serait ma femme.

Edmond eut envie de sauter à la gorge de cet impudent Moscovite, mais il se contint de peur de compliquer encore la situation et il courut à la porte, où l'appelait un second coup de sonnette, plus vigoureux que le premier.

Il avait eu soin d'enfermer le prince pour l'empêcher

d'entendre le dialogue qui allait s'engager avec le visiteur dont l'insistance l'exaspérait, et il s'apprêtait à recevoir fort mal cet importun.

Il demeura stupéfait en se trouvant face à face avec l'homme de la Préfecture, avec ce Jolras qu'il venait de rencontrer en voiture, flanqué de son acolyte Piédouche.

Ce personnage le salua poliment et lui dit en souriant :

— Rassurez-vous, monsieur, je n'ai affaire qu'au prince Yalta qui est chez vous.

— Comment savez-vous qu'il y est? balbutia Edmond, tout abasourdi.

— Je vous ai vu passer avec lui...

— Et vous m'avez suivi. C'est M. Piédouche qui vous l'a désigné et il n'a pas osé se présenter lui-même. Vous ne nierez plus maintenant que ce drôle est de la police.

— Qu'il en soit ou non, veuillez me mettre en présence du prince.

— Non, il me prendrait pour un de vos auxiliaires. Attendez-le dans la rue, si vous voulez; il va sortir.

— Je préfère lui parler ici, et je vous invite à me laisser entrer... dans votre intérêt et dans l'intérêt de votre ami Duroc. D'ailleurs, ce que j'ai à dire au prince n'a rien qui puisse le blesser ou l'inquiéter. Il s'agit d'un renseignement à lui demander.

Le nom de Duroc décida Edmond. Peu lui importait après tout que ce Russe qu'il méprisait se trompât sur son compte et l'espoir de servir la cause d'Éric primait toute autre considération.

Il livra passage à M. Jolras et il l'introduisit dans la chambre où le mari de la princesse Morphine attendait.

Le fonctionnaire de la préfecture l'aborda par ces mots, qui mettaient Edmond hors de cause :

— Veuillez m'excuser, prince, de venir vous chercher ici. J'allais chez vous, lorsque ma voiture a croisé la vôtre. Je me suis permis de vous suivre et on m'a dit en bas que vous veniez d'entrer avec un monsieur qui habite à l'entresol...

— Je ne vous connais pas. Qui êtes-vous et que me voulez-vous? demanda dédaigneusement Yalta.

— Je suis magistrat et je viens vous prier de vouloir bien m'accompagner au Palais de Justice pour reconnaître une femme qui a fait partie de votre maison. Elle est Russe et elle se nomme Xénia.

— Ah! fit le prince, sans manifester le plus léger étonnement.

— Il s'agit d'une simple formalité qui prendra fort peu de temps.

— Fort bien. Je suis prêt à vous suivre. Vous n'emmenez pas monsieur?

— C'est tout à fait inutile, répondit Jolras, non sans laisser percer sur son visage quelque surprise. Vous penserez sans doute comme moi qu'il vaut mieux ne pas arriver au palais dans votre équipage. J'ai ma voiture en bas.

— Parfait. Je vais renvoyer mes gens. Venez.

Edmond tombait de son haut. Comment, ce seigneur si hautain se rendait-il à la première réquisition d'un homme qui cachait à peine, sous le titre équivoque de magistrat, sa qualité de commissaire de police, et cela sans demander d'explications, et pour reconnaître une servante? Il savait donc de quoi il s'agissait. Sans doute de cette esclave à propos de laquelle la princesse lui avait fait une scène.

Et que signifiait cette question adressée à Jolras: vous m'emmenez pas monsieur? Le prince semblait l'avoir lancée comme la flèche du Parthe pour atteindre

Edmond, en donnant à entendre que sa présence au palais de justice ne serait pas inutile.

— Adieu ! reprit-il, en lançant à l'ami d'Éric un regard significatif. Suivez le conseil que je viens de vous donner et hâtez-vous de le suivre. Les heures sont des jours et les minutes sont des heures.

Edmond ne répondit pas. Il avait complètement perdu pied sur le terrain mouvant de cette nouvelle situation, et il cherchait, sans y réussir, à coordonner les idées que lui suggéraient coup sur coup ces événements étranges.

M. Jolras prit congé de lui en s'excusant de l'avoir dérangé, mais ce n'était que pour la forme, car il appuya ses excuses d'un coup d'œil évidemment destiné à rassurer l'ami du prisonnier.

Le prince descendit tranquillement l'escalier, donna en Russe un ordre à son valet de pied, alluma une nouvelle cigarette, et monta sans se faire prier dans la voiture de M. Jolras.

Ce respectable véhicule avait bien l'air d'appartenir à une administration de l'État. Il n'était pas neuf ; les chevaux, à en juger par leur maigreur, ne devaient pas manger beaucoup d'avoine, et le chapeau râpé du cocher était orné d'une cocarde tricolore.

Le Prince ne parut pas prendre garde à ces détails et à peine assis à la droite du haut policier qui le conduisait, il se mit à regarder par la portière, probablement pour lui faire comprendre qu'il ne tenait pas à entrer en conversation avec lui.

Jolras, du reste, n'essaya pas d'engager un dialogue inutile. Il était fixé sur le cas du Prince et il réservait pour un autre moment les questions qu'il aurait pu lui adresser.

Le voyage ne fut pas très long. Les chevaux, vigoureusement fouaillés, avaient fini par prendre un trot assez allongé.

La nuit tombait au moment où ils étaient partis de la rue Saint-Georges et elle était venue tout à fait lorsqu'ils s'arrêtèrent sur un quai, au coin d'un pont.

— Nous sommes arrivés, prince, dit Jolras, en descendant lestement.

Le prince en fit autant et dit d'un ton ironique :

— Alors, ce petit monument, c'est le Palais de Justice ? Je me le figurais tout autrement.

— Non, prince, dit Jolras; ce n'est pas le Palais de Justice. J'aurai probablement l'honneur de vous y conduire tout à l'heure. Mais nous avons ici une première formalité à remplir, et si vous voulez bien me suivre, ce sera très vite fait.

— Oh ! je ne suis pas pressé, répondit le Russe, sans cesser de fumer son éternelle cigarette.

Deux hommes se trouvaient là, comme par hasard, battant le pavé le long d'une palissade au milieu de laquelle il y avait une porte que l'un d'eux se hâta d'ouvrir.

Jolras fit passer devant le prince Yalta, qui regardait curieusement autour de lui.

— Tiens ! voici la Seine, dit-il en montrant la rivière qui coulait au pied d'un mur droit sur lequel s'élevait une maison basse et blanchie à la chaux. Cette bâtisse doit être très humide. Qui diable peut loger ici ?

— Veuillez entrer, reprit Jolras en lui indiquant une porte ouverte, au seuil de laquelle se tenait un individu habillé à peu près comme un garçon de bureau de ministère.

Le prince suivit sans difficulté ce subalterne, qui le conduisit à travers un corridor assez mal éclairé.

Jolras venait en serre-file.

— Nous y sommes, dit-il après avoir pris les devants et soulevé un rideau de serge verte.

Le prince fit encore quelques pas et s'arrêta court. Il avait sous les yeux un étrange spectacle.

La lumière crue de plusieurs becs de gaz tombait d'aplomb sur une table de marbre noir placée au milieu d'une salle carrée dont le plafond était voûté.

Et sur cette table se dessinait sous une couverture de toile cirée une forme humaine.

Jolras observait attentivement le prince, qui ne broncha point et qui dit d'une voix calme :

— Je comprends maintenant. Nous sommes à la Morgue.

— Comprenez-vous aussi pourquoi je vous y ai amené?

— Vous me l'avez dit ou à peu près. Il s'agit de reconnaître le corps d'une femme qui servait dans ma maison.

— Je n'ai pas dit : le corps.

— Non, mais j'ai deviné. Je sais que cette femme a disparu. Lorsque vous m'avez parlé d'elle, j'ai pensé qu'elle était morte et comme je tenais à m'en assurer, j'ai consenti à vous suivre. C'est donc elle qui est là?

— Je n'en sais rien. Et c'est pour le savoir que je suis allé vous chercher.

— Pourquoi moi et pas quelqu'un de mes gens? Ils la connaissent tous. Je l'ai amenée à Paris et elle m'appartient depuis qu'elle est née.

— Ils connaissent son visage, mais... regardez! dit Jolras en faisant signe au garçon de salle d'enlever la couverture.

Le corps nu apparut en pleine lumière. On l'avait embaumé et l'opération avait merveilleusement réussi. On aurait pu croire que Xénia était morte la veille.

Le sang-froid du prince ne tint pas devant ce lugubre tableau; il pâlit et il murmura :

— Décapitée ! c'est horrible.

— Est-ce elle? demanda M. Jolras. Approchez-vous, si vous n'avez pas peur.

— Peur ! non... je n'ai pas peur des morts. Je suis révolté, voilà tout. Xénia avait sur l'épaule gauche deux de ces signes qu'on appelle en français des grains de beauté.

— Voyez!... ils y sont.

Le prince eut le courage de s'avancer jusqu'à toucher la table.

— C'est vrai, dit-il, et l'ongle du petit doigt de la main droite est encore teint en rose. C'est une mode orientale que les femmes n'ont pas adoptée en France. Rien qu'à cette particularité, je reconnaîtrais Xénia qui avait conservé cet usage de son pays. Elle était née au pied des montagnes du Caucase.

— Alors c'est elle?

— Oui. Je l'affirme.

— Cela suffit. Veuillez me suivre.

— Au Palais de Justice? à quoi bon maintenant?

— Non. Dans le bureau du greffier, au bout de ce couloir.

Le prince suivit, sans faire la moindre observation. On eût dit qu'il avait prévu tout ce qui lui arrivait.

Jolras le conduisit dans une pièce où tout était préparé pour les recevoir : deux fauteuils et deux lampes allumées.

— Vous désirez sans doute que je signe ma déclaration, dit le prince en s'asseyant.

— Plus tard, répondit le supérieur de Piédouche. Je vous prie de répondre d'abord à certaines questions.

— Très volontiers, à condition que vous répondrez à celles que je vais vous adresser. Xénia a été assassinée, n'est-ce pas?

— Oui, et d'une étrange façon. On lui a coupé la tête avec un sabre. On l'a dépouillée de ses vêtements : on a enfermé le corps dans un sac qui a été trouvé sur le bord de la Seine.

— Quand?

— Dimanche dernier, à trois heures du matin. L'homme qui le portait l'a abandonné pour échapper à des gens qui le poursuivaient et s'est jeté dans la rivière.

— Et la tête n'a pas été retrouvée?

— Non.

— Alors, vous ignorez par qui le crime a été commis?

— Jusqu'à présent, oui, mais on est sur la trace des assassins.

— Je souhaite qu'on les prenne et qu'on les traite comme ils le méritent.

— Si je vous disais que nous sommes à peu près sûrs qu'elle a été tuée par deux de vos domestiques.

— Lesquels? demanda le prince sans sourciller.

— Un cocher nommé Stéphane, et un groom, nommé Vacili.

— Ceux-là ne sont pas à mon service. Ils sont au service de ma femme. Xénia aussi était au service de ma femme.

— Voulez-vous dire que les meurtriers ont obéi à un ordre donné par la princesse? demanda vivement Jolras.

— Pas le moins du monde. La princesse aimait beaucoup Xénia qui lui était très attachée; pourquoi aurait-elle voulu se défaire d'une servante agréable et dévouée? Ces deux coquins sont bien capables d'avoir assassiné Xénia pour la voler... ou tout simplement pour se débarrasser d'elle. Xénia les gênait. Et si vous les soupçonnez, je m'étonne que vous ne les ayez pas déjà fait arrêter.

— J'ai pensé qu'il convenait de vous interroger d'abord.

— Je vous sais un gré infini de cette attention, mais je vous répète que je ne suis pas en état de vous renseigner. Je n'ai aucune autorité sur eux et je ne les vois presque jamais.

— Vous ne les avez pas fait appeler dans la nuit de samedi à dimanche, la semaine dernière?

— Qui vous a dit cela? serait-ce par hasard un intrigant qui s'est introduit chez moi sous le nom de Disney? oui, ce ne peut-être que lui. J'avais déjà eu l'idée que ce drôle devait appartenir à la police : je vois maintenant que j'avais deviné. Je l'ai mis à la porte aujourd'hui même, mais il se trouvait là quand ma femme est venue me reprocher de m'être servi de son groom et de son cocher. Elle a quitté Paris précisément samedi et elle n'a trouvé personne pour la conduire à la gare du chemin de fer. Je lui ai répondu qu'elle se trompait, mais je n'ai pu la convaincre. Elle a préféré croire que ce que ces deux chenapans lui ont dit pour s'excuser. Je pensais, moi, qu'ils avaient passé la nuit au cabaret. Mais il est très possible qu'ils l'aient employée à commettre un crime. La princesse venait de partir et, contre son habitude, elle n'avait pas emmené sa femme de chambre. Ils ont pu attirer Xénia dans un guet-apens... car je suppose qu'ils n'ont pas eu l'audace de l'égorger dans mon hôtel...

— Non... nous savons où le coup a été fait. Voudriez-vous me dire maintenant si vous êtes resté chez vous samedi soir ?

— Diable ! vous m'embarrassez beaucoup... je ne sors presque jamais et quand, par exception, je sors, je n'enregistre pas mes sorties... cependant, il me semble... oui, c'est bien samedi que j'ai dîné au club avec quatre de mes compatriotes... après le dîner, nous avons joué, et la partie a duré jusqu'au jour. Vous me faites même souvenir que j'ai gagné deux ou trois mille louis qui doivent avoir été déposés à la caisse du cercle par les perdants et que je ne suis pas encore allé réclamer cette somme.

— Alors, au cercle on trouverait la preuve que vous y êtes entré samedi soir et que vous n'en êtes sorti que dimanche matin.

— Probablement. Le caissier doit avoir des livres où il inscrit à leur date les sommes qu'il reçoit. D'ailleurs, vingt membres du cercle m'ont vu tailler le *pharaon*... un jeu de l'autre siècle que nous jouons encore en Russie.

— Ces témoignages suffiront... et je vais..

— Ah ! ça, vous me soupçonnez donc ! dit le prince en riant. Vous vous figurez que j'ai fait tuer Xénia... car vous ne pensez pas que je l'aie tuée moi-même, j'imagine.

Jolras fit un signe de dénégation.

— Bon ! vous croyez seulement que j'ai donné des ordres. Dans ce cas-là, permettez-moi de vous le dire, ma présence au club pendant la nuit du crime ne prouverait pas que je suis innocent. J'aurais pu payer mes sicaires et les laisser opérer sans moi.

Ce fut dit avec tant de calme et de naturel que Jolras crut s'apercevoir qu'il faisait fausse route encore une fois.

16

Deux heures auparavant, il avait reçu la visite de Piédouche qui venait lui raconter son entretien avec la princesse et la scène conjugale qui avait précédé cet entretien. Ce récit l'avait convaincu que le prince était le vrai coupable et il s'était décidé à agir immédiatement, sans se départir des règles de la prudence. Il voulait frapper un grand coup en soumettant ce seigneur à la terrible épreuve d'une confrontation avec le cadavre de Xénia et il avait une histoire toute prête pour le décider à l'accompagner.

Les deux policiers s'étaient donc transportés rue de Tilsitt dans la voiture de l'administration. Piédouche, au point où en étaient les choses, n'avait plus de ménagements à garder, et il lui était indifférent que le prince qui l'avait chassé sût qu'il était de la police.

Malheureusement, le prince n'était pas chez lui. Dominique, rencontré par ces messieurs dans la cour, avait attesté qu'il venait de sortir en grand équipage, et Dominique n'était pas homme à tromper son patron. Les chasseurs s'en revenaient bredouille en se promettant bien de faire dans la soirée une nouvelle tentative, lorsqu'ils avaient rencontré le landau du prince dans la rue de Provence.

Piédouche, étonné de voir Edmond de Chemazé en si bons termes avec le mari de la maîtresse d'Éric, avait cependant été d'avis de brusquer le dénouement, sauf à ne pas paraître de sa personne. Il lui semblait inutile qu'Edmond sût positivement à quoi s'en tenir sur son compte. Jolras s'était donc présenté seul, pendant que Piédouche s'en allait l'attendre à la Morgue. Il tenait à rester à portée d'intervenir si son intervention devenait nécessaire pour convaincre le prince et lui arracher un aveu.

La mise en scène était préparée ; le prince avait donné

dans le panneau. Et au dernier moment le truc ratait.
Son attitude n'était pas celle d'un coupable; son langage ferme et franc déconcertait Jolras; et Piédouche,
caché dans un cabinet attenant au bureau du greffier,
faisait piteuse mine, en écoutant les explications si
nettes de l'accusé.

— Voyons! reprit le prince d'un ton dégagé, tout
cela n'est pas sérieux. Je n'avais aucune raison d'en
vouloir à cette pauvre Xénia qui a toujours été la plus
docile des servantes. J'ai gardé d'elle le meilleur souvenir et la princesse était presque son amie. Mais les
autres domestiques ne l'aimaient pas, et je ne serais
pas surpris qu'elle eut été tuée par les bandits que vous
venez de me signaler. Vacili est un gibier de potence
et Stéphane a exercé dans sa jeunesse le métier de
bourreau. Il se sera souvenu de son ancienne profession.
Le coup de sabre qui a tranché la tête de Xénia doit
être de son fait. Arrêtez ces deux scélérats, et mettez
les à la torture jusqu'à ce qu'ils confessent leur crime.
Je vous les abandonne et ma femme ne les prendra pas
sous sa protection, je vous en réponds.

Maintenant, je suppose que vous n'avez plus rien à
me demander et je rentre chez moi. Je vous donne ma
parole d'honneur de ne pas les avertir. Je ne parlerai
même pas de cette lugubre aventure à la princesse.
Vous pouvez d'ailleurs envoyer vos agents immédiatement à l'hôtel. Recommandez-leur seulement d'opérer
sans scandale. Adieu, monsieur. Par où sort-on d'ici, je
vous prie?

Jolras fasciné, n'osa point retenir le prince. Pour
l'empêcher de partir, il aurait fallu l'arrêter, séance
tenante, et depuis ses récentes erreurs, Jolras avait
cent raisons d'être circonspect. Il le reconduisit jusque
sur le quai. Il lui offrit même de mettre à sa disposition

la berline administrative, mais le prince dit qu'il aimait mieux marcher. Jolras commanda aux agents qui montaient la garde devant la palissade de le *filer* discrètement et rentra pour s'expliquer avec son auxiliaire.

— Décidément, grommelait-il, Piédouche n'est qu'une ganache, et je vais demander au Préfet de le casser aux gages. J'arrêterai bien sans lui le groom et le cocher.

VII

Après le départ du prince emmené par M. Jolras, Edmond était resté sous le coup d'une émotion profonde. Les singuliers discours que ce seigneur lui avait tenus le troublaient. Il cherchait à deviner les sous-entendus que cachaient ses étranges propositions et le but réel de sa visite.

Évidemment, le prince n'était pas venu le voir et ne lui avait pas tenu ce langage pour le seul plaisir de faire parade de ses sentiments à l'endroit de la princesse.

Où tendait sa démarche excentrique et que signifiait cet étalage d'indifférence en matière d'accidents conjugaux?

A force d'y réfléchir, Edmond crut démêler que ce mari avait des raisons majeures pour se délivrer promptement de la présence de sa femme dans son hôtel, et que les débordements de Nadèje n'y étaient pour rien. Il les avait tolérés jusqu'à ce jour, et il aurait continué à les tolérer, s'il n'était pas survenu un incident qui le décidait à en finir avec elle.

Quel incident? Il parlait d'une querelle qu'elle lui avait cherchée à propos d'une femme de chambre, mais il devait y avoir autre chose. Et l'intervention inopinée de M. Jolras, sa promenade en voiture avec M. Pié-

16.

douche, semblaient indiquer qu'il s'agissait d'un crime dont ces policiers accusaient le prince ou la princesse, après en avoir accusé Duroc. Quel crime? très probablement celui que Piédouche avait découvert en donnant la chasse à l'homme au sac.

Le cadavre sans tête n'était pas celui de la princesse Morphine, puisqu'elle venait de reparaître après quelques jours d'absence, mais c'était peut-être le cadavre de quelqu'un de sa maison. Edmond se souvenait de l'histoire racontée par Lucie Travers au restaurant des Champs-Élysées : ce coupé attelé d'un cheval russe et conduit par un cocher russe voiturant la nuit le faux charbonnier qui avait abandonné sur la berge le corps décapité.

Il se rappelait aussi qu'Éric lui avait parlé cette nuit-là, d'une servante cosaque, l'âme damnée de Nadèje et qu'à l'Hippodrome les deux créatures du souper ne s'étaient pas gênées pour dire à Piédouche que la princesse Yalta pouvait bien être mêlée à l'histoire lugubre qu'elles avaient lue dans les journaux.

Et comme pour mieux préciser, M. Jolras en présence d'Edmond, avait requis le prince de venir reconnaître une femme de sa maison, une certaine Xénia, qui devait être la femme de chambre cosaque.

Reconnaître est un mot élastique. On reconnaît une personne qu'on a arrêtée; on reconnaît aussi une morte.

— Ce policier a parlé du Palais de justice, se disait Edmond; mais ce n'est pas au Palais qu'on enferme les gens arrêtés; ce n'est pas là non plus qu'on expose les cadavres. Il a voulu ménager l'orgueil du prince ou éviter de provoquer une explication devant moi; mais je suis à peu près sûr qu'il l'a conduit à la Morgue. Est-ce qu'il le soupçonne, ou bien soupçonne-t-il sa femme ?

Toutes ces déductions étaient logiques et Edmond, en les rapprochant de la conversation qu'il venait d'avoir avec le descendant des Khans de Crimée, arriva à conclure qu'en cette affaire il s'agissait de la princesse.

Son mari savait sans doute qu'elle avait fait tuer cette Xénia et en la forçant à s'éloigner, il espérait la sauver d'un procès criminel. Il lui était indifférent d'être trompé ; il ne lui était pas indifférent que son nom fût traîné devant les tribunaux.

Et pour la décider à fuir, il s'était avisé de recourir à l'intervention de son amant. Il méprisait tellement l'humanité tout entière qu'il ne doutait pas de trouver cet amant prêt à partager l'exil et la fortune d'une femme qui avait des millions dans les banques étrangères et un meurtre odieux sur la conscience.

Aussi avait-il eu soin de spécifier que si elle consentait à partir immédiatement et à ne jamais rentrer en France ni en Russie, il la laisserait disposer des biens immenses qu'il aurait pu lui enlever en divorçant.

Edmond y voyait clair maintenant et il se reprochait de n'avoir pas compris pendant que le prince était encore là. Il regrettait de l'avoir laissé sortir sans lui dire tout ce qu'il pensait de ses propositions indignes.

Mais l'occasion était manquée et le châtiment de cet insolent personnage tenait moins au cœur d'Edmond que la délivrance de son ami Duroc.

Or, qui veut la fin veut les moyens. Il avait promis à la princesse d'être chez elle à dix heures. Laure le savait et elle avait laissé entendre que, pour sauver son frère, elle donnait carte blanche à son fiancé.

Edmond n'avait donc garde de manquer au rendez-vous et il se demandait s'il ne pourrait pas utiliser les demi-confidences du prince pour contraindre cette femme à faire en faveur d'Éric une démarche décisive.

Il avait, ou il croyait avoir, barre sur elle et en la menaçant d'une dénonciation, il obtiendrait peut-être ce qu'elle lui avait d'abord durement refusé et ce qu'elle n'avait accordé qu'en y mettant des conditions qui révoltaient Edmond, quoiqu'elle n'eût pas osé les formuler nettement.

Il n'espérait pas qu'elle serait allée le jour même déclarer à M. Jolras qu'Éric était innocent et il s'attendait à un assaut qu'il comptait bien repousser, mais il fallait enlever, séance tenante, l'affaire à la préfecture de police, car cette entrevue serait certainement la dernière.

Et le succès n'était pas très facile, si elle avait réellement commandé le meurtre de Xénia.

Quand on a un crime à se reprocher, on ne s'abouche pas volontiers avec les gens chargés de découvrir et d'arrêter les criminels.

Edmond, cependant, se faisait fort de la décider, en manœuvrant habilement. On ne la soupçonnait pas encore, puisqu'on soupçonnait son mari qui vivait avec elle en fort mauvais termes, et le prince, ayant juré de ne plus la voir, ne l'avertirait pas du danger qu'elle courait, puisqu'elle avait chargé Edmond de lui conseiller de disparaître.

Une heure s'était passée à délibérer et le fiancé de Laure Duroc avait tout juste le temps de s'habiller et de dîner avant de se présenter à l'hôtel de la rue de Tilsitt.

Il procéda à sa toilette du soir et il venait de l'achever, lorsque son portier, qui avait une clef de l'appartement, entra pour lui remettre une lettre et lui annoncer en même temps qu'une dame demandait à le voir.

Edmond n'attendait personne, et surtout pas de femme. Il pensa tout de suite à faire répondre qu'il était sorti, mais avant de renvoyer le concierge porter à la visiteuse cette fin de non-recevoir, il regarda la suscription de la lettre et il reconnut l'écriture de Laure Duroc.

Il n'en fallut pas davantage pour qu'il oubliât l'inconnue qui voulait lui parler. Il décacheta vivement le pli qu'il tenait à la main et il vit qu'au lieu d'une lettre, ce pli en contenait deux.

La première était de Laure et il y avait ceci :

« La mémoire m'est revenue et je me suis rappelé que j'étais informée d'un fait dont vous pourrez tirer parti quand vous verrez la princesse Y... Si elle refuse d'attester que mon frère n'est pas coupable, demandez-lui où elle est allée lorsqu'elle a quitté Paris, ces jours derniers. Et après qu'elle vous aura répondu, lisez le passage que j'ai souligné dans la lettre que je vous envoie sous la même enveloppe que la mienne. Vous ferez usage, s'il y a lieu, du renseignement que vous y trouverez. »

C'était tout, — avec la signature, — et Edmond n'y comprenait rien. Il allait déplier l'autre lettre pour avoir le mot de cette énigme, lorsqu'une femme voilée apparut sur le palier.

Le tapis de l'escalier avait amorti le bruit de ses pas et elle était devant Edmond avant qu'il se doutât qu'elle montait.

— Je ne voulais pas dire mon nom ; j'ai pensé que vous ne me recevriez pas sans savoir qui j'étais, et me voici. Ai-je bien fait ? demanda-t-elle.

Edmond reconnut la voix de la princesse Yalta.

La visite était des plus inattendues, mais il ne songea pas un seul instant à se dérober. Il lui tardait d'en venir aux prises avec cette ennemie et il aimait mieux que la bataille pour la liberté d'Éric s'engageât ailleurs que dans les boudoirs capiteux de l'hôtel de la rue de Tilsitt.

Edmond, chez lui, était sur un terrain moins dangereux. Mais c'était bien une déclaration de guerre à son cœur que cette invasion de son entresol par une femme jeune et passionnée.

— C'est bien, dit-il au portier. Je n'y suis plus pour personne.

Et il fit entrer la princesse qui était assurément moins troublée que lui.

Il la conduisit dans la pièce où il avait reçu le prince, une heure auparavant : dans son cabinet de travail où il ne travaillait guère, mais qui était meublé d'une table élégante, chargée de tout ce qu'il faut pour écrire.

Il y avait aussi un divan et Nadèje y prit place sans qu'Edmond l'y invitât.

Elle portait un costume de voyage, celui qu'elle portait la veille, lorsque Piédouche et Jolras l'avaient surprise dans le pavillon, et à sa ceinture pendait la fameuse aumônière en cuir de Russie où elle logeait sans peine tant de liasses de billets de banque.

Edmond serrait dans sa main crispée les lettres que sa fiancée lui envoyait, et attendait avec une émotion qu'il s'efforçait de cacher, que la princesse ouvrît le feu.

Elle releva sa voilette et elle lui dit en le regardant avec des yeux étincelants, des yeux qui brûlaient :

— Je n'ai pas voulu partir sans vous voir.

— Vous partez ! s'écria l'ami de Duroc.

— A huit heures quinze. La voiture qui m'a amenée ici va me conduire au chemin de fer, et cette voiture est un fiacre. Je ne veux pas qu'on sache où je vais.

— Je ne vous le demande pas. Je vous demande ce que vous avez fait aujourd'hui pour Éric ?

— Rien. Je ne pense plus à lui et je m'étonne que vous y pensiez encore. Vous ne m'avez donc pas comprise, tantôt.

— J'ai compris que je devais espérer que vous ne l'abandonneriez pas, alors qu'il vous suffirait pour le sauver, de dire la vérité.

— Je vous ai laissé espérer, parce que si je vous avais désespéré, vous ne seriez pas venu chez moi, ce soir. Tout est changé. C'est moi qui viens chez vous et je suis résolue, je vous le déclare, à ne plus m'occuper d'un garçon que je n'aime plus, si tant est que je l'aie jamais aimé.

Parlons de vous, voulez-vous?

— De moi! je n'ai rien à vous dire qui me concerne et je ne devine pas en quoi je puis vous intéresser. Parlons d'Éric qui attend que vous répariez le mal que vous lui avez fait.

— Non, qu'il s'est fait à lui-même. Ce n'est pas moi qui l'ai poussé à emporter mes billets de banque. Il est bien où il est. Qu'il y reste.

— C'est votre dernier mot? demanda Edmond, emporté par la colère. Vous fuyez sans vous inquiéter de ce que deviendra votre amant que vous avez conduit à sa perte!... Eh bien, je vous jure, moi, que vous ne partirez pas.

La princesse ne baissa pas les yeux et un sourire se dessina sur ses lèvres sensuelles.

— J'aime à vous voir ainsi, dit-elle de sa voix chaude. Vous êtes un homme, vous. Si votre ami avait jamais eu un mouvement comme celui qui vous transporte, je l'aurais peut-être aimé... et je vous aime assez pour avoir pitié de lui. Que souhaitez-vous que je fasse pour lui venir en aide? voulez-vous que j'écrive au chef de la police que j'avais prié M. Duroc de prendre cet argent et de me le remettre à mon retour? J'y consens. J'écrirai même, si vous jugez que ce soit nécessaire, qu'il devait le verser à la caisse de mon agent de change pour le couvrir des risques d'une nouvelle opération dont je l'avais chargé. C'est très vraisemblable et personne ne doutera que ce soit vrai.

— Un mensonge vous coûte peu, à ce que je vois. Mais Duroc ne ment pas, lui, et il a dit la vérité en affirmant qu'il ignorait que cette somme fût là, et qu'il l'avait emportée pour qu'elle ne restât pas à la discrétion du premier venu qui pourrait s'introduire dans ce pavillon inhabité. Déclarez qu'il a bien fait. Ajoutez, si vous voulez, que ces trois cent mille francs étaient destinés à servir de couverture à vos énormes jeux de Bourse. Cela suffira.

— Eh bien, je suis prête. Dictez-moi la lettre.

— Une lettre ne vaudra pas une visite à ce chef que je vous ai nommé.

— Une visite!... je n'en fais pas à ces gens-là. Et d'ailleurs, je vous le répète, je pars dans une heure.

Edmond sentait bien que sur ce point, la princesse ne céderait pas et il se demandait quelle forme il conviendrait de donner à un certificat d'innocence pour que la police y ajoutât foi.

— Ainsi, demanda-t-il, après avoir un peu hésité, vous consentez à écrire dans les termes que je vous dicterai... à écrire immédiatement?

— Oui, à une condition.

— Laquelle?

— Je vous la dirai quand vous serez assis là, près de moi, dit la princesse Morphine en s'emparant de la main d'Edmond qui était resté debout devant elle.

La situation se corsait; mais Edmond s'était cuirassé d'indifférence, et il répondit, en dégageant sa main :

— Je vous écouterai tout aussi bien debout.

— Vous avez donc horreur de moi, dit la Princesse avec un sourire équivoque.

— Non. Mais vous me faites peur.

— Vraiment? Je croyais que vous n'aviez peur de rien. Pourquoi craignez-vous de vous asseoir près de moi? Si ce sont mes yeux qui vous troublent, je vous promets de ne pas vous regarder.

— Laissons-là ce marivaudage, madame. Éric est mon meilleur ami et je vais épouser sa sœur. Parlons de lui et rien que de lui. Vous venez de m'offrir d'attester par écrit qu'il n'est pas coupable, même d'intention. Et maintenant, vous semblez vous raviser. Expliquez-vous, je vous prie. Que faut-il que je fasse pour vous décider à le sauver?

— Il faut partir avec moi.

— Partir avec vous!

— Oh! je prévois ce que vous allez me répondre. Vous êtes engagé avec Mlle Duroc et vous vous imaginez que vous êtes amoureux d'elle, tandis que vous ne m'aimez pas encore. Qu'importe? Je me charge de vous faire oublier cette fillette et vous ne la regretterez pas, car vous m'aimerez comme je veux être aimée. Je vous connaissais depuis longtemps et aujourd'hui, je vous ai jugé.

— Moi aussi, je vous ai jugée.

— Fort mal. Vous croyez que je vous traiterai comme j'ai traité ce malheureux Éric. Vous vous trompez. J'ai eu pour lui une fantaisie qui m'a passé très vite. Je me suis aperçue trop tôt que je le dominais et dès que j'ai mis le pied sur un homme, je le méprise. Je veux être l'esclave de mon amant et quand vous serez à moi, je vous obéirai. Où vous me commanderez d'aller, j'irai. Vous serez mon maître. Et si je vous prie

17

de commencer par me céder en partant avec moi, c'est que je suis résolue à quitter Paris ce soir.

— Qui vous y force? demanda Edmond en la regardant bien en face.

— Je vous le dirai quand nous ne serons plus en France, répondit sans sourciller la princesse Morphine.

— Moi, je vais vous le dire ici. Vous fuyez parce que, si vous restiez, vous seriez arrêtée.

— Pourquoi m'arrêterait-on? Je ne suis pas la complice de votre ami Duroc. L'argent qu'il a pris était à moi. On ne m'accusera pas de m'être volée moi-même.

— Le prince était chez moi, il y a une heure.

— Ah!... qu'y venait-il faire?

— On lui a écrit que vous étiez ma maîtresse.

— Et il vous a provoqué! Vous m'étonnez. Sacha est un mari commode, et pourvu que je ne le gêne pas dans ses plaisirs, il me laisse libre.

— Il est venu me dire que, si vous ne partiez pas immédiatement, il demanderait le divorce et que les tribunaux de son pays le lui accorderaient... que vous seriez dépouillée de vos immenses richesses, et réduite à la misère.

— J'ai là pour cinq millions de diamants et une lettre de crédit de quatre millions sur des banquiers de New-York et de Calcutta. Que m'importent les revenus que je lui abandonne! On peut confisquer mes terres de Russie et mon hôtel de la rue de Tilsitt. Je serai encore assez riche pour deux.

— Votre mari a ajouté que si vous consentiez à disparaître pour toujours, il vous laisserait vos biens et ne s'occuperait plus de vous.

— Je lui suis très obligée de son indulgence, mais je voudrais savoir comment il se fait qu'il vous ait choisi pour négocier cet amiable arrangement?

— Il ne veut plus vous voir, et il croyait que j'étais
votre amant. Il comptait que je vous déciderais à accepter ses propositions. Il a même osé m'engager à fuir
avec vous. Comprenez-vous pourquoi il lui tarde tant
que vous ayez passé la frontière?

— Pas le moins du monde.

— Vous comprendrez mieux quand vous saurez qu'un
employé supérieur de la police — celui-là même que
vous m'aviez promis de voir pour lui déclarer que Duroc
est innocent — est venu chercher votre mari chez moi
et l'a emmené à la Morgue pour lui montrer le cadavre
de Xénia, votre femme de chambre.

— C'est-à-dire un cadavre qu'on prétend être celui de
Xénia. J'ai entendu parler de cette histoire. Un autre
policier me l'a raconté... ce policier que vous m'avez
montré tantôt au moment où il entrait dans la cour de
l'hôtel. J'ai voulu savoir ce qu'il venait faire chez mon
mari. Je suis allée l'y trouver, je l'ai emmené chez moi
et je l'ai confessé. Il m'a avoué qu'il était espion de son
métier, et j'ai cru démêler qu'il soupçonnait Sacha
d'avoir fait couper le cou à cette pauvre fille qui me
servait avec un dévouement sans égal.

Je ne sais si cette étrange accusation est fondée...
mais, quoi qu'il en soit, elle ne me regarde pas.

— Alors vous vous flattez que si le prince se justifie...
et à cette heure il s'est déjà justifié, j'en suis sûr, car
son attitude n'était pas celle d'un coupable... vous vous
flattez que la police ne se retournera pas contre vous!
Votre mari ne se fait pas d'illusion, lui, sur le sort qui
vous attend. Il sait que votre femme de chambre a été
tuée par deux de vos domestiques et que c'est vous qui
leur avez commandé de la tuer.

— Il vous l'a dit? demanda Nadèje avec une ironie
hautaine.

— Non. Je l'ai deviné. Il ne veut pas vous dénoncer, parce que votre honte souillerait son nom, mais il veut que vous disparaissiez pour échapper à une condamnation certaine, et il s'est mépris sur mon compte au point de se figurer que je vous déciderais à partir en partant avec vous. La visite qu'il m'a faite n'avait pas d'autre but que de me conseiller de vous suivre. Il a été jusqu'à me dire qu'il vous connaissait trop pour croire que vous consentiriez à partir seule.

— Vous avez plus d'imagination que de perspicacité, monsieur, dit la princesse en se levant du canapé où Edmond avait refusé de s'asseoir près d'elle. Vous improvisez un roman avec une facilité surprenante, mais vous vous abusez complètement sur les intentions de mon mari. Il s'est moqué de vous, voilà tout.

Edmond pâlit, mais il ne protesta pas. Le moment eût été mal choisi pour relever les impertinences de cette femme qu'il voulait contraindre à certifier l'innocence d'Éric.

— Il sera satisfait du reste, reprit-elle, et vous le serez aussi, puisque l'avenir que je vous offre ne vous tente pas. Je pars dans une heure et ni vous, ni lui, ne me reverrez jamais.

— C'est bien. Écrivez ce que je vais vous dicter, dit le fiancé de Laure, en montrant la table.

— Je n'écrirai rien. Vous venez de me faire la plus cruelle injure qu'une femme puisse recevoir d'un homme. Vous n'avez pas voulu de moi. En attendant que je trouve l'occasion de me venger de vous, je me venge sur votre ami.

— Vous refusez d'attester qu'il n'est pas un voleur ?

— Je ferai mieux. Dans quelques jours, les gens de la police recevront une lettre où je leur dirai que si j'ai placé ces trois cent mille francs dans un tiroir, c'était

uniquement pour mettre à l'épreuve la probité de
M. Duroc, que j'avais sujet de suspecter, et que si je l'ai
quitté, c'est parce qu'il a pris l'argent, comme je l'avais
prévu.

Cette fois, Edmond ne se contint plus.

— Ah! c'est ainsi, dit-il d'une voix étranglée par la
colère. Vous avez l'audace de menacer, alors que vous
devriez me supplier de vous épargner. Eh bien, je vous
jure que l'infamie que vous méditez ne s'accomplira
pas, car vous ne sortirez pas d'ici avant que je vous aie
livrée à la justice. Vous avez fait assassiner une femme.
Vous irez où vont les assassins.

— Alors, ricana la princesse Morphine, vous vous
proposez de m'enfermer chez vous et d'appeler deux
sergents de ville. Voilà un procédé qui sent son gentilhomme. Allez, monsieur! Je suis curieuse d'entendre ce
que vous leur direz pour les décider à m'arrêter. Et rien
ne m'amuserait autant que d'aller rejoindre votre ami
dans la prison où on l'a mis. J'ai toujours aimé l'imprévu.

— Vous n'aurez pas ce divertissement et je ne m'a-
dresserai pas aux agents qui se promènent dans la rue.
Je vais faire prévenir M. Jolras que je vous ai empêchée
de partir et que je vous garde à vue. Il vient de s'entretenir
avec votre mari et il doit être fixé. Xénia ne peut avoir
été tuée que par votre ordre ou par ordre du prince.
M. Jolras qui a pris la peine de venir ici chercher le
prince pour l'interroger se dérangera encore, je vous en
réponds, pour interroger la princesse.

— Il serait plus simple de me mener chez lui. Je serais délivrée plus tôt de votre présence.

— Vous ne sortirez pas, je vous le répète. Et je vous
jure que vous vous repentirez amèrement d'avoir refusé
de sauver Duroc. Je le sauverai sans vous, car on saura

ce que vous valez et vos calomnies ne pourront plus l'atteindre. Mais vous n'échapperez pas au châtiment que vous méritez.

— Vous croyez? Dites-moi donc, je vous prie, comment vous vous y prendrez pour prouver que j'ai fait égorger une fille qui m'était très attachée et qui peut-être se porte encore fort bien, car j'ai beaucoup de peine à me persuader qu'elle est morte. Votre policier m'a parlé d'un corps sans tête qu'on aurait trouvé sur le bord de la Seine...

— Ce corps était enfermé dans un sac porté par un homme qu'on a vu sortir d'un coupé qui vous appartient. Vos gens parleront quand ils seront arrêtés. Ils diront qui les a payés pour commettre ce crime abominable.

— Mes gens? Vous entendez sans doute désigner mon cocher et mon groom... celui que vous avez vu derrière ma voiture, quand vous avez daigné m'accompagner au Bois. Eh bien! je ne sais pas si on les trouvera, mais je sais que je les ai chassés tous les deux, il y a une heure, et qu'ils ne remettront plus les pieds à l'hôtel. Ces drôles se sont permis de découcher le jour où je suis partie et j'en été réduite à me servir du cocher de mon mari pour me faire conduire à la gare.

— Cette nuit-là, Éric vous attendait. Est-ce votre femme de chambre qui lui a porté une lettre où vous lui annonciez en l'injuriant, que tout était fini entre vous et lui?

— Il vous l'a montrée? Je le reconnais bien là. Il est capable de toutes les lâchetés. Eh bien! oui, c'est Xénia que j'ai chargée de la lui remettre, et on ne l'a plus revue. On pourrait bien l'accuser, lui aussi, de l'avoir assassinée.

Edmond tressaillit. Il apercevait un danger auquel il

n'avait pas songé. Cette femme, pour se défendre, n'hé-
•siterait pas à commettre une nouvelle infamie.

Et comment la convaincre, si ses gens n'étaient plus
là pour témoigner contre elle? Évidemment, au lieu de
les chasser, elle leur avait fourni les moyens de fuir, et
sans doute ils étaient déjà à l'abri des recherches.

Sa tête s'égarait au milieu de ces complications qui
auraient fait sourire Piédouche, l'homme au coup d'œil
infaillible, et lui qui n'avait pas le génie policier, il se
demandait s'il n'allait pas nuire à Duroc, en essayant
de le servir.

La Princesse qui l'observait à la dérobée lut sur son
visage et lui dit froidement :

— Croyez-moi, monsieur, renoncez à exécuter un
projet ridicule. Si vous mettez sur pied vos amis de la
préfecture de police, j'en serai quitte pour manquer le
train, mais vous jouerez un très vilain rôle et cette sotte
aventure tournera à votre confusion. Laissez-moi partir.
J'oublierai l'affront que vous m'avez fait et vous me
devrez de la reconnaissance, car je vous aurai empêché
de vous compromettre en m'accusant injustement.

— Voulez-vous écrire la lettre dans les termes que je
vous ai indiqués? demanda encore une fois Edmond de
Chemazé.

— Non, absolument non. Tout ce que je puis vous
promettre, c'est de ne pas écrire celle dont je viens de
vous menacer. Je ne hais pas votre ami. Il m'est indifférent et je ne tiens pas à l'accabler. Je souhaite même
qu'il se tire de la triste situation où ses imprudencees
l'ont jeté.

Edmond allait s'emporter encore, lorsqu'il se souvint
tout à coup de la recommandation que sa fiancée venait
de lui adresser sous enveloppe : une recommandation

dont il n'avait pas compris le but et que l'arrivée subite de Nadèje lui avait fait oublier.

Laure l'invitait à demander à la Princesse où elle était allée en quittant Paris le samedi précédent et à lire ensuite le passage souligné dans une lettre qu'elle lui envoyait.

Il la tenait encore à la main cette lettre, et, en désespoir de cause, il songea à mettre en pratique le conseil de la jeune fille. Seulement, de peur de faire encore fausse route, il intervertit l'ordre des opérations.

Avant d'interroger la Princesse, il prit une bougie, et en feignant de chercher quelque chose, il posa la lettre sur la table et il lut.

Nadèje s'était approchée de la fenêtre pour regarder si son fiacre était toujours là, car elle croyait bien avoir gagné sa cause, et elle ne vit pas l'émotion qu'exprimaient les traits d'Edmond, absorbé dans sa lecture.

Quand elle revint à lui, il avait fini et il lui dit en affectant de prendre un ton dégagé :

— Soit ! ne parlons plus d'Éric. Veuillez seulement m'apprendre où vous étiez pendant qu'il pleurait votre absence.

— Il pleurait mon absence, dites-vous. On voit que vous le connaissez bien, s'écria la princesse. Et puisque vous le prenez avec moi sur un autre ton, je veux bien répondre à la question que vous me posez. Je devrais cependant me défier des interrogatoires, mais enfin vous n'êtes pas commissaire de police et je ne vois pas pourquoi je ne vous dirais pas ce que j'ai fait pendant cette absence qui désolait tant votre ami.

Je suis partie dans la nuit de samedi à dimanche, sans trop savoir où j'irais. Je venais de rompre avec Éric et je voulais m'éloigner de Paris pour quelques jours. J'avais songé d'abord à les passer au Havre, mais j'ai manqué le train de minuit et demi. Alors, l'idée m'est venue de courir les champs. Je me suis fait mener à Versailles dans le coupé de mon mari et j'ai eu le plaisir d'éreinter un de ses chevaux. A Versailles, j'ai couché à l'auberge... C'est la vie que j'aime... partir à l'improviste et aller devant moi au hasard... Mais, là, je me suis souvenue que j'ai acheté, l'année dernière, un château en Bretagne, et que les genêts de mes landes devaient être en fleur. Je suis partie le lendemain par l'express de Brest, et le soir à onze heures, j'étais chez moi. Mon château est tout près de Saint-Pol-de-Léon, et j'ai loué une carriole à Morlaix pour aller plus vite.

— Près de Saint-Pol-de-Léon, répéta Edmond. Au bord de la mer, sans doute ?

— Oui, sur une falaise que viennent battre les vagues. C'est la sauvagerie de ce site qui m'a décidée à acquérir un vieux manoir délabré, où depuis vingt ans n'habitent que les hiboux. Les derniers propriétaires l'avaient abandonné, parce qu'un crime y a été commis. Un garçon de ferme y a tué une servante dont il était amoureux et on prétend que la morte y revient, à minuit, se promener dans les longs corridors où gémit le vent d'Ouest. J'ai toujours désiré voir des revenants et la légende m'a tentée. Malheureusement, je n'ai pas rencontré le moindre fantôme dans mon castel en ruines, quoique j'y aie passé un mois, l'été dernier. Je voulais alors y emmener votre ami, mais il a refusé de me suivre.

— Et, cette fois, vous y êtes restée jusqu'à votre retour à Paris, demanda Edmond de Chemazé, qui avait beaucoup de peine à cacher son émotion.

— Non ; je me suis aperçue très vite qu'au printemps il fait un froid de loup dans ce pays brumeux et que les

17.

landes, même fleuries, ont un aspect par trop mélancolique. Je n'ai couché qu'une nuit sous mon toit
féodal. Le lendemain, j'ai repris le chemin de Morlaix où
j'ai frété un petit bateau à vapeur qui m'a débarquée en
Angleterre, à Plymouth. J'ai passé cinq ou six jours à
Londres, où je me suis ennuyée à mourir, et je suis
rentrée en France par le paquebot de Douvres à Calais,
tout simplement.

Voilà mon odyssée, monsieur. M'obligerez-vous de
me dire en quoi elle peut vous intéresser? Je pensais
que vous n'aimiez pas les voyages, car il ne tiendrait
qu'à vous d'en faire un beaucoup plus long et beaucoup
plus curieux que mon excursion en Bretagne. Je serai
demain à Marseille et je m'y embarquerai pour le Japon.
C'est charmant, le Japon. Un ciel toujours bleu et les
plus belles fleurs de la création... Un pays fait à souhait
pour aimer...

— Voulez-vous que je vous dise ce que vous êtes allée
faire en Bretagne? interrompit Edmond.

— Suivre ma fantaisie qui n'a pas été de longue
durée. J'en suis revenue et on ne m'y reprendra plus à
chercher des distractions dans la banlieue de cette né-
cropole qui a nom Saint-Pol-de-Léon.

— Vous y êtes allée pour vous débarrasser de la tête
de Xénia.

La princesse pâlit et dit d'une voix étranglée :

— Vous êtes fou.

— Écoutez ce passage d'une lettre datée de Roscoff...
un petit port que vous devez bien connaître, car il n'est
pas loin de votre château.

Edmond la tenait à la main cette lettre que Laure lui
avait envoyée et il lut tout haut :

« Il faut pourtant que je te parle d'une horrible his-

toire qui met en émoi tout le canton. Les événements y
sont rares, mais celui-là est de nature à révolutionner
même une grande ville comme Paris. Croirais-tu que,
hier, des pêcheurs en levant leurs filets tout près de la
côte, ont ramené une boîte, pareille à celles où ta mo-
diste renferme les chapeaux qu'elle t'apporte et qu'en
ouvrant cette boîte, ils y ont trouvé une tête de femme.
C'est épouvantable, n'est-ce pas? Il s'agit d'un crime,
personne ici n'en doute. Mais ne vas pas t'imaginer qu'il
a été commis par mes chers Bretons. La femme décapitée est complètement inconnue dans le pays. Elle était
jeune et quoique ses traits aient été fort altérés par un
assez long séjour dans la mer, on a pu voir qu'elle était
d'une beauté remarquable. Elle a surtout des cheveux
blonds d'une nuance étrange, qui serviront peut-être à
la reconnaître. Car je n'ai pas besoin de te dire que la
justice informe. On prétend qu'elle a déjà recueilli des
indices. Je doute cependant qu'elle retrouve les coupables, mais je souhaite ardemment qu'elle y réussisse et
je te tiendrai au courant, quoique tu ne t'intéresses plus
guère à ce qui se passe au fond de notre pauvre province...

La princesse écouta jusqu'au bout cette lecture acca-
blante, et quand Edmond s'arrêta, elle n'articula pas un
seul mot. Elle le regardait pour tâcher de lire dans ses
yeux le sort qu'il lui réservait et elle attendait qu'il parlât.

— Comprenez-vous maintenant, dit-il, que vous êtes
à ma merci.

— Pourquoi? parce qu'une jeune fille raconte à votre
fiancée un incident vulgaire... car j'ai deviné sans peine
que cette lettre a été écrite à Mlle Duroc par une amie de
pension... vous croyez que la justice va s'en prendre à
à moi?

— La justice fera de vous ce qu'elle voudra, mais vous ne partirez pas avant qu'elle soit informée d'une trouvaille qui complète celle qu'on a faite au bord de la Seine. Pensez-vous qu'elle restera inactive et que M. Jolras n'arrivera pas à prouver que cette tête pêchée à cent cinquante lieues de Paris est la tête de votre femme de chambre ? Et espérez-vous qu'on ne saura pas que vous êtes allée en Bretagne? On vous a vue à Morlaix, puisque vous avez loué un navire pour passer en Angleterre, et il y a des gens qui gardent votre château, je suppose. On les interrogera, si ce n'est déjà fait. Ils diront que vous n'y avez passé qu'une nuit et que pendant cette nuit vous êtes sortie seule... car vous êtes sortie... vous avez erré sur la falaise jusqu'à ce que vous ayez trouvé un rocher surplombant la mer, et là, vous avez jeté aux vagues cette boîte que vous avez eu l'affreux courage d'emporter avec vous...

— Assez! cria Nadèje. Qu'exigez-vous de moi?

— Un aveu, d'abord.

— Eh! bien, j'avoue que j'ai condamné à mort une esclave qui m'avait trahie et que je l'ai fait exécuter, sans pitié.

— Trahie ! Comment a-t-elle pu vous trahir?

— Elle a vendu mes secrets à mon mari.

— Vos secrets ! vous ne vous êtes jamais cachée d'avoir un amant.

— Elle a été la maîtresse du prince.

— Que vous importait! Vous n'étiez pas jalouse de lui.

— De lui, non. Mais cette fille m'appartenait, puisqu'elle était mon esclave, et je ne voulais pas qu'elle appartînt à un autre. Elle savait ce qui l'attendait, et elle a subi sans se plaindre le supplice qu'elle reconnaissait avoir mérité.

Edmond frissonna. Cette froide déclaration dépassait tout ce qu'il avait imaginé du caractère de cette femme. On eût dit qu'elle mettait son orgueil à se montrer telle qu'elle était — féroce et dépravée, comme une impératrice de la Rome des Césars.

— Oserez-vous parler ainsi devant le juge qui vous interrogera, demanda-t-il, en la regardant fixement.

— Personne ne m'interrogera, dit-elle, sans baisser les yeux. J'ai là un poison qui tue comme la foudre. Si vous me livrez aux gens de la police, je serai morte avant qu'ils me touchent. Et votre ami sera jugé à ma place, car j'aurai le temps de leur dire qu'il m'a aidée à tuer Xénia.

Edmond fit un pas en avant, la main levée. La colère le poussait à étrangler sur place cette créature infâme.

— Tuez-moi, si vous l'osez. Vous serez jugé aussi. Ma vengeance sera complète.

Il pensa à sa fiancée et il se contint.

— Voulez-vous écrire ? demanda-t-il brusquement.

— Ah ! vous cédez. Vous faites bien, dit-elle, car je vous jure qu'il m'est indifférent de mourir pourvu que je me venge.

Alors, si je consens à écrire que M. Duroc a emporté cet argent pour me le rendre, vous me laisserez partir ?

— Non, j'exige maintenant davantage.

— Quoi donc ?

— J'exige que vous écriviez aussi l'aveu de votre crime.

— Ah ! et que ferez-vous de cette confession écrite ?

— Je la garderai pour le cas où il vous plairait de réaliser une menace que vous avez laissé échapper tout à l'heure. Vous m'avez dit que, lorsque vous seriez en sûreté, vous dénonceriez Éric Duroc comme ayant volé la somme qu'il a prise, et vous êtes très capable de le faire. Si vous vous en avisiez, je dirais ce qui s'est passé ici et je montrerais l'écrit que vous allez signer avant de sortir.

— Fort bien. Je ne crains pas de signer la déclaration d'un acte dont je me vante. Mais qui me garantit à moi que vous n'abuserez pas de cette déclaration et qu'une fois en possession de cet écrit, vous ne me ferez pas arrêter ?

— Ma parole. Cela vous suffit, je pense, car vous ne doutez pas que je sois un homme d'honneur.

La princesse tressaillit, ses yeux brillèrent et elle dit avec une émotion qui n'était pas feinte :

— Comme je vous aurais aimé !

Edmond fit un geste qui la remit vite en possession d'elle-même. Elle avait compris qu'il la méprisait.

— Soit ! dit-elle ; je me fie à votre loyauté. Dictez.

Il lui montra le fauteuil placé devant la table ; elle s'y assit et il dicta :

« Monsieur, au moment de quitter la France pour un temps assez long, j'apprends que M. Éric Duroc a été accusé de s'être approprié une somme qui m'appartient. J'ai eu avec M. Duroc des relations que vous connaissez, je le sais, et qui sont maintenant rompues pour toujours. Mais je dois à la vérité de déclarer que sa probité est au-dessus du soupçon. J'en ai eu dix fois la preuve, car il a eu souvent à sa disposition des sommes très importantes que je lui remettais sans reçu et dont il m'a toujours fidèlement rendu compte. J'avais et j'ai encore en lui une confiance absolue.

« C'est vous dire, monsieur, que s'il a cru devoir emporter les trois cent mille francs que j'avais eu le tort d'oublier dans un meuble, c'est, sans aucun doute, dans l'intention de les remettre à mon agent de change auquel ils étaient destinés. Ils devront être versés à la caisse de cet agent pour être employés en reports jusqu'à mon retour, et je compte que M. Duroc va être mis en liberté, s'il ne l'est déjà au moment où cette lettre vous parviendra. »

Nadèje écrivait docilement, comme une écolière à laquelle on dicte un devoir. Edmond lui fit ajouter une brève formule de politesse et l'adresse sur une enveloppe.

— Quand serez-vous hors d'atteinte? demanda-t-il.

— Demain matin, dit-elle. Ce n'est pas à Marseille que je vais m'embarquer.

— Cette lettre sera donc remise à sa destination demain à midi et M. Jolras la recevra par la voie de la poste. Il est au moins inutile qu'on sache que vous êtes venue chez moi.

— En effet, on pourrait croire que vous m'avez forcé la main.... et on ne se tromperait pas.

— Où sont à cette heure les misérables qui ont exécuté vos ordres?

— Stéphane et Vacili? Ils doivent être encore en France, mais demain à midi, ils seront en sûreté et leurs précautions sont prises pour qu'on ne les retrouve jamais, une fois qu'ils auront passé la frontière.

— C'est tout ce que je voulais savoir. Écrivez maintenant la déclaration.

— Je suis prête.

Edmond dicta de nouveau :

« Moi, princesse Yalta, je consigne ici l'aveu de mon crime. J'ai fait tuer, croyant avoir le droit de disposer de sa vie, ma femme de chambre Xénia dont le corps a été retrouvé à Paris et la tête dans la mer, tout près d'un château que je possède en Bretagne. M. Edmond de Chemazé a exigé de moi cette déclaration, lorsqu'il a su que j'étais coupable, et alors qu'il dépendait de lui de me faire arrêter. Il l'a exigée afin de pouvoir en user, dans le cas où, plus tard, j'accuserais injustement son ami M. Éric Duroc, lequel est innocent du vol qu'on lui a imputé. J'atteste que M. Duroc a agi au mieux de mes intérêts, comme je l'ai attesté dans une lettre que j'ai écrite, avant mon départ de Paris, à M. Jolras, chef de division à la préfecture de police. »

— Signez et datez, ajouta Edmond, quand ce fut fini.

La princesse signa sans hésiter et lui tendit la lettre et l'aveu.

— Voyez s'il n'y manque rien, dit-elle froidement.

Edmond prit les deux écrits, les relut avec attention, et dit :

— C'est bien. Vous pouvez partir.

— Et si je refusais de fuir, demanda la princesse. Si j'aimais mieux mourir que d'aller vivre seule à l'étranger ?

Edmond ne répondit pas.

— Savez-vous ce qu'il arriverait, s'il me plaisait de me tuer chez vous ? reprit-elle en le dévorant des yeux. J'ai des millions sur moi. On croirait que vous m'avez assassinée pour me les prendre.

— Vous ne ferez pas cela, s'écria l'ami d'Éric.

— Je le ferai, si vous refusez de me dire que vous ne me méprisez pas.

— Je ne vous méprise pas ; je vous hais.

— Pourquoi me haïssez-vous ? Est-ce parce que j'ai fait justice d'une esclave infidèle ?... ou parce qu'il m'a plu de rompre avec un homme que je n'aimais pas ?

— Je vous hais parce que vous n'avez pas eu pitié d'Éric. Si vous étiez venue m'offrir de le sauver par une

démarche spontanée auprès du chef de la police, je
crois que j'aurais oublié que vous avez commis un
crime.

— Eh! bien, je ne veux pas plus de votre haine que
de votre mépris... je vous aime et je meurs.

Nadèje avait caché dans sa main droite un flacon de
cristal. Elle le porta à ses lèvres, mais Edmond fut plus
prompt qu'elle.

Il lui saisit le bras et il lui arracha le poison, après
une courte lutte.

— Tu veux que je vive, s'écria-t-elle; eh bien! je
vivrai pour t'exécrer, toi qui n'as pas compris que je
t'aurais adoré. Va retrouver cet homme auquel tu me
sacrifies, épouse cette petite niaise qui m'a dénoncé à
toi. Un jour viendra où tu regretteras amèrement de ne
pas m'avoir suivie et où tu riras des scrupules idiots qui
t'enchaînent à cette vie bourgeoise pour laquelle tu
n'es pas plus fait que moi... je te connais mieux que
tu ne te connais toi-même. Tes passions dorment. Elles
s'éveilleront. Tu n'as pas du sang de tortue dans les
veines, comme ce pleutre auquel tu vas t'allier. Tu te
figures que tu es amoureux et tu crois encore au plat
bonheur d'un mariage avec une sotte vertueuse. Le
bonheur, c'est de marcher dans la liberté de sa fantaisie, c'est de piétiner sur les lois et d'écraser ses ennemis,
le bonheur est dans le crime, entends-tu, gentilhomme
breton. Le monde t'a emmaillotté dans sa morale stupide... mais je t'ai jugé, tu sortiras de tes langes,
tu secoueras tes chaînes, et tu t'apercevras que tu n'as
jamais été que la dupe des beaux sentiments qu'on t'a
soufflés, comme on apprend à parler aux perroquets.
Mais il sera trop tard. Je serai aux antipodes et si j'en
revenais, ce serait pour me venger de toi.

Edmond écoutait en frissonnant cette horrible pro-

fession d'infamie et se reprochait presque d'avoir empêché ce monstre de se tuer.

— Quel existence je t'aurais faite ! reprit-elle. Tu ne
sais pas ce que c'est que d'être aimé par moi. Éric n'a
pas pu te le dire, car il n'a jamais été pour moi qu'un
jouet. Il ne me connaît pas. A toi, je me serais donnée
tout entière, et je t'aurais versé des philtres que tu ne
goûteras jamais. Il est encore temps. Veux-tu ?... viens
en Orient, dans l'Inde, au fond de l'Asie,.. là nous achè-
terons des sujets .. nous règnerons sur des troupeaux
d'esclaves... et nous disposerons de leur vie... sans
qu'un juge stupide nous demande compte de nos actions... et quand tu seras las de moi, tu me tueras au
milieu d'une orgie grandiose... j'ai toujours rêvé de
finir ainsi.

— Vous êtes folle ! s'écria Edmond, en reculant
d'horreur.

A ce moment le bruit d'une voiture qui s'arrêtait
dans la rue, acheva de le troubler. Jolras et Piédouche
avaient-ils deviné que la princesse était chez lui, et
venaient-ils, sinon la saisir, du moins la mettre en
demeure de s'expliquer sur le meurtre de Xénia ? Il le
crut et il lui dit :

— Vous n'entendez donc pas qu'on vient vous arrêter.
Il vous reste à peine le temps de fuir.

Elle hésita un instant. Ses mains crispées se tendirent
vers lui, comme si elle eut voulu reprendre le flacon
empoisonné, mais elle comprit sans doute qu'elle ne
serait pas la plus forte et elle s'enfuit en lui lançant cet
adieu :

— Sois maudit. toi qui m'as dédaignée. Je pars,
mais je te poursuivrai de ma haine et si jamais il
arrive malheur à toi et à ceux que tu aimes. souviens-
toi de Nadèje.

Il la laissa partir et il courut à la fenêtre. Un instant après il la vit se jeter dans le fiacre qui l'avait amenée et qui se remit en route aussitôt qu'elle y fut montée.

L'autre voiture, celle dont l'arrivée l'avait délivré d'un odieux tête-à-tête, s'était arrêtée un peu plus bas que la porte de sa maison, et il ne s'en préoccupait plus.

Il était tout à la joie d'en avoir fini avec cette horrible créature. Il lui semblait qu'il venait de passer une heure enfermée avec une bête féroce.

Mais Éric était sauvé et il lui tardait d'aller annoncer cette heureuse nouvelle à Laure, sans lui dire comment il était parvenu à obtenir la lettre qui prouvait l'innocence de son frère.

Il comptait d'ailleurs tenir sa promesse et n'envoyer cette lettre qu'au moment où celle qui l'avait écrite serait à l'abri des poursuites.

Il s'agissait de la mettre à la poste le lendemain matin et il se résignait à attendre quelques heures de plus le retour de son ami complètement justifié.

Mais il fallait préparer la jeune fille à supporter ce retard et il n'avait pas de temps à perdre.

Il allait sortir pour courir à la Cité d'Antin, lorsqu'à la porte de son appartement que la princesse avait négligé de refermer en partant, il rencontra son ami.

— Libre ! vous êtes libre ! s'écria-t-il en le pressant dans ses bras,

— Oui, dit Éric avec amertume, ils m'ont renvoyé et ils m'ont fait des excuses. Je leur dois presque de la reconnaissance. Mais comme vous êtes ému ! Vous n'espériez donc pas me revoir ?

— Pas sitôt. J'étais certain qu'on vous relâcherait demain, et j'allais apprendre à votre sœur que l'erreur était reconnue.... Comment n'avez-vous pas pensé à elle ?

— Je viens de la voir. C'est elle qui m'a envoyé chez vous. Le chagrin lui a, je crois, troublé l'esprit. Elle m'a tenu des propos incohérents. Elle m'a parlé d'une lettre qu'elle vous a envoyée et que vous deviez lui rendre...

— Je la lui rapportais.

— Peu m'importe... Mais qu'avez-vous fait depuis que ces imbéciles m'ont arrêté?

— J'ai prévenu l'agent de change et nos camarades que vous vous absentiez pour deux ou trois jours... et personne ne saura ce qui vous est arrivé.

— Ce n'est pas cela que je vous demande.

— Que voulez-vous donc savoir? murmura Edmond, surpris et choqué de l'attitude de son ami.

Éric hésita un peu et dit d'une voix sourde :

— La princesse est revenue, n'est-ce pas ?

— Vous pensez encore à cette femme, s'écria Edmond.

Il tenait à la main les deux lettres de Nadèje et il avait entraîné Edmond dans le cabinet où elle les avait écrites.

La fiole empoisonnée était sur la table.

— Je pense que c'est à elle que je dois d'avoir été relâché, répondit Éric. Vous ignorez sans doute de quoi j'étais accusé... de vol, je vous l'ai dit hier soir au moment où on allait me conduire en prison... mais vous ne savez pas de quel vol... la princesse avait oublié une grosse somme en billets de banque dans le pavillon où nous nous rencontrions avant son départ... j'ai trouvé cette somme et je l'ai prise pour ne pas la laisser à la disposition du premier venu... ils ont prétendu que je l'emportais pour la garder... ils auront interrogé aujourd'hui la princesse et elle aura répondu de moi... je serais allé la remercier, si j'avais été sûr de la rencontrer.

Les larmes vinrent aux yeux d'Edmond lorsqu'il entendit cette étrange explication. Son malheureux ami n'était pas guéri de sa fatale passion, et l'heure était venue de traiter la plaie par la cautérisation.

— Vous vous trompez, dit-il d'un ton ferme. La princesse a tout fait pour vous perdre. Elle allait écrire au préfet de police que vous étiez un voleur, si quelqu'un ne l'eût empêchée de commettre cette infamie.

— C'est impossible !...

— C'est vrai, vous en aurez la preuve tout à l'heure ; mais ce n'est pas tout. Ne vous accusait-on pas aussi d'assassinat ?

— Il n'a plus été question de cette accusation stupide.

— Non, parce que c'était elle qu'on vous accusait d'avoir tuée, et parce qu'elle a reparu tout à coup. Mais ce n'est pas sa faute si on ne vous a pas imputé le meurtre de sa femme de chambre Xénia, qui a été égorgée dans le pavillon où vous cachiez vos amours.

— Xénia égorgée ! que signifie ?...

— Pas égorgée, mais décapitée. Son corps a été cousu dans un sac et on allait le jeter à la Seine quand l'assassin subalterne qui le portait a été surpris.

— Qui donc a fait cela !

— Qui? deux hommes que vous connaissez bien : le cocher Stéphane et le groom Vacili. Ils ont obéi à un ordre. On aurait pu leur commander de la tuer dans une cave de l'hôtel de la rue de Tilsitt. On a mieux aimé choisir pour y commettre ce crime abominable la maison où vous alliez tous les jours et où on prévoyait que vous reviendriez encore. Pourquoi, sinon parce qu'on espérait que les soupçons tomberaient sur vous?

— Oseriez-vous dire que Nadèje...

— Lisez ceci, dit Edmond en présentant à Éric la confession écrite par la princesse Morphine.

Éric prit le papier d'une main tremblante et pâlit en

le lisant. Il pâlit à ce point qu'Edmond crut qu'il allait
s'évanouir et s'avança pour le soutenir.

— Non, balbutia l'amoureux enfin désabusé, non, ne
craignez rien... je ne pleure pas.

Et il reprit d'une voix étranglée :

— Où a-t-elle écrit cet aveu ?

— Ici. Elle en sortait, lorsque vous êtes arrivé. Et je
remercie Dieu, car vous auriez pu la rencontrer.

— Oui, remerciez Dieu... je l'aurais tuée... mais
comment a-t-elle pu consentir...

— A s'accuser elle-même. Elle n'a cédé qu'à la
menace. Il dépendait de moi de la livrer à la justice.
Elle a acheté sa grâce en signant une autre lettre où
elle atteste que vous êtes innocent du vol. Heureusement, je n'aurai pas besoin d'en faire usage, puisque
vous êtes libre.

Voulez-vous la voir?

— Non... dites moi seulement si cette femme est en
sûreté.

— Demain, à midi, elle aura passé à l'étranger et
une fois hors de France, elle saura bien se mettre à
l'abri des recherches. Elle a fait partir ses ignobles
complices.

Je lui ai promis que je me tairais jusqu'au jour où
elle essaierait encore de vous calomnier et j'observerai
la trêve que je lui ai accordée.

— La soupçonne-t-on?

— Je le crois, mais je crois aussi que si on ne peut
pas l'atteindre, on reculera devant le scandale d'un
procès. Cette affaire ne ferait pas honneur à la perspicacité de la police et les poursuites seront aban-
données.

— Mais... le prince?

— Le prince a été accusé, lui aussi, et il n'a pas eu

de peine à se justifier. Il sait que sa femme est coupable
et il se taira à une condition... à condition qu'elle ne
reparaîtra jamais.

Et elle s'en gardera bien. Elle emporte des milions et
elle s'en va au bout du monde.

— Elle vous l'a dit ?

— Oui, et elle sait ce qui l'attend si elle s'avisait de
manquer aux conditions du traité que je lui ai imposé.

Il y eut un silence, Éric achevait de reprendre possession de lui-même et Edmond profita de ce récit pour
jeter dans la cheminée la fiole empoisonnée qui se
brisa.

Son ami ne lui demanda pas ce qu'il faisait là et lui
n'eut garde d'entrer dans des explications qui auraient
pu le conduire à raconter les emportements de tendresse
et les tentatives d'enlèvement de la princesse Yalta.

— Ainsi, c'est vous qui m'avez sauvé ? demanda Éric
d'une voix que l'émotion faisait trembler.

— Non, c'est votre sœur, répliqua vivement Edmond.

Et craignant d'en avoir trop dit, il ajouta :

— Je pensais à elle en luttant contre cette femme
infernale, et c'est son souvenir qui m'a donné du courage... il en fallait, je vous jure, pour vaincre... et j'ai
plus d'une fois désespéré de la victoire...

— Mais vous avez vaincu... Venez chercher votre
récompense.

— Je n'en demande pas d'autre que la satisfaction
de vous avoir arraché des griffes d'une tigresse.

— Venez ! Laure nous attend.

— Elle nous attend ! s'écria Edmond. Et vous ne me
le disiez pas !

— Je voulais qu'elle montât chez vous, dit Éric. Elle
n'a pas osé.

— Alors, elle est là...

— Dans le fiacre qui m'a amené. Et il lui tarde de vous voir. Venez, mais pas un mot, n'est-ce-pas?...

— Croyez-vous donc qu'il ne m'en a pas assez coûté d'entendre une effroyable confession, et que je souillerai de cet aveu les oreilles de notre sœur. Je voudrais ne pas même prononcer devant elle le nom de la princesse, mais je suis bien obligé de lui dire que je l'ai vue et qu'elle est partie pour toujours.

— Pourquoi lui parler de cette femme, puisque ce n'est pas à elle que je dois d'avoir été mis en liberté? Oubliez-la,... moi je ne l'oublierai pas... la blessure qu'elle m'a faite saignera longtemps, mais j'espère qu'elle se cicatrisera.

Edmond serra silencieusement la main de son ami et ils sortirent ensemble.

Laure n'était pas loin et ce fut à la portière d'une voiture de place que les deux fiancés se retrouvèrent après cette cruelle et dernière épreuve.

Il ne fut question que de la joie de revoir le prisonnier, et cependant la jeune fille trouva moyen de dire tout bas à Edmond de Chemazé :

— Maintenant qu'il nous est rendu, je vous défends d'aller rue de Tilsitt.

Éric qui mourait de faim, n'ayant à peu près rien mangé depuis la veille, proposa de dîner ensemble au restaurant.

C'était bon signe, après les révélations qu'il venait d'entendre. Cela prouvait que le pauvre garçon cherchait à chasser les souvenirs dont il était encore obsédé.

Il était bon, du reste, qu'il se montrât, afin que sa courte absence passât inaperçue. On ne soupçonne pas de sortir du Dépôt de la préfecture, un monsieur qu'on a vu la veille à l'Hippodrome et qu'on revoit attablé en famille, dans la salle commune d'un établissement très fréquenté.

Edmond approuva, Laure ne fit aucune objection, mais ils furent un peu surpris tous les deux d'entendre Éric désigner le café des *Ambassadeurs* aux Champs-Élysées.

Ce quartier leur rappelait à tous de tristes souvenirs.

— C'est pour te prouver que je ne crains pas les rechutes, dit Duroc à l'oreille de son ami. Le passé est mort... Je reverrais sans émotion le pavillon du passage et l'hôtel de la rue de Tilsitt.,. je reverrais même avec indifférence les gens qui m'ont fait arrêter... mon aventure m'a bronzé.

— A la bonne heure! murmura Edmond, sans croire absolument à cette guérison instantanée.

Le lieu était bien choisi pour se faire voir, car le printemps ayant été d'une douceur exceptionnelle, on dînait déjà en plein air, et ce soir-là, particulièrement, il faisait si chaud qu'il devait y avoir foule devant la galerie vitrée qui sert de salle à manger aux amateurs de cafés-concerts.

Ils y arrivèrent tard et ils eurent quelque peine à y trouver une table libre. Encore durent-ils renoncer à dîner dehors et se caser à l'intérieur près d'une fenêtre entr'ouverte.

Le hasard les plaça de telle sorte qu'un quart d'heure après leur arrivée, Éric et Edmond qui étaient assis contre cette fenêtre, entendirent la voix d'un monsieur qui commandait à un garçon de mettre le couvert sur une table qu'un dineur venait de quitter.

La table placée à l'extérieur se trouvait juste au-dessous de la fenêtre et la voix était celle de M. Piédouche.

Les deux amis la reconnurent aussitôt, mais elle était moins familière à Mlle Duroc qui n'y prêta aucune attention.

Eux se promirent d'écouter et n'y manquèrent pas.

— Laissez deux chaises, dit Piédouche au garçon. J'attends quelqu'un, mais servez-moi.

Qui attendait-il? Un de ses pareils, probablement, et tout annonçait que leur conversation serait intéressante.

Encore mal remise des secousses qu'elle avait supportées depuis la veille, Laure parlait peu et mangeait à peine. Mais elle ne s'aperçut pas que son frère et son fiancé prêtaient une oreille attentive à un colloque animé qui venait de s'engager de l'autre côté du vitrage.

— Oh! pas tant de cérémonies, disait Piédouche; personne ici ne te connaît et tu n'es pas habillé comme un valet de chambre. Assieds-toi là, et fais-moi ton rapport.

M. Jolras viendra peut-être. Quand tu le verras, tu fileras pour lui céder la place.

Comment diable! as-tu trouvé le temps de changer de costume? Tu ne viens donc pas directement de la rue de Tilsitt?

— Non, monsieur, répondit le nouveau venu; je suis allé à la maison... j'espérais vous y trouver.

— Comment! rue de Rivoli?... tu sais bien que j'ai pris gîte à l'hôtel Meurice... et d'ailleurs, je t'avais donné rendez-vous ici.

— C'est vrai, mais je pensais qu'après ce qui s'est passé aujourd'hui, la mission de monsieur était terminée... et la mienne aussi.

— Qu'est-ce que tu me chantes là? Ta mission sera terminée lorsque je te rappellerai, et quant à la mienne, ça ne te regarde pas.

— Je le sais bien, monsieur... seulement, on vient de me chasser.

— Qui t'a chassé?... l'intendant?... ah! je comprends... le prince est arrêté... et n'ayant plus peur de lui déplaire, la valetaille fait des siennes... je m'y attendais d'ailleurs... et tu n'as plus besoin de garder ta place puisque le prince est coffré.

— Mais, non, monsieur, le prince n'est pas coffré. C'est lui qui m'a mis à la porte... et si je vous disais comment!... les reins me font encore mal.

— Quoi! le prince est revenu!... Décidément, à la Préfecture, ils sont trop bêtes... ils le tenaient et ils l'ont lâché. Je suppose du moins qu'ils le surveillent.

— Je ne crois pas, monsieur. Il est rentré seul et en sortant de l'hôtel, je n'ai pas vu d'agents dans la rue... Vous savez que je les connais à peu près tous.

— C'est incroyable... Mais, enfin, sous quel prétexte t'a-t-il renvoyé?

— Il m'a fait appeler et il m'a dit : sors d'ici, canaille, va t'en raconter au gredin qui t'a payé pour m'espionner comment je traite les mouchards... Là-dessus, je me suis sauvé et j'ai reçu un de ces coups de pied qui marquent dans la vie d'un homme.

— Il faut que la princesse m'ait dénoncé. Je ne lui avais pourtant pas dit que tu travaillais pour mon compte. Elle l'aura deviné et pour se faire bien venir de sa brute de mari, elle m'a trahi... Fiez-vous donc aux femmes!

— La princesse n'a pas vu le prince, depuis qu'elle est entrée chez lui pendant que vous y étiez. Elle est sortie en voiture une heure après lui.

— Bon! mais le groom et le cocher? J'espère qu'on les *file* ceux-là.

— Je n'en sais rien, monsieur. Tout ce que je sais,

c'est qu'ils ont quitté l'hôtel, vingt minutes avant la princesse.

— Jolras les a manqués aussi!... c'est complet. Et c'était bien la peine de me donner tant de mal pour mâcher la besogne à l'administration. On ne m'y reprendra plus. J'en ai assez du métier.

— Monsieur, voici M. Jolras qui vous cherche.

— Il est bien temps de me chercher après toutes les sottises qu'il a faites! Ah! je vais lui dire ce que je pense de lui, mais il est inutile que tu sois là pour m'entendre le traiter comme il le mérite. Sauve-toi. Va-t-en à la maison. Je t'y rejoindrai bientôt.

Dominique ne se le fit pas dire deux fois. Il soupçonnait que ce n'étaient pas précisément des compliments que son maître allait recevoir et il ne tenait pas à avoir sa part des objurgations de M. Jolras.

Le chef de division avait aperçu Piédouche dans son coin et s'avançait, le chapeau enfoncé jusque sur les yeux et la mine renfrognée.

— Eh bien! j'en apprends de belles, lui dit Piédouche après l'avoir invité à s'asseoir. Qu'a pu vous raconter ce Cosaque pour vous jeter de la poudre aux yeux? Vous ne l'avez donc pas mis en présence du cadavre de Xénia? Il paraît qu'il est rentré chez lui triomphant... et Dominique, qu'il vient de renvoyer brutalement, m'apprend que vous n'avez pas même organisé une surveillance autour de l'hôtel.

Qu'avez-vous donc à me regarder ainsi?

— Je vous ai laissé parler, dit lentement M. Jolras. Veuillez m'écouter à votre tour.

— J'écoute.

— Savez-vous, mon cher, que dans tout cette affaire, vous vous êtes conduit comme un conscrit, et que ce coup d'œil dont vous vous vantez n'a servi qu'à

nous égarer tous, y compris le grand chef que vous
avez séduit par votre aplomb et qui ne vous pardonnera
jamais les tours que vous lui avez joués.

Vous avez commencé par faire arrêter un très
honnête garçon que je viens de remettre en liberté.

— C'est moi qui vous ai conseillé de l'y mettre.

— Votre avis n'y est pour rien. J'ai reconnu qu'il est
innocent et je souhaite qu'il ne se plaigne pas trop
haut, car nous nous sommes mis, grâce à vous, dans un
très mauvais cas. Mais, si encore il n'y avait que cela !...
malheureusement, le prince Yalta ne se taira pas, lui. Il
racontera que la police française est stupide et qu'elle
arrête tout le monde, excepté les coupables. Savez-vous
ce qu'il m'a déclaré, à la morgue, après avoir reconnu
sans hésiter le cadavre de Xénia? Il m'a déclaré et démontré qu'elle ne pouvait avoir été tuée que par le
groom et le cocher.

— Je vous l'avais dit.

— Oui, mais vous m'avez dit aussi que vous vous char-
giez de nous les livrer quand le moment serait venu
Vous comptiez sans doute sur votre imbécile de domestique, celui qui était là tout à l'heure. Eh ! bien, ces
deux bandits ont décampé aujourd'hui même.

— Il ne sera pas difficile de les rattraper.

— Il suffit que vous l'affirmiez pour que je sois convaincu du contraire. Les ordres sont donnés avec leurs
signalements, mais s'ils échappent aux recherches, vous
pouvez compter que l'affaire en restera là. Nous en
avons assez des fausses pistes et nous jouerions trop gros
jeu s'il nous arrivait de nous tromper encore une fois.
Après avoir accusé le prince, vous finiriez par accuser
la princesse...

— Hé ! hé ! ricana Piédouche, je n'aurais pas tort.
Elle vient de décamper aussi, celle-là.

— Vous êtes libre, monsieur, de courir après elle, dit Jolras en se levant, car j'ai le regret de vous annoncer que vous n'aurez plus l'occasion de rendre à l'administration de prétendus services qui lui ont fait beaucoup de tort.

— Je me passerai fort bien d'elle, répliqua Piédouche. Je suis brûlé ici, car je me suis compromis pour vous au point de ne plus pouvoir reparaître à la Bourse. Je vais liquider et passer en Angleterre, où on rétribue à sa juste valeur la diplomatie privée.

Ce fut tout. M. Jolras n'était plus là pour répondre. Éric et Edmond échangèrent un regard. Ils s'étaient compris et ils n'eurent garde de laisser deviner à Laure qu'ils venaient d'apprendre, par hasard, que ce lugubre drame n'aurait pas d'autre dénouement que la disparition de la princesse Morphine.

C'était le seul qu'ils pussent souhaiter et ils le devaient à M\ue Duroc.

Une jeune fille avait fait ce que de vieux policiers n'avaient pas su faire.

Le prince est retourné, non pas en Russie, mais au Caucase, où il achève de vivre, entouré de complaisants et de parasites.

Pas un gentilhomme russe ne veut voir ce sauvage qui finira entre un flacon d'alcool et un échiquier.

La princesse est dans l'Inde et on prétend qu'elle y a épousé un rajah.

Stéphane a étranglé Vacili pour lui voler sa part de l'or dont les avait gorgés leur maîtresse et il a été pendu en Angleterre.

Si le nouveau mari de Nadèje lui fait couper le cou, quand il sera las d'elle, Xénia sera vengée.

Piédouche est passé en Amérique et y exerce ouvertement la profession, très honorée là-bas, de *détective*.

Dominique n'a pas voulu l'y suivre, mais les *Yankees* croient encore à son coup d'œil, et il se console, en gagnant des dollars, de ses insuccès à Paris.

Éric s'est réveillé d'un mauvais rêve et songe à acheter une charge d'agent de change.

Edmond de Chemazé a épousé Laure Duroc et ils sont parfaitement heureux, en attendant qu'ils aient beaucoup d'enfants, comme dans les contes de fées.

Quant à M. Jolras, il a fini par savoir trop tard, que la tête de Xénia avait été repêchée sur la côte de Bretagne, non loin du château de la princesse Yalta.

Mais lorsqu'il l'a su, la princesse était loin.

L'affaire a été *classée*.

FIN.

Sceaux. — Imprimerie Charaire et fils.

Bibliothèque JULES ROUFF

PARIS, 14, Cloître Saint-Honoré, 14

EXTRAIT DU CATALOGUE

Collection à 3 francs le volume

Odysse BAROT

Les Amours de la Duchesse Jeanne.
John Marcy.
Le Procureur. } Le Clocher de Chartres.
impérial. } Le Condamné.
Le Casier judiciaire.

Alexis BOUVIER

La Grande Iza. 1 v. — Iza Lolotte et Cie. 1 v.
La Femme du Mort. 1 v. — Le Mouchard. 1 v.
La Belle Grélée.
Malheur aux Pauvres.
Mademoiselle Olympe.
Le Mariage d'un forçat.
Les Créanciers de l'Echafaud.
Mademoiselle Beau-Sourire.
La Princesse Saltimbanque.
Les Soldats du Désespoir.
Le Fils d'Antony.
Bayonnette, histoire d'une jolie fille.
Auguste Manette. 1 v. — La Bouginotte. 1 v.
Le Domino rose. 1 v. — Les Pauvres. 1 v.
Amour, Misère et Cie.
Etienne Marcel ou la grande Commune.
Les Drames de la Forêt.

Constant GUÉROULT

L'Affaire de la rue du Temple.
La Bande à Fifi-Vollard.

Jules LERMINA

Les Mariages maudits.
La Haute canaille.

Jules MARY

La Faute du Docteur Madelor.
Les Nuits rouges.

Henri ROCHEFORT

Mademoiselle Bismarck.
De Nouméa en Europe.
Les Naufrageurs. 1 v. — Les Dépravés. 1

Paul SAUNIÈRE

Monseigneur. 1 v. — Le Secret d'or. 1

VAST-RICOUARD

La Danseuse de corde.

YVES GUYOT

L'Enfer social.

Alf. SIRVEN et H. LEVERDIER

Un Drame au Couvent.

Pierre ZACCONE

Une Haine au bagne. 2 v.

Collection à 3 fr. 50 le volume

Mémoires de M. CLAUDE, chef de la police de sûreté sous le second Empire. (10 volumes.)

Odysse BAROT
Le Fort de la Halle. 2 v.

Fortuné du BOISGOBEY
Le Coup d'œil de M. Piédouche.

Alexis CLERC
L'Amour qui fait manger.

Oscar COMETTANT
Histoires de Bonne Humeur.

Henri DEMESSE
Gant de Fer.

Carle DES PERRIÈRES
Rien ne va plus. 1 v. — Paris-Joyeux. 1 v.

Faits divers de l'année 1881.
Faits divers de l'année 1882.

Jules GROS
Les 773 millions de Jean-François Jollivet

Les Secrets de la Mer
Les Trésors de la Montagne.

Th. LABOURIEU
Le Drame de la rue Charlot (les Crimes de Paris).

André LÉO
L'Enfant des Rudères.

Jules MARY
Le Boucher de Meudon.

Henri ROCHEFORT
Les petits Mystères de l'Hôtel des ventes.

Auguste SAULIÈRE
L'Amour terrible.
Morte d'amour.

VAST-RICOUARD
La Belle Héritière.

Alfred SIRVEN
La Bigame.

Paris. — Imprimerie Vve P. LAROUSSE et Cie, rue Montparnasse, 19.

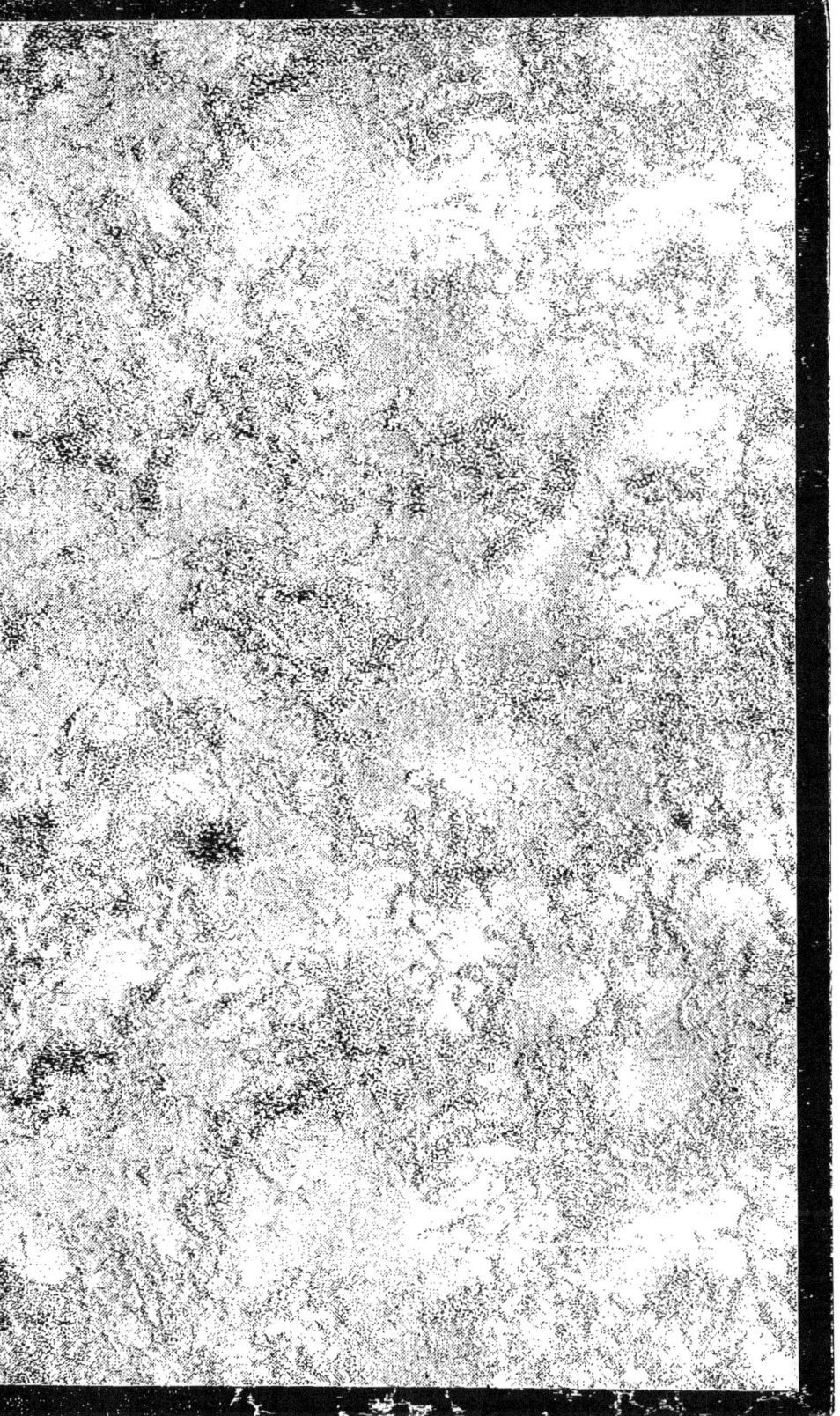

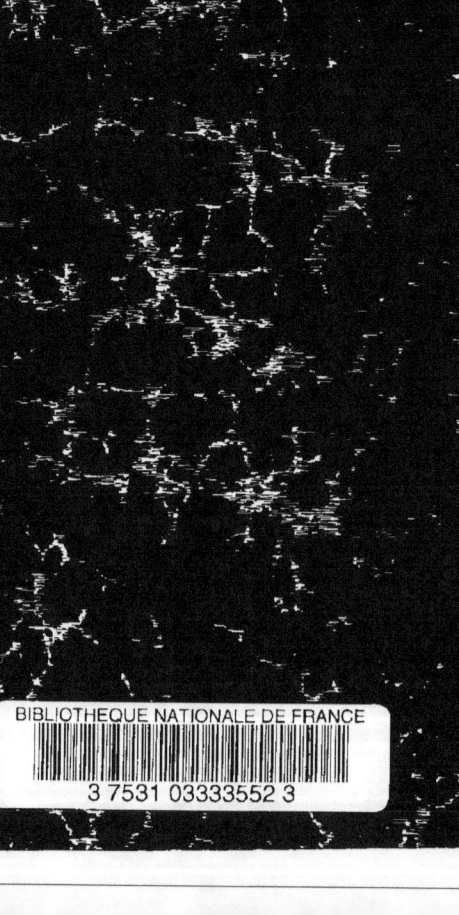

www.ingramcontent.com/pod-product-compliance
Lightning Source LLC
Chambersburg PA
CBHW050151030726
47505CB00005B/1327